二 見 文 庫

なにかが起こる夜に

テッサ・ベイリー／高里ひろ=訳

PROTECTING WHAT'S HIS
by
Tessa Bailey

パトリックとマッケンジーに

なにかが起こる夜に

登　場　人　物　紹　介

ジンジャー・ピート	バー〈センセーション〉のバーテンダー
ウィラ・ピート	ジンジャーの妹。高校生
ヴァレリー・ピート	ジンジャーとウィラの母親
デレク・タイラー	シカゴ市警警部補
アルヴァレス	デレクの部下
アマンダ	ジンジャーの店の同僚
ヘイウッド・レヴォン	ナッシュヴィルの大物ギャング
ウィンストン	ヘイウッドの部下
レオン・バーカー	市会議員
パティー	シカゴ市警指令係
リーサ	デレクの同僚で、元カノ

1

盗むか盗まないか、それが問題だ。

ジンジャー・ピートは、日に焼けたふたり掛けのソファーに手足を投げだして眠りこけている偽物の金髪女をじっと見つめてから、その女が両手でかかえているバッグに目を戻した。あいた口から大量の札束がのぞいている。ぎゅっと唇を結び、例の〝天使〟と〝悪魔〟の正邪チームが左右の肩の上に現れ、正反対のアドバイスを囁くのを待ってみた。

なにも起きない。やっぱりね。そんなことだろうと思った。

代わりに胸の奥からしゃしゃり出てきた〝良心〟がつかつかと部屋を横切り、埃をかぶった一九九二年製のステレオに腰掛け、腕組みをして肩をすくめた。「組合規定による休憩中よ。悪いけど」と言わんばかりに。

ジンジャーは片方の眉を吊りあげた。〝良心〟のサボりを埋め合わせるように、〝想像力〃が全力で働きはじめる。

ジンジャーは古いカーペットの上に坐りこみ、ひざをかかえこむようにして、震える息を吸った。〈ボビーズ・ハイダウェイ〉の夜のシフトは例によって超忙しかった。張りあっている独身女性グループは競うように杯を重ね、ヴァンダービルト大のエリート社交クラブの男子学生たちは朝の四時までひっきりなしに大声でお代わりを注文してきた。ナッシュヴィルの繁華街ではよくある夜だ。

いつもの彼女なら負けずに大声で応える。威勢のいいウエイトレスの役を演じる。やかましいホンキートンク・ミュージックの音楽にかき消されてほとんど聞こえないジョークにも笑う。負けずにジョークを返す。でも今夜はすごく疲れて、常連の男性客にも笑顔を見せることができなかった。そんな日に帰宅して大金を見つけるなんて、これは純粋に偶然なのだろうか?

だいたい、数カ月間ずっと留守にしていた母親が、よりによってそんな夜に帰ってきて、ソファーで寝こんでいるなんて。こないだジンジャーが母親であるヴァレリーと話を——いや、口げんかを——したとき、ヴァレリーはストリッパーをして生活していた。麻薬とアルコールで朦朧としながら生きているのを〃生活〃と呼べるのなら、ということだけど。少なくともいまは、まともな服を着て寝ているし、夜中にウィラを起こしたりはしなかったようだ。妹のウィラは十七歳で、母親がいつもいなくても平気なふりをしているけど、心のなかでは傷ついている。

　妹を傷つける人間は許せない。たとえそれが母親であっても。

　ふたたび大金のつまったバッグを見つめた。とてもヴァレリーがポールダンスで稼げるような金額じゃない。そっとバッグを引き抜き、百ドル札を輪ゴムで留めたぶっとい束がいくつも入っているなかに手を入れてみる。こんな大金が手に入ったら。ジンジャーはごくりと生唾をのみこんだ。目の前に存在するこのお金は〝自由〟の象徴だ。新しい人生。自分とウィラが生きていくために毎晩酔っ払い相手に酒を注ぐような生活から抜けだすチャンス。

　ウィラ。

　これは妹を連れて逃げだす千載一遇のチャンスなのかもしれない。このあばら家を出て。たまにうちに帰ってくる母親が連れてくる、気持ち悪い男どものいないところに。中古家具店で買ったソファーで酔い潰れているあいだに、二十三歳の娘に金を盗まれたりするような将来からのがれるチャンス。でも。ジンジャーにはわかっていた。もしこの金を盗んでここから出ていったら、きっといつか、自分はその代償を払うことになると。それだけじゃない。ジンジャーは気がついた。ここでよくない選択をすることで、自分がなによりもおそれている恐怖に大きく近づくことになるのだと。

すなわち、母親のような人間になること。

いいま、ソファーの上でだらしなく寝ているこの人だって、かつては夢や希望をもっていたはずだ。それが愚かな選択によって、ダークという名前のトラック運転手のために、ひもパンと乳首隠しのスパンコールだけの恰好で流行遅れの八〇年代の音楽に合わせて踊ることになった。

でも、もしジンジャーが母親のような失敗をせず、ちゃんとした保護者でいられたら、妹の未来の台本を書き換えてやれる。ウィラは小学校六年生のときには不登校になった。言葉遣いはものすごく乱暴だけど、趣味で撮っている写真はすごくいい。そのウィラがまっとうに育って、才能を伸ばすチャンスをもてるかもしれないのだ。

ジンジャーは部屋を見回し、ペンキのはがれかかった壁、しみだらけのカーペット、二回質屋に入れたテレビを見た。親の代わりに妹の面倒を見るという責任がなかったら、とっくの昔にナッシュヴィルから出ていっていた。ウィラと共有の部屋の二段ベッドにもぐりこみ、朝、目が覚めたらまたいつもの一日が始まる――バスに乗って昼と夜のシフトを連続でこなし、それでも家賃を払ってちゃんとした食事をまかなうには足りなくて、さらに妹の将来のことも考えなければならない――のかと思うと、頭がくらくらしてきた。

わたしはもう、あしたの先のことを考えられなくなっている。よくない傾向だ。

大好きなカントリー歌手のドリー・パートンはこう言っていた。「いま歩いている道が気に入らなかったら、自分で道をつくっちゃえばいいのよ」ジンジャーがそんなことをしようと思ったら、セメントミキサー車が何台も必要だ。

それに現金も。

札束を顔の前にもちあげて、振ってみた。かびくさい匂いがする。そろそろ〝罪悪感〟が登場するころだ。そうしたらバッグをヴァレリーの腕のなかに戻して、最初から大金なんて見なかったふりをする。うしろめたさと無縁で眠りにつき、今度こそあの母親が心を入れ替えてあのお金でウィラにちゃんとした食事をさせ、もっといい家に引っ越すはずだと、むなしい期待をする。

それとも、思いがけず手のなかにころがってきたこのチャンスをつかみ、ダッジのピックアップトラックに乗りこんで……。

ジンジャーはバッグをもちあげて肩にかけ、まさにそのとき、人間というものについてきわめて重要なことを学んだ。すなわち――人間というものは、ときに正しいとは言い切れない決断をする。後悔をたっぷりはさんだサンドイッチを味わうことになるとわかっているのに、笑顔でその決断をするのだ。

ジンジャーは、「嘘でしょ」とでも言いたげに大きく見開いた目でこちらを見ている〝良心〟に中指を突きたて、荷造りにとりかかった。

2

デレク・タイラー警部補は、バスルームの洗面器に身を乗りだし、鏡のなかからこちらを見つめ返してくる充血した目を凝視した。そうか。だからおれは、すきっ腹にウイスキーは飲まないことにしていたんだった。

おのれのばかさ加減を思い知らされて情けなかったし、そのことをくよくよ考えている暇もなかった。きょうはこれからセント・ルーク墓地に行くことになっている。開始まであと一時間もない。すばやく鎮痛剤を三錠口に放りこみ、しわひとつない制服のネクタイを直した。

きょう、シカゴ市警の警官の葬儀がおこなわれる。彼の部下の。それがゆうべの深酒の理由だった。デレクはこれまで、部下を殉職させたことはなかった。ところが先週のシカゴ最凶の犯罪組織への手入れで、部下がひとり、犠牲になった。そのことがまるで酸のように彼の胃を焼いている。

デレクとは違い、殉職した部下は妻子もちだった。あと一時間もしないうちに、上司として遺族と対面しなければならない。

殺人課の刑事として、自分の配下でこうした悲劇が一度以上起きる確率が高いことは理解している。とくにデレクは最近三十歳になったばかりで、これから長いキャリアを歩んでいくのだから。だがこんなことには、いつになっても慣れたくなかった。

バスルームを出て、制帽を取るためにクローゼットに入ったところで、アパートメントの建物のそとから、けたたましい笑い声が聞こえてきた。デレクは顔をしかめた。彼が、ハイドパークに建つコロニアル様式で煉瓦造りのこのアパートメントを選んだのは、繁華街の喧噪から離れているからだった。静かな環境が彼の好みだった。頭蓋骨にアイスピックが突き刺さっているように感じるきょうのような日はとくにそうだ。

「そっちの端をもってよ！　こんなのひとりで運べるわけないじゃん！　ビッチ！」

「片手しか使ってないからでしょ！」

「もう片方の手は、中指を立てるのに使ってるからね」

「なるほど、マルチタスクってことなら文句は言えないわね」

「とか言って、ローマ法王の母親にだって文句を言う人間のくせに」

いやはや。どこの娘たちかは知らないが、うちの署の口が悪い警官たちといい勝負じゃないか。もっともデレクは、部下に勤務中の罵り言葉を禁じている。

待てよ。たったいま相手のことを〝ロバの屁〟と呼んだのか？

デレクは額を壁に強く押しあてて、前頭葉の頭痛をこらえた。もうウイスキーは二度と飲まない。普段の彼の悪い嗜みはシカゴカブスだけで、それだけでじゅうぶん罰になっている。

デレクは悪態をつき、すっきり機能的にしつらえた居間を横切ってあけはなしたままの窓のところに行った。仕事が多忙なせいでうちにいる時間が少ないから、ソファーとテレビと整理整頓された机だけでじゅうぶんだった。

窓から見下ろすと、十代の女の子が錆びの目立つピックアップトラックの荷台からラバライトをおろしているところだった。肩よりも長い豊かな黒髪が、その顔を隠している。ひざまである黒いコンバットブーツの下からは紫色の網タイツがのぞいていた。

家具や生活道具が歩道に並んでいることから見て、威勢よく悪態の応酬をしているあの女の子たちはこのアパートメントに引っ越してきたのだろう。ここの住人には見かけないタイプの女性だ。ここの住人のほとんどは都心で九時五時で働く勤め人で、騒音を出したり大音声で音楽をかけたりすることはない。あのふたりはいったいどうやって厳しい賃借人審査を通過してもぐりこんだのだろう、とデレクは思った。

　もうひとりの女の子の姿が見当たらなかったので、彼は窓から離れようとした——その瞬間、先ほどの黒髪娘があろうことかトラックのクラクションにもたれかかり、その音にびっくりしたふたり目の女の子が悲鳴をあげ、デレクも窓枠に頭をぶつけた。頭蓋骨に突き刺さったままのアイスピックがひねられ、文字どおり目のなかで星がチカチカした。

　頭で考える前に、窓から身を乗りだして警部補とっておきの厳格な声で怒鳴っていた。「気をつけろ！　おまえたちの引っ越し騒ぎにつきあいたくない人間もいるんだぞ！」

　下のおしゃべりはすぐにやんだ。デレクは満足げに息をつき、窓をしめて、制帽と鍵を手にとり、玄関へと向かった。彼のアパートメントは二階の長い廊下のいちばん奥の部屋だ。鍵をかけたデレクは、廊下をはさんだアパートメントの玄関ドアがあいているのに気づいた。そしてそのドアがしまらないように置かれているのは、陶器でできた、巨乳の金髪女性の大きな彫像だった。

　嘘だろ、勘弁しろよ……。

「もっと左に寄って！　だめだってば！」

「あぁもう！　いったんおろして！　手がちぎれそう」

ふり返ると、クラクションを鳴らしていた黒髪娘が、ダイニングテーブルの重みによたよたしながら廊下を歩いてくるのが見えた。文句を言いながらも、おもしろがっているような顔をしている。

デレクは、テーブルのこちらの端をもって、うしろ向きに近づいてくる娘に目を移した。顔は見えなかったが、いままで見てきたなかで最高に芸術的な尻に目を奪われた。

完璧なフォームの長い脚を、法律で取り締まったほうがいいほどのローライズ・ジーンズにつつみ、茶色のカウボーイ・ブーツをはいたそのうしろ姿を見た瞬間、彼女がまるでロデオマシーンのように彼を乗りこなすところが目に浮かんだ。

だめだ、だめだ、だめだ、十代の子供相手に硬くなるなんて。せめて法定年齢に達している女にしておけ。夜、自分がとんでもない変態野郎ではないと安心して眠りにつけるように。

だが彼女がテーブルを下におろして前かがみになり、肌に張りつくような超スリムジーンズのウエストバンドから紫色のレースが見えて、デレクはあやうく心臓発作を起こしそうになった。口のなかがカラカラになり、視界がぼやけて、制帽と鍵を床に落とした。

とつぜんの音にびっくりした女の子たちは悲鳴をあげて飛びあがり、カウボーイ・ブーツをはいている娘がぱっとふり向いた。まずい。うしろ姿を見ただけでやばいと思っていたのに、この瞬間、デレクは〈危険！　前方崖あり〉の標識を通りすぎて崖から飛びおりていた。

少なくとも幸せに死ねる。

ふり返った彼女の栗色の髪が肩にふわりとかかるのを見て、デレクは逝《い》った。ほとんど金色に見える明るいはしばみ色の目が彼に留まり、険しく細められた。高いほお骨。不機嫌そうにすぼめられた唇。鼻の頭に散っているそばかすのせいで、〝セックスの女神〟と〝隣の家の女の子〟、両極端の雰囲気を感じさせる。

デレク自身の反応を指標とするなら、あきらかに危険な組み合わせだ。

やめておけばいいのに、デレクは視線を下に動かし、かっきり三秒間、彼女の平らなお腹とぴったりした白いタンクトップからのぞく胸の谷間を見つめた。ジーンズとタンクトップのあいだの、三センチほどは肌がむき出しになっていて、一瞬、その場でひざまずいてへその下のあの場所に口をあけたキスをしたいという思いに駆られ、その衝動の激しさにうろたえた。

この娘はセックスの化身で、それが廊下をはさんで彼のアパートメントの向かいに引っ越してくる。こんな嘘みたいな状況、だれかが哀れな二日酔いの警官をからかっているんじゃないかと思えてきた。そして彼女から少しでも目を離すことができたら、「ドッキリです」という看板をあげたテレビの撮影隊が見えるはずだった。

ここでデレクは悟った。おれの平穏な生活は終わった。仕事を終えてからだを休めるための静かな住まいの向かいのアパートメントに彼女が存在し、これから毎日、そのドアの向こうにはなにがあるのかを重々知りながら、その前を通ることになる。

彼はふたたび、いままで見たなかでもっとも魅力的な顔に目を戻した。あからさまな視線にたいして、彼女が片方の眉を吊りあげる。その価値はあったとデレクは思った。

「上から怒鳴っていたくそ野郎が、警察を呼んだの？」

すてきな唇が動くのを見て、そして鼻にかかったセクシーな声を聞いて、デレクは頭が真っ白になった。だが次の瞬間、自分の置かれた状況にしっかりとピントが合った。彼がここに正式な礼服を着て立っているのは、午後からの葬儀に参列するためだ。だが彼女は、自分たちがたてた騒音が通報されたせいだと思っている。

罪悪感といらだちでいっぱいになる。殉職した部下のことを考えているべきときに、この娘のせいで気を散らされている。おれは自分のことしか考えていないのか？　部下がひとり死んでいるのに、考えられるのはローライズ・ジーンズ娘を自分の部屋に連れこんでズキズキする股間の痛みをやわらげることだけなのか？

シャキッとしろ、タイラー。

「〝上から怒鳴っていたくそ野郎〟はおれだ」

3

まったく。よりによって警察官の向かいに引っ越してしまうなんて。それも、ピリピリと張りつめ、禁欲的な雰囲気をかもしだしているセクシーな警察官の。もひとつおまけに、たったいま、彼を〝くそ野郎〟呼ばわりしてしまった。完璧。

個人的には、きれいにひげを剃ったばかりの顔にも、深い緑色の一瞥で彼女を裸にむいてしまったまなざしにも、なんとも思わなかった。思ったのは、だれかがこの人に教えてあげればいいのに、ということだ。食っちゃいたいと思っている相手を見るときには、笑顔のひとつも見せるものだって。

悪いわね、ご近所さん、この砂糖壺を貸してあげるつもりはないのよ。

とは言ったものの、もしこちらにその気があったら、たしかに彼はまあまあだ。制服の上着の上からでも、広い胸板とたくましいからだがはっきりとわかる。こんなからだをしていたら、女をかかえあげて肩にかつぐのだって簡単だろう。でも、上唇の口角のあげ方が官能的で、全体的ないかつい感じをやわらげている。まじろぎもせぬまなざしに肉体的な自覚が感じられる。つまり、自分の魅力を意識してはいるけど、それを利用する気はないということみたい。

警察官の向かいに住むことになったのを心配するべきだろうか？　それも、若くて、うっかりそばに立ったら火傷しそうなほどセクシーな警察官だ。いや、心配ないだろう。ジンジャーはそう判断した。妹とふたりでナッシュヴィルを出てきた経緯に多少はうしろ暗いところもあるけど、母親のヴァレリーがお金の盗難を警察に訴えることはありえない。あの人のことだから、あのお金だってまっとうなお金のはずがない。警察に行ったら、当然あのお金の出所を説明することになるけど、それはヴァレリーのスタイルに反する。警察とはいつだって敵対関係なんだから。

つまり、お向かいのこの警察官のことを心配する必要はまったくない。熱っぽい視線でおへそをじっと見られて、たまらなくどきどきしてしまったことを除けば。

ジンジャーは背筋をぴんと伸ばし、彼の熱い視線をかわしたくなる衝動と戦った。そして顔をしかめた。どうしてわたしは、この警察官にたいして、こんなふうに反応してしまうのだろう？　いままでだって、男性にまじまじと全身を眺められたことなんていくらでもあったけど、そわそわしたことなんて一度もなかった。小さなころから、男性が彼女のからだと顔という見た目に惹かれるのはいつものことだったから。もっともそんなこと、なんの役にも立たなかったけど。

でもそれから彼は目をあげ、彼女の目を見た。そしてじっと見つめた。

ふーむ。

ジンジャーはとっておきの笑顔を向けた。「うるさくしてしまって、ごめんなさい、お巡りさん。こんな平日の昼間だから、だれもいないだろうと思っていたの」

「いや、おれはいた。それに巡査じゃない。警部補だ」

まずい。はずした。ジンジャーは、ウィラが警部補に、「マジ！」と言わんばかりの皮肉な表情をしているのを、背中でひしひしと感じた。自分もそんな表情をしてしまいそうだったから。ジンジャーはほほえみを浮かべたが、じつはかすかに歯を食いしばっていたのを、〝無愛想〟警部補は気づかなかったはずだ。

「たいへん失礼いたしました、警部補さん」彼女は堅苦しい口調で言った。「いまのはわたしの二度目の、そしてきょう最後の謝罪です」

ジンジャーは彼に背を向けて、ふたたびテーブルの端をつかんだが、ふり返るときに彼がおもしろそうな顔をしていたのが見えた。どうでもいいけど。

ポケットに入れた携帯がまた鳴った。だれがなぜ電話をかけてきているのか、重々承知している。自分が電話をとることも、留守番電話を聞くこともないのも、重々承知している。早いとここの携帯の契約を解除して、自分用とウィラ用に新しい携帯を契約しないと。

「いったいそれはなんだ?」

ジンジャーはびっくりしてテーブルを落とし、怪訝《けげん》な顔をしている警部補のほうを向いた。ウィラが卑猥な罵り言葉をつぶやき、あきれたように天井に目をやる。警部補は顔をしかめてウィラを、それから玄関ドアのストッパーの役割を果たしている彫像を見た。

ジンジャーとウィラは彫像を、そして彼を見た。

ジンジャーは、まるで耳の遠い都会の愚か者に言って聞かせるように、ゆっくりと答えた。「それは〝だれだ〟って質問よね? その質問への答えは、『あなたはだれ?』『わたしたちはだれ?』ってことよ」

「言ってることがよくわからないが」

「この人はね、警部補、ほかでもない、スモーキーマウンテンの歌姫よ」

「バックウッド・バービーよ」ウィラも怒って参戦する。

彼がまったくわからないようだったから、ジンジャーは助け舟を出してやった。

「ドリー・パートンだよ！」

「ドリー・〝マザーファッキン〟・パートンよ」

「ウィラ、口を慎んで」

ジンジャーは相手の反応を待ったが、彼がまるで、「おれはそれを知ってなきゃいけないのか？」と言いたげに広い肩をすくめたのは、まったく不十分だった。

そしてそれが、彼女の我慢の限界だった。

「ウィラ、ちょっとアパートメントのなかに入って待っててくれる？」

妹があきれたように目を天に向けたのが、見なくてもわかった。それでもウィラは足音荒くアパートメントに入っていった。そして明るく照らされた廊下には、ジンジャーと、しかめっ面をしているいけ好かない警部補が残った。

こいつはあれほど露骨に彼女のからだを眺めまわしたあとで、彼女に二度も謝らせて、さらに彼女の妹を不機嫌そうににらみつけ、あろうことかナッシュヴィルの女王の名前にたいして肩を――そう、肩をすくめた。そもそも、下にいた彼女たちを窓から怒鳴りつけたのが始まりだった。

このままにしておくわけにはいかない。

ジンジャーはゆっくり歩いていって、長身の警部補から三十センチ離れたところでとまった。彼がいぶかしげに目を細めるのを見て、ほくそ笑む。近くで見て、彼の緑色の目の縁が赤くなっていること、そして彼が二日酔いだということに気づいた。糊のきいた紺色の制服から、すごく短く刈っている濃茶色の髪まで目をあげていって、なぜだかわからないけど、この人は普段、深酒なんてしないのだろうということもわかった。そう、明らかにマッチョな見た目とは裏腹に、自己抑制が強く、バーでもミルクを注文するようなタイプなのだ。

バーテンダーとして、そして酒を嗜む人間として、ジンジャーはこれにむっとした。気持ちを落ち着かせるために深呼吸してゆっくり息を吐きだす。今朝目覚めたとき、彼女は幸福で希望に満ちていた。そんなこと、憶えていないくらい久しぶりだった。ナッシュヴィルの空を覆っていた暗雲から逃げだして、彼女にとっても、ウィラにとっても、新しいスタートを切るためにシカゴにやってきた。雨漏りのする家にも、みじめな将来にも、別れを告げて。

みすぼらしい安宿に泊まりながら、ジンジャーはついに、評判のいい高校が近くにあって、家賃もお手頃な地区を見つけた。彼女の仕事がありそうな繁華街にも近い。家主を説得して、デポジットを二倍払う代わりに、規則にある信用審査を省略してもらった。そして……ジャーン！　ジンジャーとウィラは、最新の設備付きで床は堅木張り、寝室もふたつあるアパートメントに住めることになった。そんなぜいたく、きのうまでは夢物語だった。それからウィラとふたり、大学生のふりをして中古家具店を回り、家具を買いそろえた。すごく楽しかった。そしてそれが続くはずだった。

それなのにこの感じの悪い警部補は、ふたりの楽しい気分を台無しにしている。

「いったいなにが問題なの、警部補さん？」

彼が一歩前に出て、ふたりのつま先がふれ合いそうになり、ジンジャーは目を合わせるために見上げなくてはならなかった。まったく、この男には驚かされてばかりだ。ジンジャーは男にはもてた。自慢じゃないけど――いや少しは自慢だけど――ほぼ客観的な事実だ。でもこの男は、どうしても彼女をむかつかせると決意しているらしい。

ジンジャーは思わず笑顔になった。

「〝警部補さん〟と呼ぶのはやめろ。いらいらする」

「それが目的だったんだけど」

彼のあごがぴくりと動いた。「これからはデレクと呼ぶんだ」

わたしに命令するなんて、いい度胸ね。それだけは認めてあげる。「わたしがあなたを呼ぶ理由なんてなんにもないけど。それはどう思う？」

彼は質問に答えなかった。「なんらかの保護者的存在が、きみたちといっしょに引っ越してくるんだろうな？」

デレクはウィラが入っていった戸口のほうを、警察官の特許であるあごの動きで示した。「あの子は車を運転できる年齢になってるかどうかさえあやしいし、きみだって、どう見ても《シュアリー》、あまり年上には見えない」

ジンジャーの左目がぴくりと痙攣した。この対決は、たったいま、〝興味深い〟から〝耐えがたい〟に変わった。その平然とした表情から見て、この男は自分がどんな地雷を踏んでしまったのか、まるで気づいていない。それなら、気づかせてやるまでだ。「わたしは二十三歳よ、じっさい。この前確かめたときには、投票もできるし、お酒も飲めるし、ギャンブルもできるし、アパートメントも借りられるし、武器の携行だってできるし、警部補でもだれでも大人の男に向かって、そいつがとんでもなくいやな野郎だと言うこともできる年齢だったけど。それとね、デレク、念のために言っておくけど、このシナリオのいやな野郎はあなただから」そこで息をついだ。「それに、シャーリーと呼ぶのはやめて」

彼はますます目を細め、その緑色の光彩がほとんど見えなくなった。「いまのは、映画『フライングハイ』のギャグか？」

ジンジャーはかっとなり、耳から湯気が出てくるのを感じた。「あなたが聞いていたのはそれだけ？　いやなやつは素通り？」

「きみの名前は？」

ジンジャーは歯を食いしばった。「こんなふうになっているのに、そんなのどうでもいいと思わない？　今後、わたしたちがご近所のよしみで会話することなんてありえないんだから」

ここでウィラが、アパートメントのなかから大声で叫んだ。「ジンジャー！　あたしは腹がへって死にそうなのに、トリスクイット・クラッカーとイチゴ味クリームしかないよ！」

ああ、いつもすばらしいタイミングなんだから、まったく。

デレクは勝ち誇ったほほえみを隠そうともせず、彼女の嫌味な質問に答えた。「同感だよ、ジンジャー。きみにたいして、これっぽっちもご近所のよしみを感じないね」

「よかった。それならわたしたちのおつきあいは、ここで終わりね」

「それは疑わしいな」

「なんでも長く考えれば疑わしく思えるものよ。わたしはもう考えないから。さよなら、デレク。お会いできてよかったとは思わないけど、いい経験にはなったわ」

ジンジャーはくるりと踵《きびす》を返し、アパートメントに入ろうとした。あんぐりと口をあけたデレクに未練たらしく見送られるというイメージだった。ところが置きっぱなしだったダイニングテーブルにお腹からつっこんで、うっとうめいてしまった。気をとり直して呼吸を整え、腹立ちまぎれにテーブルを叩くという衝動をこらえながら、背筋を伸ばし、黙ってテーブルを回った。この恥ずかしいミスを目撃した彼がどんな顔をしているのか、ぜったいにふり向いて見たりしない。

アパートメントのドアをしめたとき、ドア越しにデレクの声が聞こえてきた。「ジンジャーっていったら、普通は赤毛じゃないのか？」

「地獄に落ちろ！」

ドアの向こうで男らしい笑い声が響くなか、ウィラが近寄ってきた。「ジンジャー、とうとう姉さんの足元にひれ伏したがらない男が見つかったんじゃない？」

それはまだわからない。

4

「よし、アルヴァレス、情報屋をもうひと押ししてみろ。月曜日以来、だれかがモデスト・ギャングの首領に接触したかどうかを知りたい」

アルヴァレス刑事が跳ねるように席を立ち、ブリーフィングルームを飛びだしていくと、デレクは残った刑事と警官に指示を続けた。「街中が静かすぎる。皆も知ってのとおり、そういうときのやつらがもっとも危険だ。サウスサイド、とくにバック・オブ・ザ・ヤーズにおける警察の存在感を強化する必要がある。一軒一軒、しらみつぶしにあたって、証言してもいいという目撃者を探せ。自分たちも被害者になっている商店主がいちばん話す可能性が高い。ひとり残らずあたるんだ」

デレクは、彼が二年前に警部補になったあとも刑事のまま勤めている以前のパートナーのほうを見た。「ケニー、バーカーを連れて、もう一度ヘクター・モデストの女に会いにいってくれ。彼女はやつの居場所を知っている。どうやって口を割らせるかだ。話してもいいと思わせるなにかを見つけてそれを使え」

デレクは大きなホワイトボードを見遣った。シカゴの最新のギャング抗争における主要関係者と犠牲者の顔写真や監視写真がべたべたと貼られている。早くモデストを拘束しないと、犠牲者の側にもっと写真が増えることになる予感がした。

ぱちんと一度だけ手を打ち鳴らした。「取りかかってくれ」

すぐに椅子が引かれて床をこする音が響き、男たちは作戦を話し合いはじめた。デレクはガラスのドアを押しあけて、自分のオフィスに入った。新米刑事のバーカーがついてきた。生意気で口の軽いバーカーは、境界というものをまるでわかっていない。

「タイラー警部補」

「なんだ、バーカー」

「土曜日の夜のチャリティーイベントにいらっしゃいますか?」

そうだった。すっかり忘れていた。その理由もある。有力ギャングふたつの縄張り争い抗争のせいで、ここ数週間、仕事漬けだった。政治家連中はたいてい、自分たちの都合でパーティーやチャリティーイベントを開催する。そして警部補である彼の出席が求められる。だが今回は、シカゴのもっとも荒れた地区の学校に放課後のプログラムをつくるための寄付金集めで、いつもとは違うイベントになるはずだった。市会議員であるバーカーの伯父が、殺人課の刑事全員分の寄付をして、みんなを招待してくれたのだ。かくして、勤務時間に課員がそろってタキシードでめかしこみ、シュリンプカクテルを食べることになる。「行かなきゃいけないだろ、なぜだ?」

「確認です。伯父が警部補に話があるらしくて」

「そうか。ほかに用は?」

「ありません」そう言いつつ、バーカーはいつになく口ごもった。「つまらないことで警部補をわずらわせるのは申し訳ないのですが、伯父の事務員がいくらかけても、電話がつながらなかったらしくて」

バーカーは黙りこんだ。「それで?」

「警部補のお返事は『二名でご出席』になっていました」デレクは目を天井に向け、バーカーはあわてて言った。「料理をご用意するのはいいんです。伯父は気にしません。ほかの刑事たちはみんな女性同伴ですし……でもみんなが、警部補はいつもだれも連れてこないと言っていたので……」

そのとおりだ。仕事と私生活の混同はしないようにしている。女性を同僚に紹介すれば、そんなことはめったにないのに、本気の関係になるのではという間違った希望を相手に与えてしまうことになる。女性は勤務時間外でも彼にヒーローを期待するが、デレクはいったん仕事を離れたら、いい人でいる気はなかった。これまでつきあった女性はみんな、彼の好みが激し過ぎると言って離れていった。

なんとなく思いだした。もうすぐ退職予定の殺人課の通信指令係で彼の個人アシスタントを兼ねるパティーに招待状を渡して、代わりに返事しておいてくれと頼んだのだった。デレクが女性を同伴すると間違えたのか、彼にたいする悪戯か、そのどちらかだろう。パティーのせいにして、ひとりで行けばいいことだ。だがこのチャリティーイベントは、ひとりあたり千ドルの寄付金を集めている。それを無駄にするのは金を出してくれた市会議員にたいしてまずい。政治家の機嫌をとるのは面倒だが、それが得策だ。

「連れを同伴すると言っておいてくれ」

「お名前は？」

「なんでそんなことを教えなきゃならないんだ？」

バーカーは息をのんだ。「テーブルに名札を用意するからです」

「まったく」デレクはいらいらと、手で髪を梳かした。「わかった、追って教える」

バーカーがそそくさと出ていって、デレクは椅子の背にもたれ、アパートメントの廊下でのジンジャーとのひりひりするような出会いを思いだしていた。三日前のあの朝以来、何度もくり返している。そのたびに、なにか違うことを思いだした。花のような匂い、滑らかな喉の肌。くそセクシーな、あの南部訛り。

彼女は十七歳の妹の面倒を見ていると言った。そんな大きな責任を背負える二十代前半の娘は、それほど多くないだろう。そうせざるをえなかった可能性もある。ジンジャーについてもっと知りたいという欲求が心のなかでくすぶっていた……どうしてかはわからない。たしかに惹かれてはいるが、こんなふうに特定の女のことを知りたくてたまらなくなるなんて、これまであまり経験がなかった。

デレクは少し躊躇したが、警察の全国データベースの検索窓に、〝ピート、ジンジャー〟と打ちこんだ。今朝、アパートメントの彼女の郵便受けに書いてあったのを見て、ピートという苗字だと知ったばかりだった。あの訛りから考えて、検索範囲を南西部に絞る。

二週間前、ヴァレリー・ピートという女性がナッシュヴィルの警察に提出した〈失踪届〉が画面に現れ、デレクの動きがとまった。未成年のウィラ・ピートの失踪もいっしょに届け出がされている。

ふたりが失踪した経緯についてはほとんど情報がなかったが、母親が提供した写真のなかに、十代のジンジャーのカラー写真があった。ウィラの写真は、最近の卒業アルバムからとったものらしい。姉妹はふたりとも、補導歴などはなかった。

デレクはジンジャーの写真を見つめた。美人なのは間違いないが、痩せすぎだし、疲れているように見えた。だれかが自分の写真を撮ろうとしたことにびっくりしているような表情だ。不安をふり払い、検索画面に戻り、今度は〝ピート、ヴァレリー、ナッシュヴィル〟と入力した。

逮捕記録が画面を占めた。未成年者にたいする児童虐待、クリスタルメスや処方箋麻薬の所持、公共の場における酩酊、売春、飲酒および麻薬の影響下の運転数件を含む。それらの犯罪を綿密に調べることも可能だが、彼が興味を引かれたのは最初の記録だ。

最初の児童虐待のファイルをクリックした。日付は一九九九年になっている。ヴァレリーの犯罪について読みすすめるうちに、デレクはどんどん腹が立ってきた。十歳のジンジャーが四歳のウィラに食べさせるための食品を万引きしてナッシュヴィル警察に突きだされていた。ジンジャーは取り調べにあたった捜査官に、母親はクリスマスからずっと帰っていないと言った。万引事件はクリスマスから二週間後のことだった。

ヴァレリー・ピートのもっとも最近の——四カ月前の——逮捕記録から推理するに、

ヴァレリーは幼い子供たちを飢えさせていたころから、まったく更生していないようだ。たぶんジンジャーは、子供のころから妹の面倒を見ていたのだろう。どうしてこの姉妹が州当局に保護されなかったのか、それは謎だった。

〈失踪届〉のなにかが、刑事の脳のどこかにひっかかった。子供のことなどなにも気にかけていないようなヴァレリー・ピートがなぜ、わざわざ〈失踪届〉を出したのか？　それに、何年間もネグレクトを受けてきたジンジャーがなぜ、ウィラの高校卒業二カ月前というこのタイミングで、妹を連れてナッシュヴィルを出ることになったのか？


その答えを知る方法はなかった。ひどい二日酔いと、葬儀の前に女に欲望をいだいた自分にたいするいらだちのせいで、デレクは彼女にいい第一印象を残したとは言えない。姉妹のアパートメントの玄関ドアをノックして、そもそも自分には関わりのない彼女の個人的な事情を聞きだすなんて不可能だ。

内心、デレクはびびりまくっていた。

なぜなら、彼はそれを、自分に関わりのあることにしたいと思っていたからだ。

5

ジンジャーは、愛用のピンク色の鋏を使って、買ったばかりの女性誌から、「あなたのヴァギナは怒ってる？」という見出しの記事を切りぬき、裏に糊を塗って、考えごとをしている修道女の写真の上に貼りつけた。たしかにわたしのユーモアのセンスはいかれているかも。べつにいいけど。

一歩うしろにさがって、朝からつくっているデコパージュの寝室用ランプを眺めた。このランプには、〈女子修道院に連れていって〉という作品名をつけた。仕上げにもう少し手を入れたら、ニスを塗れる。

ジンジャーはにっこり笑った。家具におもしろい写真や雑誌の切り抜きを貼って装飾するデコパージュは、ナッシュヴィルでの生活で気を紛らわすために始めた趣味だけど、いつの間にか楽しみになっていた。材料の家具はほとんど譲渡センターで購入するものだからすごく安いし、世界にひとつだけのものをつくっているという達成感があった。ときどき、〈ボビーズ・ハイダウェイ〉で知り合った学生や芸術家が作品を買ってくれることもあった。もちろん、あの店の客層は家具について話をしたがるような人たちではなかったから、そんなことは稀だったけど。それでも、お金になったら、それはウィラの大学費用貯金に入れた。ヴァレリーにとられる心配のない銀行口座だ。

半分からになったワイングラスに口をつけながら、思わずため息をついた。これからは、こんな自由時間はあまりなくなる。ウィラが新しい高校に行きはじめた日、ジンジャーは仕事を探しにいって、シカゴの中心街のリヴァー・ノース地区にある〈センセーション〉というナイトクラブのバーテンダーの仕事を決めてきた。

古い習慣はなかなか抜けない、ということなのだろう。せっかくナッシュヴィルを出てきたのに、またバーテンダーとして働くことは後退のように感じられるけど、バーの仕事は稼げる。彼女にも得意なことがひとつあるとすれば、それは客をいい気分にして酔っぱらわせることだ。ヴァレリーから〝借りた〟お金を使えば、しばらくは働かなくても生活できる。でもジンジャーは、アパートメントの敷金を払うのに使った分を除いて、どうしても必要にならないかぎり、あのお金に手をつけるつもりはなかった。

キッチンに入り、大理石のカウンターと、ステンレスの調理機器を眺めた。こんなぜいたくな家に住むことに、まだぜんぜん慣れていなかった。一週間前の彼女は、ナッシュヴィルのあばら屋で、三日前の食事の残りを古いガスコンロで温めなおしていた。それがきょう、ふたりの夕食は自家製のマリナラソースがけのラヴィオリだ。ラヴィオリはお店で買ったものだけど。そもそもジンジャーは料理上手ではない。

廊下でドアがばたんとしまる音がして、ジンジャーはにやりと笑った。警部補が仕事から帰ってきたのだろう。先日の出会い以来、彼のことなんて、一度も考えたことなかったけど。一度の例外を除けば。それに、ふと思いだしてしまった十四回も除けば。まったく。

シカゴの男は、少し変わった女が好きなのかもしれない。

そんなことないか。

あれほど簡単に男にむかつかされたのはいつだったか、思いだせなかった。最初につむじからつま先までじろじろと値踏みしたのを除けば、デレクはまったく彼女に気がなさそうだった。それはどうでもいいことのはずなのに、どうでもよくない。まったく、あいつ。

今度はうちの玄関ドアがしまる音がして、ジンジャーはびくっとして、マリナラソースをカウンターにこぼしてしまった。すぐにペーパータオルで拭きとる。

「びっくりさせないでよ、ウィップ」ウィラがまだおむつをしていたころからのニックネームだ。ウィラ・イングリット・ピート。イニシャルをとって、ウィップ《WIP》。

「びっくりした?」

ジンジャーはふり向き、黒いマスチフ柄のTシャツと穴あきストッキングというウィラの服を見て、ほほえんだ。どういうわけか、ウィラが着ると決まっている。

「どうだった? 校舎に火を点けてこなかったでしょうね?」

「とりあえずは思いとどまった。機会を待つことにする」

「そう。ライターオイルを忘れないようにね。ないと火が点かない」

「憶えとく」

ジンジャーはワイングラスをもった手を振った。「自分の部屋に荷物を置いてきなさい。夕食はもうすぐできるから」

ジンジャーの言うことを聞かず、ウィラはリュックを床にどすんと置いて、カウンターの上に腰掛けた。ジンジャーは首を振っただけでなにも言わなかった。ウィラは自分のしたいようにする。「こういうの、奇妙に普通っぽい。まだこれがいいかどうか、わからない」

ジンジャーはあいづちを打っただけで、ふり返らなかった。「そのうち慣れるでしょ」静かな声で言って、いい匂いのするソースを温めたラヴィオリの上にかけた。「きょう仕事を決めてきた。あしたの夜七時からだから」

「嘘。なんの仕事？」

ジンジャーは口ごもり、ウィラと目を合わせるのを避けた。「いつもの、バーテンダーよ」

ウィラはジンジャーをじっと見つめながら、ひと口ラヴィオリを食べた。「それでいいの？」

「もちろん。いい店なんだ。すごくおしゃれで」ジンジャーは話題を変えた。そうすればウィラはそれ以上追及してこない。妹はいつも敏感だった。「パスタはどう？」

「お店で買ったにしては悪くない」

「えっらそうに」

それから静かすぎる十五分が過ぎると、ふたりとも食べ終わり、ウィラは後片付けを手伝ってから、宿題をするために自分の部屋に戻った。

ジンジャーはナッシュヴィルにいたときから、いつも夕食はウィラといっしょに食べることにしていた。クリームコーンの缶詰とトーストしか食べ物がなくても、いつもふたりで食べた。ふたりにとってその時間は、きょうも一日生き延びたというしるしだった。一日のできごとのことや天気のことを話す必要はない。でも今夜のウィラはいつもより口数が少なかった。

妹をここに連れてきたのは間違いだったのだろうか？　ウィラは学校でいじめにあうことがあるのは知っている。でも筋金入りに強気なウィラのことだから、そんなこと気にしないだろうと思っていた。もしかしたらわたしの間違いで、シカゴの学校はウィラでも手に負えないのかもしれない。

そう思ったら心が重苦しくなった。ジンジャーはあしたの夕食のときにウィラの本音を聞きだそうと決めた。自分にはショックなことでもかまわない。

雑誌の切り抜きの最後のひとつ――大きな唇に脚が生えている絵――をランプに貼りつけ、全体にニスを塗りながら、考えていた。作品がいくつかたまったら、シカゴ市内の蚤の市で販売スペースを借りられるところがあるかどうか、調べてみよう。これまでにも彼女のデザインを気に入ってくれた人はいた。だから作品を売ってお金を稼ぐというのも、それほどばかげた話ではないはずだ。

ジンジャーは自分でワインのお代わりを注いで、時計に目をやり、まだ夜早いのに気づいてびっくりした。今夜はなにをしよう。そう言えば、家主が建物の屋上はルーフガーデンになっていると言っていたのを思いだした。ウィラの部屋のドア越しに誘ってみたが、返事がなかったので、ジンジャーはひとりでアパートメントを出て、階段をのぼった。いちばん上までのぼり、屋上に出る重い金属製のドアを押しあける。

わあ。

この高さからだと、シカゴの中心街のきらきらした夜景がよく見えた。ひときわ明るく見えるのはカブスの本拠地、リグレー・フィールドだ。露出した肌に夜気がふれてひんやりする。ジンジャーは目をつぶって胸いっぱいに深呼吸して、ゆっくりと吐きだした。そのときどこか憶えのある匂いに気がつき、はっとした。革と上質なコーヒーを思わせる匂い。

ぱちりと目をあけた。デレクが腕組みをして、屋上の縁を囲っている手すり壁にもたれていた。こちらを見ている。

ジーンズとスウェットシャツという服装でも、紺色の制服と同じくらいかっこいいなんて。まったく気に食わない。その退屈そうな表情からは、ジンジャーが来たことを歓迎しているのかどうか、よくわからなかった。別にどっちでもいい、とすぐに思った。いかにもわが物顔の態度だけど、屋上はべつにデレク専用ではない。

三日前、別れ際に言われた、「ジンジャーっていったら、普通は赤毛じゃないのか?」という言葉を思いだした。見ていなさい。きょうは負けないから。

ジンジャーはほほえみを浮かべ、少しだけいきがった歩き方で彼に近づいていった。

★

デレクは彼のほうに——じらすようにのんびりと——歩いてくる女性的誘惑にたいして、反応しないようにするのに苦労していた。ジンジャーが彼に気がつく前、顔を空に向け、髪を振るようにして肩から払い、ふっくらした唇でため息をつくのを、デレクは催眠術にかかったように見つめていた。

その吐息の音を聞いた瞬間、痛いほど硬くなり、満足げなため息を記憶庫にしまった。いつかおれのために吐息をつかせる。だがそれを許すのは、彼女にいかせてほしいと懇願させ——鋭い叫び声をあげさせたあとのことだ。

まるで生き物のように、敏捷で強大な所有欲が、デレクの腹のなかでからだを伸ばし、震えた。いままでも女を欲しいと思ったことはあるが、これほどではなかった。いますぐジンジャーが欲しい。想像のなかでしかしたことのないあれこれを彼女にしてやりたい。いまこの瞬間、もし別の不運な男がこの屋上にいたら、そいつが彼女のしなやかな肢体を見る前に、屋上から放り投げていた。

落ち着け、タイラー。おまえはついこの前、地獄に落ちろと彼女に言われたばかりなんだぞ。彼女に近づきたいと思うなら、まずすべきは、彼を見てもいやじゃないと思わせることだ。

デレクは普段、屋上なんて来ない。なんの用もない。だが十メートルも離れていない先で彼女が鼻歌をうたいながら夕食を料理している状況で、拷問のような想像からのがれるためにここにやってきたのだ。ジンジャーがソースをなめているところ。ジンジャーがオーブンからなにかを取りだすために、腰をかがめているところ。もう一秒も耐えられなかった。

それがいま、彼女も屋上にやってきて、その誘うような腰つきの歩き方となにかを決意したような顔から推理するに、彼の拷問はまだ序の口ということだろう。

ジンジャーは、手を伸ばせば届く距離で立ちどまり、首をちょっとかしげて、手にもっているワイングラスを差しだした。「これで休戦にしない、警部補さん?」

ファック。このセクシーな南部訛りを聞いただけで、捕まえてひざの上に腹ばいにしてその尻を叩き、なんて言うのかを聞いてみたくなる。

もっと強く叩いて、ダーリン。

デレクは心のなかで首を振り、彼女の差しだした手を見た。「ワインは女の酒だ」

「いいじゃない」

デレクはためらった――あの出会いのあとだ。彼女なら毒を入れかねない――だがけっきょくグラスを受けとり、グラスの縁越しに彼女を見つめながらごくりとひと口飲み、グラスを返した。

「ワインはなしってわかったけど、それならなんのお酒が好きなの、デレク？」

自分の名前を呼ばれて、やばいほど気に入った。「なぜ訊くんだ？」

彼女は肩をすくめた。「飲むお酒によってその人のことがよくわかるから。ワインを飲む人はたいてい感傷的で芸術家肌ね。自分語りが好きなの。ライトビールは若い男女で、つねにダイエットをしているタイプ。ダークエールは冒険好きのお酒ね。マティーニを好むのはセクシーな気分になりたい女性かな」彼に猫のようなほほえみを向ける。「それであなたは？　警部補さん」

「ウイスキー。ストレートだ」

デレクは彼女の顔に驚きが広がる様子を堪能した。「ほんとに？　意外だわ」

「なんだと思っていたんだ？」

「ミルク」

「ミルク?」

「そうよ。でも、おもしろいのは、ウイスキーを〝お母さんのミルク〟と言う人もいる。だから厳密に言えば、当たってた」彼女は正解を祝ってワインを飲んだ。「ウイスキーを飲む人は生真面目なタイプ。酔っ払うプロセスを楽しむんじゃないの。結果がすべてなのよ」

「そのとおりだ」デレクは彼女の唇から上に視線を移した。「だが時間をかけたいこともある」

その言葉にふいを衝かれたかのように、ジンジャーが少し目を見開いた。デレクは彼女を驚かせるのが楽しくて癖になりそうだと思った。彼女は腕をさすりながら、ふり返って街の夜景を眺めるために彼から離れていった。ここでひと言断わってアパートメントに戻る完璧なタイミングだった。だがデレクはジンジャーのあとを追った。

「きみは酒に詳しいんだな」デレクは彼女に並んで、言った。

ジンジャーはぼんやりとうなずいた。「バーテンダー歴が長いから」

男たちはきっと、酒を注がれながら彼女を〝お持ち帰り〟する空想にふけるのだろう。ジンジャーの服の好みを考えれば、ますますその確信は強まる。酔っ払いのろくでなしどもは、カウンター席に坐って彼女を鑑賞するために、その前に列をなして席があくのを待つ。

思わずからだの脇でこぶしを握りしめていた。

「ダウンタウンで働いているのか?」自分の耳にも、その声は張りつめて聞こえた。

ジンジャーはどういう意味かと、目をせばめている。

「じつは、きょうの午後、ウエスト・キンジー通りの〈センセーション〉で雇われたところよ」

その店の名前は知らなかったが、彼女の口調は仕事が見つかってよろこんでいるような言い方ではなかった。場所柄、客層はセックスの相手を求める若いやつらだろう。この状況のなにもかもがデレクの気に障った。「前はどこで働いていたんだ?」

「言っても知らないわ」あわてたように言うその口調で、彼に内蔵されている〝はぐらかし検知器〟が鳴った。明らかに、前の住所を知られたくないと思っている。

「その訛りなら、シカゴ出身じゃないな」

ジンジャーは答えず、ワインを飲んだ。もっとも、これは質問というよりは事実の確認だった。ふたりのこれまでのやりとりを考えれば、すぐにジンジャーが彼の知りたいことに答えてくれるようにはならないだろう。そして彼は、ジンジャーのことが知りたくてしかたがなかった。だがここは取調室ではない。もし取調室だったとしても、彼がジンジャーとなんとかなりたいと思っているなら、いまは〝いい警官〟を演じるべきときだ。

「なあ、悪かったよ。このあいだの朝は機嫌が悪かったんだ」

ジンジャーは腰を伸ばして彼のほうに向きなおった。ティッシュのように薄い布地が風に吹かれてからだに張りついている。淡いピンク色のシルクがまるで第二の肌のように彼女の胸をつつむ。デレクには彼女がその下に着けているレースのブラジャーの線まで見えて、思わずあの生地は手で簡単に破れるだろうかと考えていた。

「つまり、いつもはご近所さんを敵に回しているわけじゃないってこと？　いまさらあなたが歓迎委員会の一員だと言われても、わたしは信じないけど」

彼は笑った。「いや、いつもは近所の人を敵に回したりしない。じっさい、ほとんど交流がない」

「そう、つまりわたしたちはラッキーだったってわけ」

「きみの謝罪の受けとり方は独特だな」彼はワインを飲むジンジャーを見つめながら言った。「じつはあのときは葬儀に出かけるところだった。同僚の。つまり、あの朝はちょっと機嫌が悪かった」

彼女の顔からおもしろがっているような表情が消え、ワイングラスを手すり壁の上に置いた。「そうだったの」

デレクは彼女の真摯な表情に驚き、肩をすくめた。「ああ。つまり、それが理由だったんだ」急に深刻になってしまった雰囲気を元に戻そうと、デレクは言った。「きみはどうだったんだ？　おれのことを〝くそ野郎〟と呼んだし、どこかに行けとも言っていたが」

彼女は髪を肩のうしろに流し、彼を見上げてにっこりと笑った。デレクの息がとまった。くそっ、この娘は自分がなにをしているか、きっちりわかっている。

「あのね、警部補さん、レディに過去の罪を思いださせるのは紳士のすることじゃないのよ」

「きみにたいして紳士的だった憶えはないが」

彼女のほほえみが少し翳《かげ》った。おれの想像だろうか、それとも彼女もおれと同じくらい、おれの言うことを気にしているのか？　それはない、とデレクは思った。彼女も多少の好意はいだいているかもしれないが、自分がいま経験しているような激しい欲望とはくらべものにならないはずだ。いま、この瞬間も、彼女を肩にかつぎあげてベッドに運んでいきたい衝動を必死にこらえている。

抑えるんだ。いま自分が内心で思っていることを少しでも顔に出してしまったら、彼女は逃げだすだろう。しっかりしろ。

「もしあなたが紳士じゃないのなら、こんなに暗くてほかにだれもいない屋上にあなたとふたりきりでいたらだめね」

その言葉とは裏腹に、彼女の声にかすかな昂《たかぶ》りを感じとり、デレクの下腹部が反応した。もし彼女が少しでもおびえたそぶりをしたらすぐに後退するつもりだったが、そんな様子はない。そう、彼女は……そそられている。

デレクは目を伏せるように彼女の生意気な胸に目をやり、硬くなった乳首が薄い生地を押しあげているのを見て、ふたたび彼女の目を見つめた。たしかにそそられている。たいていの女性を警戒させる彼の一部が頭をもたげた。デレクは彼女に、最後の逃げ道を与えた。

「きみはおれとふたりきりでここにいるべきじゃないよ、ジンジャー」

彼女の息遣いが速まる。次はどう出るのかと待つあいだ、興奮がからだを駆けめぐった。ジンジャーは残りのワインを一気に飲みほし、彼と目を合わせた。「わたしはここが好きなのかもよ」

デレクはふたりの距離を詰め、手で彼女のあごをつつんで上を向かせ、かなり興奮しているその表情を見つめた。いちかばちか、手持ちのカードをテーブルに並べて見せることにした。これからおれが言うことを聞いたら、彼女はショックを受けたり嫌悪をいだいたりするかもしれない。だがそうならなかったら――その言葉をうれしいと思ってくれたら、どんなにうれしいだろう。デレクは女に自分の欲望を伝えるたびに、とがめられたり、恥ずかしがられたりされることにうんざりしていた。ジンジャーに受けいれられることは、なによりも重要に思えた。

「おれは紳士でいるのは難しいと警告した。きみはそれをわかっていて、挑発しているのか？」

ジンジャーは唇をなめた。「わたし、そんなことをしている？」

彼女にキスしたいという欲求がどっと高まる。だが彼女がしてほしいとお願いするまで、デレクはその欲求に屈するつもりはなかった。彼は親指の腹でジンジャーのふっくらした下唇をなぞり、彼女が鋭く息を吸ったがからだを引かなかったことに満足した。「はっきりさせておく。きみは核心を避けつづけるつもりらしいからな。おれは自分のベッドできみを組み敷きたいと思っている。きみが自分の名前も忘れるほど奥深くまで、おれのもので突きあげるつもりだ。そしてバーカウンターの反対側からきみに色目を使っているくずどもに、一週間後までおれの匂いがわかるようにする」

たたみかけるたびに、彼女は大きく目を見開いた。なにか言おうと口を開いたが、言葉は出てこなかった。

「前もって言っておこうと思ってな。おやすみ、ジンジャー」

あまりに早く強引になりすぎないように、無理やり彼女から手を放し、一歩さがった。デレクは踵を返し、アパートメントでひとり悶々とするために階段をおりていった。

6

　ジンジャーはバーカウンターの上にライトビールのボトルを二本置いて、ブルズの帽子をうしろ前にかぶっているずんぐりした大学院生にほほえみかけた。彼と目を合わせたまま音楽に合わせた動きでレジに向かい、二十ドル札のお釣りを用意した。

「その口でお母さんにキスするの？」

「いや、ぼくがこの口でキスしたいのはきみだよ」

　まっぴらよ。でもチップをはずんでくれたら、脈ありだと思わせてあげる。

　ジンジャーはカウンターの上にお釣りを置いて、笑った。「あら、よく考えてみないと」

　少し酔っぱらっている友人が彼をひじでつつき、眉を吊りあげた。〝うしろ前帽子君〟の大胆さに感心している。ジンジャーは内心うんざりした。彼らはりっぱないい若者だ。でもあした二日酔いで目を覚ましたら、このやりとりを思いだしてばつの悪い思いをするか、きれいに忘れているかのどちらかだ。ひょっとしたら、それぞれの恋人を連れて買い物に出かけ、今夜のことが話題になったら、たがいに目配せくらいはするかもしれない。

「電話番号教えてくれる？」

ジンジャーは悲しそうな顔をした。「ごめんなさい、勤務中は教えられないことになっているの。でもあなたの番号を教えてくれたら、わたしからかけるかも」

〝うしろ前帽子君〟は、友人とハイファイブを交わした。まるで目の前にジンジャーがいないかのように。それからプラスティックのホルダーから紙ナプキンを一枚取った。酔っ払いの字で名前と番号を書いて、カウンターを滑らせてよこした。マット。ジンジャーはそれを、今夜もらった番号の書かれた紙ナプキン二枚といっしょに、お尻のポケットに入れた。いまとりかかっている作品にぴったりだ。男の電話番号でデコパージュしたごみ箱。深い。

〝うしろ前帽子君〟のマット。おめでたい人ね。おしゃべりしているうちに、ビールの気が抜けてるよ。

「電話してくれよ！」マットはそう言ってボトルを取りあげ、人ごみのなかに消えた。

ジンジャーはため息をついて、次の客の注文を訊きにいった。ありがたいことに、今度の客にはヴァギナがついていた。彼女たちのマティーニを銀のシェイカーで振りながら、この仕事が見つかったのはついていたとあらためて思った。今夜のチップはまだ数えていないけど、ナッシュヴィルで働いていたときの倍は軽くある。

〈センセーション〉は街のおしゃれな地区にあり、周囲にはほかのバーやナイトクラブも多くある。ダンスミュージックを流すフロアが一階と二階にあり、それとは別にいくつかバーが設けられていて、毎日大学生や若い専門職の勤め人でにぎわっている。マネージャーはジンジャーの腕を見るために、彼女を一階のバーに配置した。入口にいちばん近く、ありがたいことに客の流れが途切れない場所だ。今夜は腕慣らしのシフトだけど、いっしょに働いているアマンダはすぐにジンジャーが経験豊富なのを見てとり、ここは彼女に任せて自分はバーの反対側で接客している。時間はあっという間に過ぎ、チップもどんどんたまっている。

ジンジャーは冷やしたグラスに芸術的に注いだマティーニから目をあげて、近づいてくるアマンダにほほえみかけた。アマンダも二十代前半で、金髪をピクシーカットにしている。かわいいし、ほお骨の目立つ彼女の顔立ちによく似合っているとジンジャーは思っていた。

アマンダは音楽に負けないように声を張りあげた。「ねえ、もうなにもかもすっかり慣れたみたいね！」

ジンジャーも同じように大声で応えた。「なにもかもきちんと整理されているから、飲み物をつくるだけでいいんだもの。とにかく忙しくて、一瞬も休めなかった！」

アマンダが顔を近づけてきて、ウインクした。「それは男のお客さんがみんなあなたのほうに集まってくるからよ」

ジンジャーはまさか、という顔をした。「そんなわけないでしょ。十分前、ビジネスマンのお客さんたちとテキーラ・ショットをやってたのを見たけど？」

「なにを言ってるのかさっぱり」

ジンジャーは笑って、女のお客さんたちの前に紙ナプキンを置いた。マティーニを載せるためだ。「心配しないで。告げ口なんてしないから。テキーラ・ショットはわたしたちのあいだでは神聖なのよ」

「よかった。ねえ、わたしのほうの端に、あなたにお酒をつくってもらいたいっていうファンがもうひとりいるの。あなたのほうには空席がないからって」

ジンジャーは眉をひそめてアマンダの向こうを見遣ったが、薄暗いバーの向こう端に坐っている客の顔はよくわからなかった。わたしにお酒をつくってもらいたいって？　まだ引っ越してきたばかりで馴染みのお客さんなんていないのに。

「しばらくこっち側と代わってくれる？」

「いいわよ。あの人につくってあげて」アマンダはジンジャーに腰をぶつけて、押しやった。「正直言って、ちょっと妬《や》けてるのよ。火傷しそうなくらいセクシーなんだもの。のぼせないようにね」

ジンジャーは笑って、お客さんたちの飲み物の残りをチェックしながら、長いバーカウンターの反対端のほうへと歩いていった。途中でふたりの飲み物の注文をとり、ようやく端に着いた。

デレク。

彼の射るようなまなざしに、ジンジャーはその場で裸にされているように感じた。坐っているだけで静かな自信を漂わせて、周囲の喧騒のなかでひとり目立っていた。ジンジャーのなかにゆっくりと熱っぽさが広がり、腕に鳥肌が立った。彼と目が合った瞬間、音楽は消えて、屋上にいたときに戻ったように感じた。ふたりきりで。ただ今回は、彼はジンジャーにキスをする。

ジンジャーは心のなかで震えて、デレクのまっすぐなまなざしから目をそらし、視線をおろしていった。制服姿も、ジーンズとスウェットシャツという恰好も見たが、彼のこの服がわたしのいちばんのお気に入りだとジンジャーは思った。黒いTシャツは胸板に張りつき、右側の袖の下からタトゥーがのぞいている。今朝からひげを剃っていないのか、顔の下半分は無精ひげに覆われている。

デレクは危険でセクシーに見えた。そして怒っていた。

ジンジャーは彼のせいで心を乱されたくなかった。ゆうべの屋上で彼が最後に言った言葉が、きょう一日ふとしたときに頭のなかでこだまし、落ち着かない気分になった。これまで男の人に口説かれたことは何度もあったけど、こんなふうに心が強く揺さぶられるのは初めてだった。それが気に入らなかった。

まったく。

彼女はガラスの棚からグラスを出して、店でいちばん高級なウイスキーをダブルで注いだ。

「またわたしに警告しに来たの？」彼の前にグラスを滑らせながら訊いた。

デレクは彼女と目を合わせたまま、グラスを取って、ごくりとひと口飲んだ。その喉の筋肉の動きを見て、ジンジャーは少しふらついた。彼がグラスを置く。「違う。おれは最初のときに、かなり高圧的に響いた。「どうかしたの、デレク？」

その答えは、かなり高圧的に響いた。「どうかしたの、デレク？」

「今夜はどうやって帰るつもりだ？」

ジンジャーは彼の答えになっていない答えにたいしてにやりとした。「バスで」

「おれが車で送る」

「せっかくだけど、公共交通機関のほうが安全そう」

デレクはグラスのなかの琥珀色の液体を回した。「おれとふたりきりになるのがこわいのか？」

もう。またこの人の挑発にむかつかされている。男をあしらうなんて簡単だと思っていたのに、相手がデレクだと彼のペースに乗せられてしまう。そしてジンジャーは、挑戦から逃げるような性格ではない。その挑戦が、昼間は警察官の制服を着て、夜はみだらな言葉で誘う男からのものなら、なおのことだ。デレクのような口説き方は初めてだった。自分の望みを率直に言葉にする。単純明白に。

きのうまでその存在さえ知らなかった自分のなかの一部が、息をしはじめる。ジンジャーは彼とふたりきりになりたかった。彼が次になんて言うのか、聞いてみたい。彼女をベッドに連れこむというゴールを、いったいどうやって達成するつもりなのか、見てみたい。男の人にそそられたのは久しぶりだった。それもこんなふうに、これほど強烈にそそられたことはなかった。

きみが自分の名前も忘れるほど奥深くまで、おれのもので突きあげるつもりだ――

あの言葉を思いだして、ジンジャーは震えた。

「あと一時間であがりなの。待っていてくれる……？」

デレクの目のなかに炎が見えた。「待つよ」

それから一時間、ジンジャーはバーのデレクのいるほうの端で、ようやくまばらになってきたお客さんたちの注文をとった。男のお客さんたちは相変わらず彼女の気を引こうとした。ジンジャーも、デレクの存在に気兼ねするようなことはせず、お客さんに気のあるふりを続けた。なんといっても、稼がなければいけないのだから。デレクのほうは見なかったけど、彼がこちらを見ているのはわかっていた。見られていることでジンジャーは昂り、からだがほてってきた。脚のあいだがじいんとして、どんどん濡れてきて、仕事に集中するのが難しい。

彼女にそんな反応をさせているデレクへの仕返しに、バーカウンター越しにお客さんの話を聞くときにはいつもより少し顔を近づけたり、高い棚のものを取るときに余計にお腹を見せたりした。〈センセーション〉のバーテンダーのお仕着せは、黒いショートパンツと、おそろいのホルタートップだ。見る人の心を騒がせる着こなしが好みのジンジャーにしても、この組み合わせは露出度が高かった。

それでも、わたしの頭のなかを占領しているデレクにはそれなりに苦しんでもらわないとね。ジンジャーはそう思いながら、床に落ちた紙ナプキンを拾って、お尻を見せつけた。

　ようやく長い一時間が終わった。ジンジャーは、バーの端の席に坐っているデレクの熱いまなざしにさらされつづけて、息切れしそうだった。チップの自分の分を取り、アマンダに手を振って、人差し指を立ててデレクにちょっと待っててと合図した。バッグを取ってきたジンジャーは、入口で待っていたデレクと合流した。

　彼は駐車場へとつながるドアを無言で押さえて彼女を通し、黒いSUVまで歩いていった。助手席のドアをあけ、彼女を乗せるとき、緑色の目でじっと見つめていた。車内には革とコーヒーのデレクの匂いが残っていて、彼が車の後部を回ってくるあいだ、ジンジャーは大きく息を吸いこみ、その匂いを記憶に刻んだ。

〈センセーション〉からアパートメントまでは車で十分だった。最初の五分間、ふたりともなにも話さなかったが、ジンジャーには、デレクのいらだちがひしひしと感じられた。

「それで、バーテンダーの仕事しか見つからなかったのか？」

　ジンジャーはむっとした。「バーテンダーと同じくらい稼げる仕事はそんなに多くないのよ。それに、わたしはバーテンダーとして優秀だし」

デレクは苦々しい声で笑った。「ああ、きみがバーテンダーとして優秀なのは言われなくてもわかる。自分の目で見たばかりだからな」

「ウィラのことを考えないと。来年は大学生になるし、好きな大学に行かせてやりたいと思っているのよ」

「バーテンダーの稼ぎでな」

彼の疑わしそうな口調はおもしろくなかったが、ジンジャーは黙っていた。盗んだお金のことをもちだすのは、ばかな考えリストの最上位を争うだろう。大学の学費がどれくらいかかるのかはわかっているし、ウィラを大学に行かせるのは楽なことではない。でもかならず、やってみせる。

「あなたがわたしと寝るときにいい気分になるために、たとえば不動産屋の退屈な事務職にわたしが転職すると思ってるなら、自分の時間を無駄にしているわよ、ハニー。わたしの時間もね」

デレクは目の前の道路から目を離さなかったが、そのあごは彼女の言葉にぴくりと痙攣した。「つまり、いまのきみの意見表明によれば、ゆうべおれが提案したことについて考えてみたということだな?」

まったく、こんな話し方をする人がほんとにいるなんて。「検討中よ」

「検討を早めるために、なにかおれにできることはあるか？」

「さあ……」

「よく考えてみろ」

ジンジャーは顔を窓のほうに向けて、ほほえんだ。ようやく彼をわたしのペースに乗せられた。「もう少しいろいろ努力しないとね、デレク」

「おれはムードのある音楽をかけてシャンパンで乾杯するような男じゃない」

「よかったわね、わたしが安い赤ワインとカントリーミュージックが好きで」

デレクがアパートメントの建物のそとに車をとめると、ジンジャーはすぐに車からおりた。さっさと自分のアパートメントに帰り、今度は自分が最後のひと言をものにしたというよろこびにひたるつもりだった。階段をのぼり、静かな廊下を通って、自分のアパートメントのドアまできたところで、彼が追いついた。いきなり、手から鍵をひったくられた。ふり返るとデレクがその鍵を自分のポケットに入れたところだった。

あまりの厚かましさに、ジンジャーはあいた口がふさがらなかった。「なにをしているの？」

「すぐに返してやる」

デレクのしわがれた声を聞いた瞬間、いくつかのことがはっきりした。彼のほお骨がかすかに紅潮していること、息遣いが荒くなっていること、その硬いからだがものすごく近くにあること。ジンジャーはドアにつけた背中を弓なりにした。無意識に彼の視線を下に誘い、ぴったりしたホルタートップのなかの胸を強調した。

彼に見てほしい。

自分がそう思っているという自覚に動揺したジンジャーは、彼が一歩前に出るのを見て息をのんだ。喉がカラカラになっている。「さっきわたし、もう少し努力しないとねって言ったと思うけど」

デレクは背をかがめ、大きな両手をジンジャーの頭の両側につき、ほんの数センチまで唇を近づけた。「どうやらおれたちの〝努力〟の定義は違うようだ」

「そうなの？　あなたの定義はなに？」

「おれにそれを言ってほしいか？」彼はジンジャーのあごの下を唇でかすめた。「それとも実演してほしい？」

火傷するほど熱い唇で肌をこすられ、ショックが波のように全身を駆けめぐる。彼女とデレクは出会いからこれまでに二回、性的に昂ったやりとりを交わしたが、彼が実際に彼女にふれたのはこれが初めてで、その感覚は、まるで麻薬のように脳を直撃した。ジンジャーは頭をそらし、敏感なところにもう一度キスしてほしいと誘ったが、彼はそれには乗らず、彼女の答えを待った。

彼女は頭をあげて、彼の目をまっすぐ見た。「実演して」

デレクの唇が勢いよく貪欲に彼女の唇を襲った。唇がふれた瞬間、そのあまりの強烈さに、ふたりとも震えながら息をついだ。ジンジャーが手を滑りあげ、肩の筋肉に爪を食いこませると、デレクはうなって彼女をドアに押しつけた。もっと近づきたくて、ジンジャーは彼のウエストに脚を回し、デレクに両手でかかえあげられ、腰を押しつけられて、声を洩らした。唇を離し、湿ったパンティーに食いこむ硬いものに息をのむ。

「バーであんなショーをおれに見せつけて、楽しかったか?」

彼は片方の手をお尻からあげて肋骨をなで、ジンジャーの右胸のすぐ下でとめ、その目を鋭く見つめながら、無言の問いかけをした。そうよ、さわって。ジンジャーはうなずき、滑るように胸を覆った彼の手にそっと揉まれて、あまりの快感に目をとじた。デレクに見られているのを感じる。彼はジンジャーの反応のひとつひとつを計りながら、親指でこわばった乳首を愛撫した。仕事中にデレクに見つめられていたときの興奮がますます膨張して爆発する。彼女の唇から切ない声がこぼれる。脚のあいだがずきずきする。

「質問に答えろ。楽しんだのか？」

デレクの言葉が、ジンジャーのからだのうずきを耐えがたいほどにした。この瞬間、パンティーをはぎとり、ドアに押しつけたまま激しく奪ってほしいということ以外、なにも考えられなかった。自分の唇をなめる。「ええ」

彼の目がぎらりと光る。「あのショーはおれだけのためだったのか、それともあそこにいた男たち全員に見せようとしていたのか？」

この人、わたしの首に唇を押しつけ、耳のすぐ下の敏感なところを吸いながら、話を続けるつもりなの？　巧みな舌が鎖骨までたどるようにさがっていき、またのぼってきてやわらかな肌を嚙みながら低くうなる。

「あれは営業用なのか、それとも、前にも客といっしょに帰ったことがあったのか？」

ジンジャーは首を横に傾け、首を愛撫してほしいと懇願した。彼女のお尻をかかえあげている手の動きで彼の昂りに押しつけられ、どんどん摩擦が高まっている。自分で動けたら、ショートパンツをはいたままでもいきそうなのに、彼の手と腰に動きを制限されている。思わずもどかしげに声をあげた。

耳に彼の荒い息があたる。揺れるドアに彼女を突きあげるリズムで。自分がそこまで彼を興奮させているのかと思ったら、頭がくらくらしてくる。ふたたびデレクが唇を合わせてきたとき、ジンジャーは彼の下唇を噛み、彼の目を見つめながらそこをなめた。デレクは大きくうめいてむさぼるようにキスを深め、舌を吸って彼女をもだえさせた。

計算した愛撫を彼がとつぜんやめたとき、ジンジャーは抵抗し、彼の唇を求めた。でもデレクは応じなかった。

彼女をドアに押しつけたまま、その太ももに両手を滑らせ、ひざの下に腕を差しいれ、肩の高さまでもちあげた。そうして腰を突きあげた。ジンジャーがいちばん欲しかったところに。思わず頭をそらす。

「デレク」

「答えろ」

質問がなんだったのか、思いだせない。唇からあえぎ声が洩れる。もう少しでいきそうだった。「いいえ！　だれともいっしょに帰ったことなんてなかった。一度も」

正直な答えを聞いていくらか冷静になったのか、デレクは一歩さがって、かかえていた脚を放し、彼女を下におろした。からだとからだの摩擦にふたりとも声をあげた。

ジンジャーは欲求不満で叫びだしたかったし、もう少しでそうしそうになったが、そのときいきなりわれに返った。たったいま自分は、だれに見られるかわからない廊下で、ほとんど知らない男にいかされる寸前だった。こんな無謀な行動は自分の柄ではなかった。でもそれは奇妙なほど、なにかを思い起こさせた。正確に言えば、だれかを。母さん。

苦々しい腹立ちと羞恥心がジンジャーの全身を駆けめぐった。デレクの胸を押しのけ、彼に怒りをぶちまけた。「いまみたいなことをして、あなたとバーの飲んだくれたちとどこが違うの？　まったく同じよ。唯一の違いは、わたしが運悪く引っ越したのがあなたの向かいの部屋だったということだけ」

デレクの落ち着きは消え、ふたたびジンジャーをドアに押しつけ、あごを手でつかんだ。「いいや。違いは、きみはほかの男たちにはファックされたいと思わなかったことだ。だがおれにはファックされたくてたまらない。そうだろ、ジンジャー？」

「いいえ」

暗く笑いながら、大きな手でジンジャーの脚のあいだをまさぐる。つつむようにしてしっかりと押さえ、指二本で、明らかに濡れているパンティーの縫目をなでる。

「嘘だ」

「大嫌い」

デレクが険しく目をほそめる。「どれくらい嘘つきか、おれに証明してほしいのか?」

「いいえ、わたしの鍵を返してほしいだけ。早くあなたから離れたいから」

ジンジャーは彼が伸ばした手から鍵をひったくり、錠をあけた。なかに入ってすぐにデッドボルトをかけてドアにもたれ、荒い息を吐いた。

少しして、廊下を遠ざかっていく重たい足音が聞こえた。

ずるずると床に坐りこんだジンジャーは、三つのことに気づいた。

ひとつ。デレクが自分をどれほど動揺させるか、完全に過小評価していた。彼はわたしに、ほかのことをなにもかも忘れさせてしまう力がある。彼女のからだの反応を支配する。母親のヴァレリーはたびたび、男以外のなにもかも忘れていた。ジンジャーはそんなふうになりたくなかった。ぜったいに。

ふたつ。知らないあいだに、お尻のポケットに入っていた、客の電話番号が書かれた紙ナプキンを彼に盗まれた。

そして最後に三つ目。わたしにはヴァイブが必要だ。それもパワフルなやつが。

7

デレクは落ち着かない気分で、ノートパソコンの画面に映るファイルを見つめた。ジンジャーがナッシュヴィルを出たのは、ネグレクトな母親のせいだけとは言い切れないなにかがあるような気がしてならなかった。深く調べてみて、自分の勘が間違っていなかったことがわかった。ヴァレリーは最近の薬物所持容疑で逮捕されたとき、H・デヴォンという人物に保釈金を払ってもらっていた。デレクはナッシュヴィル周辺の範囲でその名前を検索した。

ヘイウッド・デヴォンは数々の前科もちで、ナッシュヴィル市内にいくつかのストリップクラブを所有している人物だった。クラブを拠点にした麻薬密輸と売春の嫌疑があり、ナッシュヴィル市警は数週間ごとにデヴォンのクラブを調べていた。

ジンジャーの母親がヘイウッド・デヴォンのような男と密なつきあいがあるとすれば、ジンジャーの心配は、食事に事欠くということだけではなかったはずだ。デヴォンのような男は、なにも見返りなしで他人の保釈金を払ったりしない。その見返りが手に入らなければ、その家族に借りを払わせる。

窓のそとから聞き覚えのあるふたりの声が聞こえてきた。デレクはノートパソコンをとじて、ジンジャーと妹のウィラが、錆びの目立つオレンジ色のおんぼろピックアップトラックからおりてくるのを見ていた。ふたりは荷台から食料品の入った紙袋をおろしている。ウィラがトラックの荷台越しになにか――ひわいなこと――を言って、ジンジャーが頭をそらして大笑いしている。

そんな彼女を見て、デレクの腹の筋肉がこわばった。客はみんなセックス相手を見つけにきているようなあのナイトクラブに行って、カウンター席に坐ったとき、今度こそジンジャーと普通の会話をするつもりだった。ふたりともむかついて終わるような話ではなく。だが一時間以上、彼女が男に媚びるようにまばたきしたり、これ見よがしになまめかしい動きをしたりして、彼もふくめて半径百メートル以内にいる男全員を鋼鉄も切れそうなくらい硬くさせるのを見せつけられた。

強烈で原始的な独占欲が、まるで溶岩のように彼の体内を焼いた。ふたりのアパートメントの建物に帰ってきたとき、彼はジンジャーをオーガズムの寸前まで昂らせてから身を引き、〈センセーション〉で彼女にされたのと同じくらい欲求不満を味わわせてやるつもりだった。だが自制がふっとび、もう少しでジンジャーとの可能性を台無しにしてしまうところだった。そのせいで、いまもみぞおちに重苦しいものが居坐っている。これまであんなふうに自制がふっとんだことなんてなかった。欲望に身を任すかどうか、彼はいつも意識的に決めて、それを満たしてきた。制御不可能なほどの欲望なんて一度も経験がない。

とはいえジンジャーは、彼にそこまで強烈な感情をいだかせる初めての女だった。次にまたふたりきりになったら、また同じことをしてしまわないという自信はなかった。彼女にたいする自分の反応は、どうも制御不可能らしい。

だが考えれば考えるほど、自制することがジンジャーに近づくのにいい方法だとは思えない。彼女は、デレクにみだらな言葉で口説かれて感じていた——それも彼を興奮させる——そして彼の自制がふっとんだとき、彼女も同じくらい情熱と欲望を爆発させて応えてきた。ジンジャーがまるで蔦のようにそのしなやかなからだを彼のからだに這わせ、カウボーイ・ブーツを彼の腰に食いこませてきた感触を思いだし、デレクは思わず声を出してうめいた。その声が静かな彼のアパートメントに響いた。

ジンジャーは溶けたキャラメルのように甘かった。まるでその直前まで棒キャンディーをなめていたかのように。それに、デレクの耳元で彼女が洩らした小さなあえぎ声が耳について、あの日は朝まで眠れなかった。

彼の欲求不満の原因とその妹が、彼のアパートメントのドアの前を通りすぎていく音が聞こえて、デレクはため息をついた。「もう少しいろいろ努力しないとね、デレク」と、ゆうベジンジャーは言っていた。だから、彼女の定義に沿って、努力してみるつもりだった。だが彼女にも努力させる。どんな状況でも、デレクは相手の言いなりになるような男ではなかった。

★

ウィラは袋入りのニンジンを冷蔵庫の野菜室に入れると、ごついブーツで扉を蹴ってしめた。

ジンジャーはびくっと身をすくめた。「便利な両手はどこかに忘れてきたの、ウィラ？　まったく」

妹は考えこんでいるような顔をした。「青果コーナーに置いてきちゃったかも。とってくるから車を借りていい？」

ジンジャーはあきれたように笑った。「中指だけあればだいじょうぶでしょ。それに、わたしたちが運転しているあの機械は〝車〟とは呼べない。〝鋼鉄製の死の罠〟よ。百歩譲って〝トラック〟はいいかもしれない。でも〝車〟はないわ」

「あの車はいままで一度も走らなかったことないじゃない。まさにクラシックカーだよ」

「クラシックのポンコツよ」ジンジャーはそう軽口を叩くと、冷凍の箱入りラザニアを冷凍庫につっこんだ。「そう言えば」と、さりげなく切りだす。「転校して三日たったわけだけど。学校はどんな感じ？」

「悪くない。そうだ、ええと……金曜日の夜、写真の授業のプロジェクトでバスケットボールの試合を観にいかなきゃいけないんだ」

これまで学校のことを訊いてもろくに答えなかったウィラが、自分から学校の話を？　ジンジャーは無頓着を装った。「スポーツ行事に参加するの？　入口で全身炎につつまれちゃうんじゃない？」

いつものように、ふたりはジョークに笑った。でもウィラの表情によぎった翳を、ジンジャーは見逃さなかった。「悪気はなかったのよ」彼女はあわてて言った。「ただ、その……いつも団体行動は嫌いだって言ってるから」

「嫌いだよ」ウィラはほほえんだ。「前もって、消火器を用意しておいてくれるように言っておかないと」

なんとなく妹の様子が気になった。「ウィラ――」

そのときドアがノックされる音がした。

ふたりは顔をしかめた。ジンジャーがとめる前に、ウィラが玄関に行って、チェーンをかけたまま細くドアをあけた。「なんの用？」

一瞬の沈黙。「だれか大人はいるかな？」

デレクの深く響く声に、ジンジャーの鼓動は高まった。うちの玄関でいったいなにをしているの？　ふたりは昨夜、廊下でセックスしたも同然だったけど、だからといってなごやかに、〝ご近所〟づきあいをする間柄ではない。

退屈そうな顔をして玄関ドアへと向かい、チェーンをはずしてドアを大きくあけ、彼を見た。今度はグレーの長袖のサーマルシャツと黒っぽいジーンズという恰好で、やっぱりすごくセクシーだった。ベルトに銀色の警官バッジをつけている。

「なにかご用、警部補さん？」

彼の緑色の目が気だるげにジンジャーの全身を見て、彼女の目に戻ってきた。「そろそろファーストネームで呼んでもいいくらいには互いのことを知ってるだろう」

ウィラの問いかけるような表情を無視して、ジンジャーはデレクに鋭い視線を送った。「あなたがそのほうがいいのなら、デレク、なんといってもご近所だし」

「おれはそのほうがいい」

「じゃあ、そういうことで」

「おふたりさん、いつまでセックスしたくてたまらないって目つきで相手をにらんでるつもり？　そういうことなら、あたしは席をはずそうか？」

「ウィラ！」

デレクが深くてよく響く声で笑った。ウィラはびっくりしているジンジャーにたいしてあきれたように目を回した。

ジンジャーはまだ笑っているデレクにきっと向き直った。「なにか用があるの？これから夕食をつくって、そのあとは仕事に行くんだけど」

ジンジャーの〝仕事〟という言葉にデレクの笑いは消えたが、返事する代わりに、彼女が気づいていなかったプラスティックの袋をあげて見せた。「つくる必要はない。中華料理をもってきたよ」そういうと、さっさとアパートメントの奥に入っていって、姉妹ふたりは口をあんぐりあけてその背中を見た。

最初に立ち直ったのはウィラで、柄にない歓声をあげた。「中華料理！　やった！」

ジンジャーはあぜんとして、デレクとウィラがふたりでプラスティックの袋のなかから、白や赤の箱を取りだし、ダイニングテーブルの上に置くのを見つめた。

「ちょっと待って。きょうはチキン・ポットパイをつくろうと思っていたのよ。わたしのポットパイ好きでしょ、ウィラ?」

「ああ、もちろんよ。姉さんのつくるものならなんでも好き」〝姉さん〟という言葉でウィラが演技しているのがわかった。妹はいままでジンジャーのことを〝姉さん〟なんて呼んだことは一度もなかった。それに、いつから中華料理が好きになったの?

ジンジャーは鼻をくんくんさせて、ふたりがいるキッチンに入っていった。「前もって言ってくれれば」棚から皿を出しながら文句を言う。「わたしが、ポットパイを押しつけるいやなやつみたいじゃない」

ピリ辛のハニー・シュリンプやオレンジ・チキンをそれぞれの皿に取り分けながら、ジンジャーはテーブルの向かいに坐るデレクを慎重な目つきで見つめた。彼はその視線を受けとめ、問い返すように片方の眉を吊りあげた。この男は明らかになにかたくらんでいる。ふたりきりになったらすぐに白状させよう。それまで、彼がこのなごやかなご近所づきあいが普通のことのように演じるつもりなら、それにつきあってあげてもいい。「ねえデレク、警部補の仕事ってどんな感じなのか教えてくれる? すごく危険そうよね!」

デレクはジンジャーの皮肉な口調に目をせばめたものの、調子を合わせて答えた。「おれは殺人課に所属している。たしかに危険だが、仕事で相手をするのはほとんどが死体だよ」

ジンジャーはあやうく春巻きを喉に詰まらせそうになり、ごくごくと水を飲んだ。さいわい、死体という言葉にウィラが興味を引かれた。

「そのなかで生き返って、あなたを死ぬほどびびらせたのもいた？」

「いや」

「キャッチフレーズもってる？」

デレクは笑った。「いや」

ウィラはがっかりしたようだったが、クリームチーズ入りのワンタンで自分をなぐさめていた。

「いま捜査している事件はなにかある？」ジンジャーが訊いた。

「ああ、あるよ。対立するふたつのギャングが敵をひとりずつ殺し合っている。そのままにしておけばいつかは問題解決だから、そうしたいところだが、あいにくおれの仕事はそういうことじゃない」

ジンジャーは意外な思いでデレクを見た。そんな冷酷なことを言うには若すぎるように思えたからだ。さっき玄関で笑っていたときの彼は、いつもの冷然とした態度ではなく、純粋に屈託のない笑顔だった。あの短い一瞬は、厳しい責任を忘れたように見えたが、いまはまたしっかりと真剣な顔の仮面をかぶっている。

「前に、ギャングの入門儀式について書いた記事を読んだことがある。かなりこわいやつ」ウィラが言った。「たいていはコンビニ強盗とか、そういうのだけど、新しいメンバーが対立組織のだれかを殺すという場合もあるって。いま起きているのはそういうことなの？」

「かなり興味があるようだな」デレクは椅子の背にもたれて、ウィラの黒髪と黒い服を眺めた。「葬儀屋ギャング団でも創設するつもりなのか？」

「デレク！」ジンジャーはとがめた。テーブルを乗り越えて彼の首を絞めてやりたかった。妹のことを侮辱して無事でいていいのは、わたしだけだ。

ウィラはその侮辱に口をあんぐりあけた。でも箸で警部補を突き刺す代わりに、頭をそらして大笑いした。

ジンジャーはようやく理解した。妹が普通の会話をして、他人とのおしゃべりで大笑いしている。間違いなく、シカゴの水道水にはなにかが入っている。

「おもしろいよ、〝汁なし麵《ローメン》〟警部補、悪くない」

デレクは新しいあだ名についてはなにもコメントせず、また料理を食べるのに戻った。ジンジャーは餃子を口に運び、椅子の背にもたれてショーを見物することにした。

「不本意ながらあなたはあたしの尊敬を勝ちとったし、青白い顔をして革ずくめの服装をした、首に犬の首輪をしたゾンビのギャングたちが街をうろついているというものすごく笑える図を想像させてくれたお礼に、役立つ情報を教えてあげる。それに、中華料理をもって訪問した目的がセックスだとしたら――」

ジンジャーは椅子から立ちあがった。「ウィラ！」

「――あなたが気の毒だから。あたしの姉さんはだれともデートしないの。だから時間の無駄だよ」

デレクは眉を吊りあげ、ウィラとジンジャーを交互に見た。「ほんとに？ そりゃまたどうして？」

ジンジャーの頭のなかで警報が鳴った。「ウィラ、やめて」

妹はまるで聞こえなかったかのように、その言葉を無視した。実際、ジンジャーは自分が金網マッチの観客になったかのように感じた。「それはあたしたちが〝三位一体〟と呼んでる一連の事件が原因なんだ」

「でもね、あれはすごく退屈な話だから、デレクは聞きたくないと思う」

デレクはジンジャーにほほえみかけた。「ぜひ聞きたいね」

ウィラは箸でワンタンを広げた。「二十一歳の誕生日を迎えたころ、ジンジャーは本気で男とデートしてみるという運命的な決心をした。そうして実現した合計三日間という短い期間に起きたことは、三回におよぶ人類史上最悪のデートとして、広く世間に知られている。ジンジャーはそのいずれのデートにおいても、前菜さえ食べ終わることはなかった」ウィラは骸骨《スカル》の指輪をした指を一本あげて、ジンジャーの黒歴史を語りはじめた。ジンジャーは打ち負かされた気分で、両手で顔を覆って首を垂れた。「最初の男の名前はヒューーイ・ルイスだった。冗談じゃないし、親戚でもないよ。で、そのヒューーイは、ディナーの前にお酒を飲んでいるとき、さりげない口調で、じつは地下室でスナネズミを養殖しているんだと言った。ジンジャーは、明らかに冗談だろうと思って、笑った。そうしたらヒューーイは、自分の言ったことがほんとうだと証明するために、コートのポケットからクーターという名前のペットのスナネズミを取りだして、テーブルの上に放した」

ウィラは指を二本に増やした。「その次がビル。ジンジャーの同僚がブラインドデートを手配した。ジンジャーが電話でビルから聞いていた住所に行ってみると、そこは教会だった。あとでわかったのは、ジンジャーに抜き打ちで洗礼を受けさせようという計画だったということ。地域の迷える者たちに手を差し伸べようという教会の新たな試みで、その場には信徒全員が集まっていた」

ジンジャーはうめき声をあげ、立ちあがって、からになった箱をゴミ袋に入れはじめた。デレクの、いかにもおもしろがっているような表情を見ないですむなら、なんでもよかった。

「ウィラ、もういいでしょ。いい加減にして」ジンジャーは本気を強調するためにブーツの踵を踏み鳴らした。

「まさか、わたしが〝宦官〟のウォルターのことを省略するはずがないでしょ」

ウィラがその爆弾を落としたとき、デレクは水を飲んだところで、ひどくむせた。彼が普通に呼吸できるようになるまで、ウィラが席を立って背中を叩いてやらなくてはならなかった。いい気味、とジンジャーは思った。もし彼がほんとうにわたしとセックスしたいと思っているなら、わたしの恥ずかしいデート失敗談を聞いて笑うのは、いい作戦じゃないから。

「いいわ、あなたたちふたりがわたしを笑いものにして楽しみたいなら、わたしはもう仕事に出かける準備をする。あなただって、会いにいかなきゃいけない死人がいるんじゃないの、警部補さん?」

デレクはそのヒントを受けとらなかった。ウィラがソファーに寝転がってカメラをいじりはじめると、デレクはアパートメントのなかを歩きまわって、窓の錠からつくりかけのデコパージュまであれこれ観察しはじめた。ジンジャーはきのう、近所のガレージセールで大きな宝箱を見つけて、さっそく製作をはじめていた。見つけたときに、子供が自分のおもちゃをその宝箱にしまうイメージが浮かんだから、テーマは「子供時代」にした。育児雑誌や子供の練習帳をつかって、テーマに合ったテディベアやマンガのキャラクターを切りぬいて貼りつけていた。

「これはなんだ?」彼が宝箱をあごで指して訊いた。

「デコパージュよ」

デレクは説明を求めるように片方の眉を吊りあげた。どういうわけか、自分の趣味のことを彼に話すのは、なんとなく親密すぎるように感じた。もし彼が、いつものように、彼女のデコパージュをばかにしたら、自分がどんな反応をするかわからなかった。これまで彼女の作品を買ってくれたのは、クリエイティブなものを評価する、好みが似た人たちだった。デレクはたぶん、クリエイティブなものなんて、まったく関心がないだろう。

ジンジャーはため息をついた。「わたしは中古の家具を買って、それに雑誌や新聞の切り抜きを貼りつけ、個性的な作品にしているの。たとえばそれとか」そう言って、パリがテーマのコーヒーテーブルを指差した。先週完成したもので、このアパートメントによく合うからとっておくことに決めた。

デレクはそれに近づいて観察し、ジンジャーはシンクでグラスを洗いはじめた。彼の顔に浮かぶあざけりを見るのがこわかった。

「いいじゃないか。売ってるのか？」

自分のすぐうしろでデレクの深い声がして、ジンジャーはびっくりして飛びあがった。視界の端で、ウィラがソファーから立ちあがって自分の部屋に入り、カチリとドアをしめたのが見えた。間違いなく、ジンジャーとデレクをふたりきりにしてやろうという気遣いだろう。

きょうのウィラには驚くことばかりだ。

ジンジャーはデレクのほうをふり返り、肩にかかった髪を払った。「いいえ。ナッシュヴィルでは、ときどき作品を買ってくれる人がいたけど、どちらかと言えば趣味だから」ついうっかりシカゴに来る前に住んでいたところを明かしてしまって、内心で身をすくめた。ナッシュヴィルを出た理由を考えたら、余計な情報を自発的に与えるなんて、賢いこととは言えない。

「趣味ではなく商売にするべきじゃないか」

彼のお世辞にほおが赤くなるのを感じた。男に外見以外をほめられるのには慣れていなかった。彼女の気を引こうとしているだけなのかとも思ったけど、そんなふうには聞こえなかった。

デレクはキッチンを歩きまわり、あらゆるものに目をやり、重さや寸法を測っているようだった。たぶん勤務時間外でも、観察して分析する能力のスイッチを〝オフ〟にすることはできないのだろう。でも彼が自分のうちにいるのは奇妙な感じだった。正直に言えば、どの男でも自分のうちにいたら奇妙な感じだけど、とくにデレクはジンジャーを落ち着かない気持ちにさせる。次にどうするのかまったく予想できない。ふたりは肉体的に惹かれあっているのは間違いないし、ジンジャーはそれを先に進めたいと思っていたけど、中華料理とかウィラとのおしゃべりとか、そういうのはセックス以上のなにかに感じられる。

そんなことを考えたらパニックになりそうになって、ジンジャーはここでもう一度、境界線を引いておくべきだと決めた。ふたりの関係は厳密にからだだけにする。だれが相手でも、面倒な感情的なもつれなんてごめんだった。

「なにか違法なものを探しているの、デレク？　そうしたらわたしに手錠をかける口実ができるから」

近づいてくるデレクの目の色が濃くなり、ジンジャーの背筋に震えが走った。あら、わたしの警部補さんはダーティートークが好きなんだ。ジンジャーは彼の弱点を見つけてうれしくなった。彼は職場では強固な自制を保っているけど、彼女のそばでは、セクシーな魅力びんびんのバッドボーイになる。

「ベイビー、おれがきみに手錠をかけるのに口実は要らない。必要なのは機会だけだ」

わお！　その短い台詞で、彼はジンジャーをものすごく興奮させた。もしかしたら、彼女の弱点も彼と同じで、ダーティートークなのかもしれない。デレクが目の前に迫ってきて、ジンジャーはシンクに追いつめられ、彼を見上げた。

「そう、それであなたはどうやって、その〝機会〟をつくるつもり？」

デレクは片手をあげて親指で彼女の下唇をなでた。「署に戻るまであと一時間ある。そのあいだに三通りのやり方できみをファックできる」

ジンジャーは思わず息をのんだ。「ほんとにはっきり言う人ね、警部補さん」

「きみはそのほうが好きだろう」

わたしは彼のみだらな話し方が好き？　イエス。わたしは怒るべき？　たぶん。でも彼の言葉は率直に感じられたし、その言葉が彼女のからだを昂らせているのは否定できない。

「そうかも」ジンジャーが舌を出して、唇にふれている彼の親指の腹をなめると、デレクはうめき声をあげた。「でも中華料理くらいじゃ誘惑されないわ。もっと努力しなさい、デレク」

「なるほどそうか。だがひとつだけ言っておく」デレクはそう言うと、彼女をとじこめるように両手をカウンターにつき、頭をさげた。その舌で首のつけ根から上まですっとなめあげられて、頭がくらくらしてくる。「おれがきみの脚のあいだに入りこむのに時間がかかればかかるほど、ついにそうなったときのおれは乱暴になる。わかったか?」

呼吸が乱れて、胸が急速に上下している。彼のアパートメントに連れていってその脅しを実行してほしいと懇願してしまいそうになるのを必死でこらえているせいで震えながら、ジンジャーはうなずいた。

こんな簡単に、彼に降伏してしまうなんて。でもすごく気分がよかった。

彼女の背中を滑りおりた手がお尻をつつみ、あからさまに所有権を主張するように揉みしだいた。

「今夜はいい子にしていろ、ジンジャー。言うことを聞いたかどうか、すぐにわかるからな」そういうと、彼は踵を返してアパートメントから出ていった。ジンジャーはその背中を見つめるしかなかった。

これがパターンになりつつある。

8

ジンジャーは自分の部屋の暗い天井を見上げながら、頭のなかで、いまの自分の精神状態を表現する言葉を並べていた。〝激怒〟、〝狂暴〟、〝逆上〟が上位にきている。その次にくるのが、〝感心〟、〝困惑〟、〝少しだけ興奮〟。

今夜の〈センセーション〉でのシフトは、控え目に言っても、とんでもなかった。勤務を始めて十五分したとき、バッジをつけた刑事が、バーの彼女の担当するほうのカウンター席に坐った。そのときはなんとも思わず、注文のスコッチのソーダ割りをつくって出し、次のお客さんのところに行った。でも一時間ほどすると、彼女の担当するセクションはジャケットとネクタイを着け、雑談したり互いの武勇伝を披露し合ったりしている刑事ばかりになった。

最初、ジンジャーは、「なにこれ、こんなめずらしいこともあるんだ」としか思わなかった。でも少しして、彼女に近づこうとする男性客は全員、バーを占拠しているも同然のバッジ組にあからさまな敵意の視線を向けられ、すごすごとアマンダのセクションに行ったり、クラブ内のほかのバーに移ったりしているのに気がついた。それに、刑事のうちただのひとりも、ジンジャーの首から下に目をやることもなく、彼女に話しかけるときには礼儀正しく敬意をもった話し方しかしなかった。

「今夜はどういう風の吹きまわしで〈センセーション〉にいらしたの？　警察の人がこの店に来るのはだれかを逮捕するときだけだと思ってたんだけど」ジンジャーは冗談交じりにそう言って、彼らにこんなことをさせている黒幕はデレクに違いないという推理を証明するヒントを探した。

刑事たちはなんのことだかわからない、という感じで目を見交わして、そのうちのひとりが言った。「なんのことだかわからないな。この店にはしょっちゅう来てるよ」

嘘ばっか。デレクの指紋がいたるところに見える。

今夜はいい子にしてろ、ジンジャー。言うことを聞いたかどうか、すぐにわかるからな。

午前二時にデレクのアパートメントに怒鳴りこんでその尻を蹴飛ばさないでいる唯一の理由は、刑事たちがジンジャーにチップをはずんで、下心満々の男性客がいない分を補ってくれたからだった。

それにしても、デレクがこんな不愉快な工作をする動機が気に入らない。毎日、彼女をスパイするために告げ口屋の集団を送りこんでくるのは不可能だろう。つまり彼の唯一の動機は、ジンジャーをもてあそぶこと。自分にはどんなことが可能か、彼女に見せつけることだ。まったくあいつ、どこまで傲慢なの。

でもそれならなぜ、自分がデレクのアパートメントに行って彼に文句を言うところを想像すると、彼がジンジャーのナイトシャツの裾をめくってキッチンカウンターに坐らせる展開が頭に浮かぶのだろう?

〈センセーション〉のマネージャーが、いつもと違う客に気づいてそれがジンジャーのせいだと思われたら、まずいことになる。デレクの飼い犬の刑事たちが常連客を脅したと知ったら、マネージャーはたぶんよろこばないだろう。同じくらい稼げる仕事を探すのは大変だし、失業したら次の仕事を見つけるまでのあいだに、どうしても盗んだお金に手をつけることになってしまう。

あのお金のことを考えるたびに、不安な気持ちになる。いつもは、そんなお金は存在しないかのようなふりができている。つまり、姉妹でシカゴに引っ越してきたけど別にお金を盗む必要はなかったというふりだ。それが、ものすごく尊大な警部補とその部下の刑事たちのせいで、ちょっとした窃盗のことが気になってしかたがない。

心配なのは、デレクが彼女を監視するためにそこまでする人間なら、彼女の過去を調べるのにも躊躇しないのではないかということだった。たぶんすでに調べている。ヴァレリーはあのお金を違法な手段で手に入れたはずだから、まさか警察に盗難届を出すなんてしないと思うけど、人生に〝絶対〟はない。もし届出が出されていたら、デレクは簡単にそれを見つけられる立場にいる。

ジンジャーは腹ばいになって、枕に顔を押しつけ、彼女の秘密を知ったデレクの顔を想像しないようにした。それよりもっと大事な心配ごとがある。

たとえば、なんとしても彼女を自分のベッドに誘いこもうとしているデレクにたいして、冷静でいるにはどうしたらいいのか、とか。

それに、もしかしたら自分も彼を欲しいのかもしれないこととか。

天井からなにか冷たいものが落ちてきて、ジンジャーのほおにピチャッとあたった。大きな滴がさらにふた粒、彼女の顔にあたり、次にいきなりザーッと水が降ってきて、髪と顔を濡らした。

「いったい？」

掛け布団をはいでベッドからおりた。ベッドサイドのランプの薄暗い明かりでも、ベッドの真上の天井の染みがどんどん大きくなっていくのがわかった。部屋のあちこちで水が垂れてきている。さっきまで乾いていた布団がいまはぐしょ濡れだった。

箪笥の上に置いた新しい携帯をつかみ、管理人の番号を探した。水道管かなにかが破裂したに違いない。彼女の部屋が水浸しになる前に、建物の元栓を締めてもらわないと。いまの状態でも、掃除するのに大変な時間がかかりそうだ。

ジンジャーはベッドのまわりを回って、ドアに向かったが、たどりつく前に天井全体が崩落し、水とねばねばする漆喰のかけらでずぶ濡れになった。

うしろによろめき、床に尻もちをつく。よじ登るようにドアノブに手を伸ばし、なんとか立ちあがった。いったいどういうことかと最後にもう一度部屋のなかを見ると、水が滝のように流れ落ちていた。ジンジャーはウィラの部屋へと走った。「ウィラ、起きて！」

妹はがばっと起きて大きな声で言った。「ジンジャー？　いったいどうしたの？」

「わたしの部屋の天井が落ちて、そこらじゅう水びたしなの。あの部屋だけで終わらないかもしれないから、この部屋から出ないと」

ウィラは疑わしげに首をかしげた。「ねえ、夢を見ているんじゃないの？」

「わたしを見てよ。びしょ濡れじゃない！」

「わかった。起きるよ」

ふたりはおそるおそるリビングに入り、ライトを点けて見上げると、ここの天井にも染みが広がっていた。

「ああ、そんな」ウィラが小さな声で言った。「ジンジャー、あの作品が」

ジンジャーは部屋のそちらのほうをあえて見ないようにしていた。無理やりそちらに目をやると、まだニスを塗っていない子供の宝箱は水漏れの真下にあり、装飾的な椅子二脚といくつかの帽子箱も全滅だった。

必死で涙をこらえる。「たいしたことない」

ウィラは心配そうに姉の顔を見たが、次の瞬間、大きく目を見開いた。

「ドリーが」ふたりが言ったのは同時だった。

ふたりは完璧にシンクロした動きで水浸しのソファーとコーヒーテーブルを飛び越えたけど、そのことに感心している暇はなかった。高さ百五十センチのドリーの彫像の頭と足をそれぞれがもちあげ、その重さにうめきごえをあげた。ジンジャーが先導して、めちゃくちゃになった部屋のなかをうしろ向きに進み、通っても安全な場所をウィラに指示した。急がないと。天井の染みの広がる速さから見て、いつまでもその下にいるのは賢明ではないのは明らかだ。

「ジンジャー、もっと高くあげないと！　ドリーの胸がテーブルにあたったら、とれちゃう！」

ジンジャーは筋肉の痛みに低くうめきながらドリーをもちあげた。「初めて、ドリーの胸がもっと小さければよかったのにと思ったわ」と、あえぎながら言った。

ありがたいことに、ふたりはドリーをどこにもぶつけることなく部屋のそとに出て、ジンジャーは管理人のレニーに電話した。その結果、レニーは眠っていたところを起こされ、二分とたたないうちにジンジャーたちのアパートメントにやってきたのだが、そのときにはすでにリビングの天井の一部がたわみ、部屋にどんどん水が溜まっていた。ジンジャーとウィラがドリーの彫像といっしょに廊下で待っているところに、レニーが、ジーンズのボタンをはめながら走ってきた。

レニーはふたりのアパートメントのなかをちらっと見て、すぐに階段をかけあがり、上の階へと向かった。またすぐに階段をかけおりていったが、たぶん地下室に水栓を締めに行ったのだろう。自分たちのアパートメントの水漏れはようやくとまったが、ジンジャーはなかに入ってみる勇気はなかった。でも、ドアのすき間から、引っ越してようやく慣れてきたばかりのアパートメントをのぞいた。

ものすごく慌てた様子で何度も申し訳ないとくり返すレニーの説明によれば、ジンジャーたちの上の階に住んでいるのは中年の独り暮らしの女性で、インフルエンザにかかり、服用した薬の副作用で、バスタブにお湯を張っているあいだに眠りこんでしまった。それが三時間前のことだ。古い建物の床は水の重みにとうてい耐えきれず、ジンジャーとウィラのアパートメントに落ちたというわけだった。

ジンジャーがレニーに電話してすぐに消防隊がやってきて、ポンプで水をくみ出しはじめた。さらに上の階の女性の様子を見て、彼女が自分で思っていたよりもずっと具合が悪いことがわかった。

ジンジャーとウィラは、廊下を行き来する消防士たちのじゃまにならないように壁に張りつくように立っていたが、そのときデレクのアパートメントの玄関ドアが勢いよく開いた。彼はグレーのスウェットパンツと白いTシャツという恰好で、どうやら物音のせいで目が覚めたところらしい。彼は目を細くしてアパートメントに入ってくる消防士たちを眺め、それからまっすぐにジンジャーを見た。下に落ちた彼のまなざしに全身を見つめられるまで、ジンジャーは自分がどんな恰好をしているか忘れていた。びしょびしょに濡れた白いナイトシャツだけ。あわてて胸の前で腕を組み、ウィラの前に立ちふさがった。ウィラも同じようなナイトシャツ姿だったが、もちろん色は黒だ。

デレクは忙しく行き来する男たちをにらみつけて、無言でアパートメントのなかに戻っていった。すぐに、胸のところに警察署のロゴが書かれている大きなフリース製のスウェットシャツ二枚をもって出てきた。その一枚をウィラに渡し、ウィラはありがたく受けとり、それを着た。デレクはもう一枚をジンジャーの頭にかぶせて、ひっぱった。裾がジンジャーのひざまできた。

「いったいなにがあったんだ？」ようやくデレクが尋ねた。

ウィラとわたしがびしょ濡れで凍えて、ホームレスになってしまったというのに、この男はわたしに答えを要求しているの？　冗談じゃない。「わたしに怒鳴らないでよ！」

デレクは自分の鼻梁をつまみ、彼女のアパートメントに入っていった。すぐに管理人のレニーがさっきの話をデレクにくり返しているのが聞こえてきた。アパートメントのあちこちの被害状況を確認しているらしく、レニーの声は近くなったり遠ざかったりした。

「ジンジャー？」

ジンジャーはウィラを見た。「なに？」

「あたしたち、ナッシュヴィルに帰らなきゃいけないってこと？」

妹の意気消沈した声に、ジンジャーは涙がこみあげてきそうになったが、こらえた。

あとで。なぜこういう不幸がふたりについてくるのか、もしかしたら当然の報いなのか、泣くのはあとでもできる。いまはウィラを安心させてやらないと。

「ばかね、帰るわけないでしょ」

ウィラの顔がぱっと明るくなった。「ほんと?」

ジンジャーは首をかしげた。「ここが好きなの?」

妹はうなずいた。

「それならここにいる」ジンジャーはドリーの彫像を見てうなずいた。「ドリーも言ってたじゃない。虹を見たかったら、雨を我慢しないとって」

「ずばりそのとおりじゃん」

ふたりで笑った。

デレクがレニーと消防士ふたりを従えてアパートメントから出てきた。彼はすぐにジンジャーを見たが、そのまなざしはどこかすまながっているようだった。彼が消防士と話したり、レニーに修繕にはどれくらいかかるのかと質問したりしているのを見て、ジンジャーはデレクを見直した。いま彼女の目の前にいるデレクは、不機嫌で口の悪いセクシーな男ではなく、警察官だ。

ジンジャーがそんなことを考えているうちに、彼らはなにか重要な決断に至ったらしい。四人がそろって彼女のほうを見た。

ついにデレクが、警部補らしい相手に有無を言わせぬ声で言った。「よし、行こう。きみたちはおれのところに来るんだ」

9

「ラリってるのね」

ジンジャーの言葉に、うしろにいる新米消防士たちが忍び笑いをこらえているのが聞こえて、デレクは顔をしかめた。そんなにおかしいか？　おまえらが彼女相手に試してみるところを見てみたいよ。

いや、前言取り消し。ほかの男がジンジャーになにかを試すなんてだめだ。さっきアパートメントから出てきてジンジャーの姿を見たとき、彼はまばたきを忘れた。彼女が着ていたびしょ濡れの白いTシャツは、かろうじて尻を覆う長さで、硬くなった乳首と赤いパンティーが透けて見えた。いまは彼のフリースのスウェットシャツを着ているが、まだ服が足りない。もし新米消防士二号がもう一度でも彼女の脚を見たら、あのサスペンダーで首を絞めてやる。

「口論は無用だ」

ジンジャーはばかな、と言いたげに笑った。「これは口論じゃないわ。口論ならあなたが勝つ可能性もあるけど」

デレクはなんとかこらえた。「ちょっとはずしてくれ」ふり向き、レニーと消防士たちにぶっきらぼうに言った。彼らは最後にちらっとジンジャーを見て——デレクは歯を食いしばった——アパートメントのなかに戻っていった。

一歩前に出て、ジンジャーの腕に手を置こうとした。

「さわらないでよ、デレク。ただじゃ置かないから」

「なんで怒っているのか、説明してみろ」

ジンジャーはまっすぐ彼を見た。カンカンに怒っていながら、ものすごくきれいだ。顔や首に濡れた髪を張りつけていても。キスしたい、とデレクは思った。「わたしが怒っているのは、あなたが、わたしたちがどうするのかを指図して、わたしたちの考えを訊かないことよ。わたしと妹のことを決めるのはわたしよ。あなたじゃない。ここはあなたのバッジの管轄外だから。ついでに言えば、わたしの職場もね！」

くそっ。デレクは自分の下手な工作にしっぺ返しを食らうことになるとわかっていた。その工作が、部下の刑事たちに、異例の夜勤免除を与え、〈センセーション〉で一杯やったらどうだと言っただけだとしても。そのうえで、だれでもジンジャーを口説こうとしたやつはアパラチア山脈の警察署に異動させるとほのめかした。

彼はこの口論を終わらせるいちばん手っ取り早いやり方をわかっていた。きっとジンジャーは彼にむかつくだろう。もしかしたらあしたまで。だがだれでも見られるように彼女の脚が露出しているこの廊下で、これ以上言い争いを続けるのはもう限界だった。彼女をこの建物のそとに出すという選択肢もありえない。

「いまは午前三時だ。こんな夜中に、全身ずぶ濡れのウィラを連れてそとに出てホテルを探すつもりなのか？　それは危険だし、ウィラもきみも風邪を引いてしまうぞ」

ジンジャーの向こうに、ウィラがぎょっとして目を見開いているのが見えた。「だめだよそれ」彼女が小声で言う。

ウィラの反応にとまどい、ジンジャーのほうをふり向く。てっきり彼のあからさまな誘導に怒っているはずだと思っていたのに、彼女はうしろめたさでいっぱいの沈痛な面持ちになっていた。デレクはその変化を見ただけで、自分のなかが虚ろになったように感じた。おれは、ただ口論を避けるだけのために、彼女にこんな顔をさせてしまったのか？

ジンジャーはふり返ってウィラを見た。ウィラは足元の床が口をあけてのみこんでくれればというふうに下を見ていた。「そうね。わたしはよく考えていなかった。

ウィラ、ごめんね」

ウィラはすぐに首を振った。「ジンジャー、あいつの言うことなんて聞かなくていいよ。あたしたちはジンジャーがいちばんだと思うことをする。いつだってあたしたちのこと、いちばん考えているのはジンジャーなんだから」

ジンジャーのほほえみは悲しそうだった。「いいえ、わたしよく考えていなかった。デレクの言うことは……正しいわ。これからどうするかはあした決めましょう。でも今夜はここに泊まる。デレクのところに」

ジンジャーはお願いするように彼のほうをふり向いたが、目を合わせようとはしなかった。どうしたらいいのかわからず、デレクは咳払いをして、先に彼のアパートメントに行っているようにうながし、ジンジャーは言われたとおりにした。ウィラは彼の前を通りすぎるとき、大きな彫像に手を振った。

「ドリーを運ぶときは気をつけてね」

三十分後、デレクは汗だくで自分のベッドの端に腰をおろし、短い髪を手でかきあげた。シャツをぬいで、洗濯物かごのあるあたりに放り投げ、マットレスに倒れこみ、重いため息をついた。この三十分は忍耐の訓練だった。ふたりを客用の部屋に案内して、クイーンサイズのベッド用の寝具一式を渡すあいだ、ジンジャーは彼と目を合わせようとしないし、ウィラはときおり殺気のこもった目でにらみつけてくる。ジンジャーによそよそしくされてもしかたがないとは感じていたが、あんなふうに無視されたら、いくらこちらが話をしたくてもその見込みはない。

今夜はもう寝るのは無理だとあきらめ、あと数時間後には出勤だとわかっていたので、デレクはサイドテーブルの上からノートパソコンをとって、犯罪現場の報告書を読みはじめた。二件目の報告書を途中まで読んだところで、リビングとつながっているバスルームのドアが開閉する音が聞こえた。少しすると、シャワーの音が聞こえてきた。彼は二十メートル先に存在するジンジャーの裸の想像図をブロックして仕事に集中しようとしたが、押し殺した泣き声に気づき、はっとした。

その涙は自分のせいかもしれないという思いに駆られたデレクは自分の部屋を出てバスルームのドアの前に立ち、こぶしで優しくノックした。その音で彼女の泣き声がやんだ。

「ジンジャー？」

一瞬の沈黙。「なに？」

その声がかすれていることに、デレクはため息をついた。大きな決心をして、彼女の許可を待たずにバスルームのドアをあけた。

大理石のカウンターに腰掛け、脚をぶらぶらさせているジンジャーはありえないほど若く見えて、デレクは心臓が締めつけられるようだった。フリースのスウェットはすでにぬぎ、太ももの真ん中までの丈の透け透けのナイトシャツ姿だ。乾きかかった髪があちこちはねて顔をつつみ、一部は前に垂れて彼女の表情を隠している。そのとき彼女がさっとこちらをふり向き、泣き腫らした目を大きく見開いて彼を見つめた。その美しさに、デレクは鋼のこぶしで腹を殴られたように感じた。なにか動揺しているせいで肩をがくりと落としてはいるが、あごの線に頑固さ、その目に勝気さが見える。そんな彼女を見て、デレクは自分の無力さを思った。

ドアをしめるためにふり向いたとき、彼はひと息ついて考えをまとめ、彼女に近づいていった。ジンジャーの正面に立ち、ふたりはしばらく見つめあっていたが、ふいにジンジャーの顔がくしゃくしゃになった。ためらうことなくデレクは前に出て、震える彼女を両腕でつつみ、ぎゅっと抱きしめた。びっくりしたことに、彼女は細い腕をデレクの首に巻きつけて引き寄せ、彼の首に顔をつけたまましゃくりあげた。

デレクの仕事では、女性に泣かれるのは避けられない。犯罪現場によくいる、残された母親、妻、娘。彼はずっと前に心に鎧戸をおろした。そうしなければ仕事にならないからだ。だがときどき、彼の心の奥深く隠された場所にふれる人間がいた。奇妙に感情を抑えて、運ばれていく父親を見送る子供。息子を殺されて、何日たってもその死を受けいれようとしない母親。そうした悲劇に完全に心が痛まなくなったら、それは警官を引退すべきときだろう。

だがデレクは、シンク上の鏡に映った自分が、ほっそりしたからだを震わせているジンジャーに腕を回し、裸の胸に抱きしめているのを見て、心を動かされまくっていた。彼女の嗚咽《おえつ》のひとつひとつ、震えのひとつひとつが、彼の息を奪った。デレクは彼女の悲しみとそれを生みだしたものをとり除いてやりたかった。だがなにもできない自分を感じて、彼女の背中を円を描くようになでるしかなかった。

「わたしはだめなのよ」彼女はデレクの首に顔をつけて言った。まだとめていないシャワーの音にかき消されそうだったが、なんとか聞こえた。

「なにがだめなんだ、ベイビー?」

ジンジャーはからだを引いて、両手で涙をぬぐった。デレクは彼女を放したが、ほんとうはふたたび胸に抱きよせたかった。

「なにもかも。妹の面倒を見ること。わたしたちがどうするか決めること」

「なあ、ジンジャー、さっきおれが言った、きみが夜中にウィラを連れて出ていくという話なら——」

「違う、違うの、そうじゃない。でもそれも一例だけど」彼女は気をとりなおすように深く息を吸った。「今夜、わたしは落ちてきた天井に潰されて死んでいたかもしれない。ベッドを出るのが五秒遅かったら、わたしは死んで、ウィラはよく知らない町でひとりぼっちになるところだった。ああ、もう、わたしはいったいなにを考えていたんだろう？」

デレクは天井の話を聞いて自分が青ざめているのはわかっていたが、喉のつかえを無視してできるだけ落ち着いた声で言った。「天井が落ちるなんて、わからなくて当然だよ、ジンジャー」

彼女は首を振った。「あなたはわかってない」

「それなら教えてくれ」

「シカゴに来ることはわたしが決めたの」彼女は手で顔をごしごしこすった。「ここならいいと思って。ウィラにもっとたくさんの機会があるから。でも、ああ神さま、わたしはまったくわかっていなかった。わたしは水浸しになったアパートメントの直し方も、おいしいポットパイのつくり方も、妹の悩みを聞いてやることも、なんにもうまくできない。そういうこと全部、失格なの」

デレクは彼女の顔にかかった髪をなで、払ってやった。「おれの話を聞くんだ。今夜は大変なことがあったから、なにもかも実際より悪く思えている。きみもウィラも無事だった。それ以外のことは、なんとかなる。なぜならそうするしかないからだ。シカゴでも、ほかのどこでも、同じような問題はついてくる」

ジンジャーは信じられないように笑って、むせた。「まったく。あなた、人の慰め方をもっと勉強したほうがいいわ」

「すまない、だがチキン・ポットパイなんてだれでもうまく焼けるものじゃないのか？　きみのだって、だいじょうぶだろう」

彼女の喉から笑い声がこみあげてくる。「こんなロッカールーム・トーク並の励ましを受けて実際に気分がよくなるなんて、信じられない。でも、ほんとだわ。ありがとう、コーチ。そろそろフィールドに戻って、敵に目にもの見せてくるわ」

「スポーツの話ができる女は好きだよ」

「それならこれからがっかりするはずよ。わたしのスポーツの話はいまので打ち止めだから」

ジンジャーは深いため息をついてカウンターからおりたが、彼にさわらないように気をつけていた。「つまり、わたしたち、今夜で完全に一線をあいまいにしてしまったということ」

「どういう意味だ？」

「いままでわたしたちは、なにかに向かって進んでいた。それがなんだったのかは、よくわからなかったけど。でも、これでわたしたちはルームメイトになったんだから、なにもかも違ってくる」

彼は眉を吊りあげた。「はっきり言ってくれないか」

「つまり、わたしたちはもう、寝たりできないってこと。もしそうしたら、あなたはわたしが親切に感謝して同意したのかどうか、わからなくなる。そしてわたしも、あなたがわたしたち姉妹を自分の家に泊めてくれたのは、わたしとセックスするためだったのかと疑うことになる」

「ジンジャー、きみの頭に天井が落ちなかったというのはほんとうか？」

彼女はとがめるような顔になった。「いいえ、警部補さん、わたしの災難をもちだすのは失礼よ」

デレクはうんざりした顔をジンジャーに向けた。

「もう一度、わたしたちのあいだに一線を引いて対等の立場に戻す方法はひとつしかない。自分のアパートメントに戻るまで、わたしはあなたに家賃を払う。そうすれば、さっき言ったような疑いをもつこともない」

「ジンジャー」

「待って。ふたつルールがあるの。まず、〈センセーション〉に刑事を送りこんでわたしのじゃまをするのは、もうやめて。これまでだって、お守り役は必要なかったし、いまさらお守り役が十人もいらないから」

まったく、この女にはあきれる。ほぼ透け透けのTシャツとパンティーという恰好で彼の三十センチ前に立ち、いますぐ床に押し倒されて死ぬほどファックされる危険にさらされているのにまったく無自覚などころか、おれにルールを述べたてている。

「それでふたつ目のルールは？」

「え？」

「ふたつルールがあると言ってただろ」

彼女はじっくり考えているようだった。「ああ、そうだった。いちばん重要なルールよ。わたしが自分のアパートメントに戻るまで、セックスはなし」

デレクは吹きだした。「ベイビー、おれはあと五分我慢できるかどうかもわからないのに」

ジンジャーはあんぐり口をあけ、視線を下にやってスウェットパンツを押しあげている大きな膨らみを見た。「デレク、わたしは本気で言ってるのよ。わたしはあなたの〝住みこみのセフレ〟になるつもりはないから」

出しっぱなしになっているシャワーの湯気がゆっくりとバスルームを満たし、ふたりのあいだの空気を温かく湿らせている。バスタブとガラスのシャワードアにあたるシャワーの水音が絶え間ないドラム音のように響き、ふたりの声はふたりにしか聞こえなかった。ものすごく官能的だった。自分のバスルームでろくに服を着ていないジンジャーとふたりきり。彼女が自分のものに囲まれているのを見る。湯気のなかで彼女のやわらかな声を聞く。

デレクが入ってきたときには乾いていた彼女の髪が、湿気が多くなったせいでカールして、首や胸に張りついている。彼の目つきに気づいたのだろう、呼吸が震え、その胸が大きく上下する。デレクの視線は寸分の狂いもなく、からだに張りつくTシャツの下に透けて見える、つんととがったピンク色の乳首に落ちた。

彼はジンジャーに迫り、からだで彼女をあとじさりさせた。そのまま前に出て、彼女をふたたびカウンターに腰掛けさせた。開いた脚のあいだに腰を割りこませて、彼女のふくらはぎからひざ、その上へと両手をゆっくり滑らせ、むきだしの太ももをつかむ。

彼女の耳元でささやく。「一線があいまいになろうと、おれにはどうでもいい。もうおれの部下たちがバーに行くことはないが、おれが従うルールはそれだけだ」ジンジャーは抗議しかけたが、デレクは彼女の太ももをつかむ手に力をこめ、黙らせた。「おれは完全なろくでなしじゃない、ジンジャー。ここに入ってくる前に、今夜はセックスはしないと決めていた。そうでなければ、いまこの瞬間、おれはきみを突きあげ、思いっきりいかせている」

彼女は息をのみ、カウンターの上でそわそわと身をよじりはじめた。このまま話を続けて迫れば、いまここで彼女を抱けると、デレクにはわかっていた。だがそれはしない。そんなことをすれば、彼女は自分が動揺しているところをつけこまれたと思って彼を憎み、完全に離れていくだろう。ジンジャーを一回抱くだけではとうていじゅうぶんではない。だからそれは選択肢にならない。

だが、たまらない。彼女の裸のからだに近づき、気がおかしくなりそうだった。彼女の耳元に顔を近づけ、その首に顔を押しつけたのは間違いだった。野の花のような匂いに鼻孔をくすぐられる。ジンジャーは頭をそらして、もっと愛撫をとねだり、デレクは考える前に首の湿った肌に口をあけたキスをして、強く吸っていた。ジンジャーは声を洩らし、カウンターの端にからだを滑らせた。デレクの生存本能は、さがれ、彼女から離れろと命じたが、彼のからだはその声を無視してもっと近づいた。

彼女はむきだしの太ももをデレクのウエストを囲むように巻きつけ、その敏感な芯を、彼の昂りに押しつけて動いた。

「くそっ」歯を食いしばる。彼女の薄いパンティーはなんの障害にもならなかった。手をおろしてひきちぎれば、数秒で彼女のなかに入れる。デレクは一度だけと思い、激しく突きあげ、驚いた彼女の唇から小さな叫び声をあげさせてから、一歩さがった。自分も興奮しながら、半裸で抱かれたがっているジンジャーを見て、デレクはあまりの肉体的苦痛にくじけそうになった。

「デレク、またわたしをこんな目に遭わせないで」

彼は両手でジンジャーのウエストを抱き、頭をさげた。彼女の言うとおりだ。この状態でほうっておくことはできない。二度もなんて。それで自分が死ぬほどつらくなっても。

デレクは荒々しくジンジャーをカウンターからおろし、くるっと回して鏡のほうを向かせた。彼女の背中を自分のからだに引きあげ、彼の欲望を感じさせてから、両手を彼の首に巻きつけさせた。この姿勢だとジンジャーのからだが伸び、完全に彼の愛撫にたいして無防備になる。

手を彼女のTシャツの裾におろすと、デレクはかすめるようにして肋骨をなで、裸の胸を両手につつんだ。乳首を指で軽くひっぱってから、手のひらで円を描くようにして優しくなでる。ジンジャーは気に入ったようだ。こちらに顔を向けて、彼の唇を探し、キスを求めてきた。デレクはその願いをかなえてやった。彼女が望んでいるように――隅々まで丹念に、みだらなキスを。最初は舌先で唇をなめ、ジンジャーが不満の声を洩らすと、その唇を罰して貪欲をこらしめた。

「デレク、お願い、お願いよ」ジンジャーが片手をのばしてＴシャツをぬごうとする。

「だめだ、Ｔシャツは着たままだ」

「どうして？」

「きみの裸の胸を見たら、そのかわいい乳首に吸いつきたくなる。きみの乳首を吸ったら、おれのものをきみのなかにつっこみたくなる」

ジンジャーが彼の首に顔をつけてよがり、そのセクシーな尻を彼の狂暴なほど硬くなったものに押しつけて身もだえする。その瞬間、デレクは心のなかで断言した。いままで生きてきて、いますぐジンジャーを前のめりに倒し、すでに自分のものだと思っているものを奪う以上に、強烈に欲したことはなかった。

もう少ししたら、こらえたままジンジャーから離れることは不可能になると気づき、デレクは片手を彼女の腹に滑らせ、彼女の赤いシルクのパンティーのなかにもぐりこませた。さらさらした潤いにふれ、もう少しでぎりぎりの決意が揺らぐところだったが、なんとかこらえた。中指を熱いぬるみのなかを滑らせ、膨れた突起を見つけ、絶え間なく責めたてはじめる。焦らすようなストロークで円を描き、彼女を夢中にさせて、それから突起をなで、いちばん欲しがっているところをつまむ。

指を二本に増やしてクリトリスを強く刺激しながら、鏡のなかのジンジャーと目を合わせた。オーガズムが近づき、目がとろんとしはじめている。デレクは視線を落とし、濡れた木綿生地を押しあげている硬くとがった乳首、そしてその下の、彼女のパンティーのなかでリズミカルに動いている自分の手を見つめた。いままで見たなかで、もっともなまめかしい眺めだった。「ジンジャー、いつか近いうちに、おれはきみにいまとまったく同じ姿勢をとらせて、何度でもファックするからな。きょうの埋め合わせだ」ジンジャーは絶頂を越え、頭をそらして、腰を激しく回した。デレクは手で、彼女のあそこが締まり、震えるのを感じた。指を二本、深く挿入してオーガズムを長引かせる。痙攣がおさまり、彼女がぐったりともたれかかってくるまで、彼は指を休ませなかった。

ジンジャーがいくところを見て、デレクは思った。もしいま死んだとしても、おれは幸せだったと思える。いますぐ彼女から離れる必要がなかったら、もう一度同じことをして、また彼女の感極まった顔を見ていた。だが彼は湯気で曇った鏡のなかの彼女からしぶしぶ目を離し、その肩に額を乗せた。

「このサービスも家賃に含まれているの？」彼女があえぎながら言った。

デレクはうれしくなって、ジンジャーの首に唇を押しつけて笑った。いいぞ。ジンジャーがセックスのあとで黙りこむタイプでなくてほんとうによかった。これまで彼がつきあった女たちはたいてい、自分がやったことに言い訳したり、いまのはどんな意味なのかと尋ねたりした。

「家賃はいらない」

ジンジャーはため息をついた。「デレク」

デレクは彼女の腰をなで、指に力をこめてそっと食いこませた。「ほかのなにかを考えよう」

「なんだかいやな予感がする」

「おれが言ってるのはセックスじゃない」

「あら」

デレクは、彼女の声に隠しきれない失望の響きがあるのを聞いて思わずにやりとしたが、自分の欲望がまた一段増しになり、笑っている場合ではなくなった。ここから出ないと。すぐに。だがまず、「きみが気にしている一線をあいまいでなくする方法がある」

ジンジャーの目が——間違いなく無意識に——彼の唇に落ち、デレクはスウェットパンツのなかでもっと大きくなった。「ふうん、それなら言ってみて、警部補さん」

「頼みがある」

彼女はやっぱりねという笑みを浮かべ、彼から離れようとした。「そんな気がしてた……」

「そういう種類の頼みじゃない」彼はジンジャーのウエストに手を置いて引きとめ、小さく笑った。「じつは仕事がらみで、あしたの夜のチャリティーディナーに出席することになっている。連れとしていっしょに来てほしい。おれのデート相手として」

ジンジャーはなにも言わず、探るような目で彼を見た。

「さっきも言ったが、きみから金は受けとらない。だが、きみがどうしてもおれたちを対等な立場にしておきたいなら、これで家賃とチャラだと思ってくれていい」

「そういうこと」ジンジャーは身震いした。「デート相手、と言った？　こんな直前でシフトを代わってくれる人を見つけるのは、大変なのよ」

「七時までに出かける準備をしておいてくれ」

彼女はため息をついた。「わかった」

「ならおれは、まだ可能なうちに行くからシャワーを浴びるといい」

デレクはうめき声をこらえて彼女から離れ、バスルームから出た。

10

デレクのアパートメントの玄関ドアが開閉する音がして、腕にローションを塗っていたジンジャーは手をとめた。彼女はすでに出かける準備をして、客用の部屋で待っていた。

デート。

英語のなかでもっとも不愉快な言葉だ。嫌い《ヘイト》と音が似てるのも、納得がいく。遅い《レイト》や、いらいら《イレイト》するとも似ている。遅いと言えば、デレクの遅刻に文句を言ってやらないと。

「上出来じゃない」ジンジャーは小声で自分をほめた。

壁の時計によれば、デレクは約束の時間から三十分の遅刻だ。彼女にデート相手になってくれと頼んでおきながら、時間どおりに迎えにくる礼儀もない。ジンジャーはつけていたシャンデリア・イヤリングをひっぱってはずした。これで八回目だ。そもそもどうして承知してしまったのだろう。家賃と引き替えにデートという取引は、デレクのごまかしだ。そう非難して、ちゃんと家賃を受けとらせるべきだった。それなのに彼女は、簡単にうんと言ってしまった。

きょうの午前中は、レニーと、水漏れの修繕のために雇われた作業員たちといっしょにアパートメントを片付けた。自分とウィラの持ち物を調べて、手持ちの服全部を含めてほとんど助かったとわかり、ほっとした。だめになったものは捨てて、残りの濡れた服を地下の洗濯室にもっていって、念入りに洗った。さいわい、ジンジャーのデコパージュ作品のほとんども救出可能だった。でも子供のテーマの宝箱は捨てなければならなくて、おもてのゴミ捨て場に引きずっていくときには涙が出た。

宝箱はだめだったけど、一日でかなり作業が進み、これならすぐにうちに戻れるかもしれないとジンジャーは希望をもった。水浸しになったクローゼットを苦労して探し、ビニール袋がかかったままの、唯一のちゃんとしたドレスを見つけた。彼女の夢のリトルブラック・ドレスだ。ヴィンテージもののヴェルサーチで、ナッシュヴィルのガレージセールで見つけた。そのガレージセールは、サン・トロペから予定より早く帰宅した妻が、夫の愛人がうちに泊まっていたのを知って、若い愛人の持ち物を売り払うために開催したものだった。

そしてなんと、そのドレスの値段はたった五セントだった。

ジンジャーは鏡の前に立って、自分がどんなふうに見えるかを点検した。コルセット付きのシルクのドレスは、彼女がなりたいと思うあらゆるものを象徴している。上品で、洗練されていて、しゃれている。三連続でひどい失敗をしたあとはずっとデート関係を避けていたから、いままでこれを着るチャンスは一度もなかったけど、ときどき元気が欲しいときに、よくひっぱり出して試着していた。

ブローして乾かしたウエーブがかった髪をそのままおろし、最低限のメークをほどこした。〈センセーション〉に来店する女性客はアイライナーも口紅も濃かったが、ジンジャーは昔からなんとなく恥ずかしくてできなかった。横を向いて、髪を払い、鏡のなかの自分にほほえんでみる。次の瞬間、がっくりと肩を落とした。

デレクが普段どんな人たちとつきあいがあるのか、まったく知らない。もしかしたらその人たちは、このドレスをおしゃれだと思わないかもしれない。なんと言っても、シカゴとナッシュヴィルでは、人々のファッションも行動もぜんぜん違う。もしかしたらこのドレスは、ほんとうに五セントの価値しかないのかもしれない。

いまからキャンセルできるだろうか？　体調がよくないと言えばいいだろうか。シフトの代わりが見つからなかったと言ってもいい。それとも、喧嘩をふっかけようか。

そのやり方ならよく知ってる。

でもジンジャーは最後の案を候補からはずした。口論を始めたら、たぶん抱きあうことになる。ゆうべのバスルームであったことの再現になる可能性もある。

ゆうべのことを思いだして、ジンジャーの耳のなかで鼓動が大きく響いた。ほおが赤くなり、無意識に唇を舌で濡らしていた。デレクのような愛撫は、初めてだった。その動きにひとつとして無駄なものはなかった。彼の目的はジンジャーをいかせることであり、あらゆる動き、あらゆる指づかい、あらゆるキスが彼女を絶頂へと導くためのものだった。

ジンジャーはさっきの決心をあらためて自分に言い聞かせて、背筋を伸ばし、キッチンで待つデレクのところに行くことにした。彼はジンジャーとからだの関係を求めている。そして彼女も。ふたりは同意した独身どうしだ。それに、デレクはものすごく彼女を興奮させる。あの言葉。大胆な愛撫。彼女のからだの隅々まで知りつくし、欲しいものを与えてくれる。

だいじょうぶ、からだだけの関係にしておけるはず。ジンジャーは自分を安心させようとした。どう進めるかも、コントロールできる。どう終わらせるかも。なぜなら、かならず終わるから。ジンジャーは長続きする関係のことなんて、なにひとつ知らなかった。

彼女が十三歳のとき、母親がセスという名前のバーベキューレストランの料理人を連れてきた。彼は三カ月くらいいた。男たちのなかでは最長記録だった。朝食のテーブルでは結婚の話が出ていた。結婚式とか。ジンジャーとウィラを養子にするとか。でもある日、セスは帰ってこなかった。母親は一週間、自分の部屋から出てこなかった。ようやく出てきたとき、母親はソファーに坐りこみ、スコッチを飲みながらひっきりなしに煙草をふかしていた。それが一カ月以上続き、そのあいだジンジャーはウィラに食べさせるために近所の人に頼んで食べ物をもらっていた。

たしかに、自分はヴァレリーよりは強い人間だと思う。でもそういう過去と、バーで泣いている女たちの話を聞いてきたせいで、ジンジャーはそういう面倒な状況になるのをずっと避けてきた。

数分して、デレクが自分の部屋からキッチンに出てきた音がした。なるほどね、わたしは支度にまる一時間かかったのに、彼はたったの五分しかかからないんだ。ジンジャーは最後にもう一度鏡を見て、緊張をほぐすために深呼吸をしてから、黒いパンプスをはいて、クラッチバッグを手に取り、部屋を出た。

デレクは冷蔵庫の前に立ち、ボトル入りの水をごくごく飲んでいた。広い肩に白いドレスシャツがきつそうだ。ヒールが堅木張りの床を打つ音にこちらをふり向き、彼女を見た。

そして固まった。

ジンジャーはパニックに襲われた。デレクの表情からは、彼女の服を気に入ったのかどうかよくわからない。彼のタキシード姿は完璧だった。洗練されていて。大都会の人って感じだ。まるで第二の皮膚のようにタキシードを着こなし、ひとつひとつの動きがどれも男らしく、同時に美しい。一日分のひげがうっすらとあごを覆い、明らかに寝不足の顔だから、完璧過ぎて威圧的ということはなかったが、こんな服装をした彼を初めて見たジンジャーは思わず不安に震えた。彼はまさに大勢の人間に命令をくだす人間だ。次に命令されるのは彼女かもしれない。鳥肌がたった。

ぜったいに知られるわけにはいかない。こんなに彼に惹かれているなんて。

ジンジャーは片手を腰にあてて、肩から髪を払い、足を踏みしめ、デレクの視線を受けとめた。その凝視を。緑色の鋭い目が彼女の太ももから腰、腰から胸へとたどっていく。

デレクは指をくいと曲げて彼女を呼んだ。「ここに来るんだ」その声はしわがれ、抑揚が変だった。

ジンジャーはびくついているところを見せまいと、居間を横切ってデレクが身じろぎもせず立っているキッチンに歩いていった。近づいていくにつれて彼の目の緑色が明らかに濃くなった。

「あなたは遅刻よ」

「きみはものすごくきれいだ」

ジンジャーは息が詰まるように感じた。デレクの貪るようなまなざしから目をそらし、ショールとクラッチバッグをカウンターの上に置いた。「ありがとう、警部補さん。あなたも悪くないわ。だからといって遅刻したことに変わりないけど」

「悪かった。きみはだれにも待たされるべきじゃない」デレクはカウンターに腰をもたせているジンジャーのうしろにやってきた。その息がむき出しの肩にかかり、彼女のほつれ髪を揺らして首につける。「パンティーの色は何色だ？」

「なんですって？」われながら、声が弱々しく響いた。

「聞こえただろう」

彼女はやっとのことで息をのんだ。「どうして？」

「ベイビー、これからそんなドレスを着たきみを男でいっぱいの会場に連れていくんだ。おれだけがきみのパンティーの色を知っていると思ってないとな」

熱がどっとからだを巡り、脚のあいだに溜まる。彼の声だけでこうなってしまう。その声の深くしわがれた音が、ジンジャーが知っている手とおなじように、彼女のからだをなでる。心の一部では、もっと彼の遅刻を責めて、ふたりをつつむ情欲の雲を散らしてしまいたかった。でもいっぽうでは、彼がしようとしていることはなんでも、してほしくてたまらなかった。

デレクは信じられないほどからだを寄せたが、少しも彼女にふれなかった。それでもジンジャーは、彼の手にからだじゅうを愛撫されているように感じた。近さと、コーヒーと革の匂いでからだがぴりぴりする。彼女の呼吸はどんどん速くなったが、それでも彼はさわろうとしなかった。

「答えないのか？　それならいい」ようやく肌と肌がふれあい、ジンジャーは切れ切れの息を吐いた。デレクの前面がジンジャーの背中に密着し、ふたりはぴたりと重なった。彼の息が首を熱する。「両手をカウンターにつけ」

なんで？　どうしてさっさとキスしないの？　指示にとまどい、ジンジャーは動けなかった。息をするたびにせわしなく上下する胸は別だ。彼女のあえぐような呼吸に合わせて胸が膨らみ、ドレスの襟ぐりを押しあげ、デレクの手にさわってほしいと懇願する。

「言われたとおりにしろ」

命令されることへのいらだちよりも興奮のほうが勝って、ジンジャーはそっと冷たいキッチンカウンターの表面に手をつき、少し前かがみの姿勢になった。デレクを見ることはできなくて、うしろで彼が動いている気配だけを感じていた。

いきなりデレクのドレスシューズに蹴られて足を広げられ、すでにすきだらけだった姿勢が、それまでの倍も無防備になった。荒っぽい扱いにジンジャーは驚きの声を洩らしたものの、なんとか彼が直した姿勢を保った。背後にいるデレクから、カウンターに前かがみになって肩幅の広さに足を開いた自分がどう見えているのか、想像しようとした。荒々しい息遣いが聞こえてくる。彼はじっと見ているのだろうか。次はどうしようかと考えているのだろうか。期待で口のなかがカラカラになる。

デレクの手が、ドレスの裾まで太ももの横をなであげ、マッサージしていく。そしていっきにスカートをめくり、シルクの生地をお尻の上にもちあげた。彼はまるで喉が詰まったような音を発し、それから長い沈黙が続いた。激しい息遣いだけが部屋に響く。

「ノーパンか、ジンジャー？」

彼女は目をつぶって、彼の苦しげな声を堪能した。「このドレスでは下着をつけられないの。線が出てしまうから」

「なるほど」

いきなりデレクの手がむきだしのお尻に打ちおろされ、お腹がカウンターの角にあたった。大きな手が肌をひっぱたく音が部屋じゅうにこだまする。

「ああ！」

鋭い痛みのショックで、お尻を叩かれたのだと気づくのに数秒かかった。考えるひまもなく、また叩かれた。また。デレクは五回叩き、一回ごとにどんどん力を強くしていったので、しまいにはジンジャーのお尻は痛みでじんじんしてきた。

痛かったけど、もっと続けてほしいとも思った。心のなかは混乱していたけど。罰するようなスパンキングがジンジャーの感度を高めて、自分の肺から出ていく息ひとつひとつ、デレクの喉から湧きあがるうめき声ひとつひとつを際立たせる。下腹部のうずきが脚にも広がり、力が入らない。太ももをすり合わせたくてたまらず、ぶるぶる震えているのに、デレクの足が彼女のハイヒールの内側に置かれていて、動けない。ジンジャーは自分の反応に狼狽していたが、それに昂ってもいた。

五回目にデレクの手が肌を打ったとき、ジンジャーはわれ知らずつま先立ちになって、彼に自分を差しだしていた。お願いしていた。感覚と感情で頭がぼうっとしていた。下腹部のこのうずきはいったいなんなの。背筋を伸ばそうとしたけど、デレクに背中をしっかりと手で押さえられて、身を起こせなかった。

「気に入ったか、ビューティフル・ガール？」彼女が声を洩らすと、デレクはかがんで直接彼女の耳にささやきかけた。「よし。いまのは、今夜おれを硬いまま歩き回らせることへのお仕置きだ。ずっと尻におれの手の痕をつけたままでいろ」

彼の傲慢な言葉に、ジンジャーはショック状態から覚めた。カウンターから起きあがり、デレクを押しのけた。でも、彼の顔に浮かぶあからさまな渇望に、一瞬ためらう。ほお骨の上の肌が上気して、両脇におろしたこぶしを固く結んでいる。まるで必死で彼女に手を伸ばさないよう抑えているかのように。

「今夜、出かけているあいだ、そのドレスでほんの少しでも前かがみになってみろ、そのすてきな尻をひっぱたいてやるからな。みんなが見ている前でだ。わかったか、ジンジャー？」

ジンジャーはドレスをおろし、まだひりひりしているお尻を隠した。「やれば。それでもわたし史上最悪のデートってわけじゃないわ」

デレクが危険なオーラを発して目をせばめた。「おれを試さないほうがいい。そんな恰好のきみを人前に連れていくのがいやになっているところだ」

「どんな恰好だっていうの？」

「歩く夢精のような恰好だ」

ジンジャーは口をあけ、また閉じた。ショックを隠すために、ふり返ってカウンターの上に置いたクラッチバッグとショールをつかんだ。「わたしは着替えるつもりはないから。おあいにくさま」

「憎まれ口をきくな」

「あなたってほんとに傲慢でいやなやつよね、わかってる？」

デレクはうなずいた。「行こう。きみのせいで遅刻だ」

11

デレクはジンジャーのショールをとって、クロークの係員に手渡し、ふたたび正体をあらわした黒いドレスに顔をしかめた。今夜はくそ長い夜になりそうだ。

黒いシルクの生地は彼女のからだの曲線やくぼみを完璧に見せつけている。絶妙な加減で胸の谷間をあらわにして、男の視線を集め、もっと前かがみになってほしいと願わせる。彼女の肌はしっとりと輝き、ドレスの黒に映えて、デレクの手はふれたくてうずうずした。

さっき、あれほど近づいたのに、どうしてその味を確かめずにいられたんだ？　いらだったような声がするほうにふり向き、ジンジャーの息をのむほど美しい顔を見ると、彼女はふっくらした唇を不満げに引き結んでいた。「十センチのヒールをはいていたって関係ない。ずっとそんなしかめっ面でにらみつけているつもりなら、わたしは歩いて家に帰るから」

まったく、よりによってあのいまいましい靴のことを思いださせるのか？　ヒールをはいた彼女の脚はすらりと長く見える。ドレスを引きちぎってあの脚を自分の腰にひっかけたくなる。

デレクは自分を抑える必要があった。さっき彼があんなことをしたのにジンジャーが予定どおりいっしょに出かけたことに、興奮しまくっていた。彼女の尻を叩いた。それも力いっぱい。それは屋上でのあの夜以来、ずっとやりたかったことだが、まさか自分がほんとうにやるとは思わなかった。ジンジャーについての妄想に彼女の許可は必要ないが、あれは妄想ではないし、衝動的にしたことだった。あのドレスを着た彼女が部屋から出てくるのを見たときも思わずひざまずきそうになったが、パンティーをはいていないとわかって、分別がふっとんだ。

おれは生きているかぎり、ジンジャーがキッチンのカウンターに前かがみになってスパンキングを受けていた光景を忘れることはないだろう。反抗と無防備の完璧な組み合わせだった。自分の手が彼女のむき出しの肌を打った音が、いまも耳のなかでこだましている。

日ごと、デレクのなかの欲望は募り、苦痛を感じるほどになっている。さっきのことで、みずからの自制がいまにもすり切れそうになっているのがはっきりした。あの行動を彼女が非難しなかったこと、実際、彼の奉仕を渇望とまではいかなくとも、楽しんでいたということで、もっと彼女に激しくしたくなる。

いまも、クロークの若い係員の目がジンジャーの全身をなめまわしているのに気づき、デレクは彼女を肩にかつぎあげて家に帰りたいという衝動と戦っていた。

そんな行動は、当該女性の点数を稼ぐことにはならない。

しっかりしろ、タイラー。

彼は真面目な顔をして、ジンジャーに腕を差しだした。「行こう。きみが大好きな赤ワインを調達しに」

「あら、いいえ、警部補さん、今夜はもっと上質なお酒を飲むつもりよ」

デレクはジンジャーを連れて宴会場へと続く金色の両開き扉をくぐり、すぐに署の殺人課の刑事たちを見つけた。面倒なことはできるだけ先延ばしにしようと、彼はジンジャーを反対側のバーへと連れていった。バーでは彼女にグラスワイン、自分にはウイスキーを注文した。車を運転するから、酒はこの一杯だけにするつもりだった。今夜ジンジャーといっしょにいるのなら、この一杯はどうしても必要だ。

静かな音楽が流れている。政治的なイベントにはビッグバンドとフランク・シナトラの曲がつきものだ。部屋の片側はキャンドルの灯るダイニングエリアになっていて、三十数卓が並んでおり、前のほうに演壇が設けられている。反対側はいまはあまり人のいないダンスフロアになっている。黒と白のお仕着せをまとったウエイターたちが混雑したダイニングエリアを縫うように歩きながら客たちにシャンパンやオードブルを運んでいた。

デレクは市長と有力市会議員らが警察官たちと歓談しているのを見て、首を振った。あのうちいったい何人が金を受けとっているのだろうか。二年前に警部補に昇進して以来、政治家から、友人の友人の法律違反を見逃してくれないかとか、知事の息子が犯罪現場にいなかったことにしてくれないかとか頼まれることが何度もあった。だがデレクはすべて断わった。地位にしがみつくために信念を曲げる気はない。初めは小さな便宜だったものが継続的な義務になることはめずらしくない。彼は政治家の取り巻きになるつもりはなかった。

視線をさげてジンジャーを見ると、ワインを飲みながら、目を瞠《みは》って部屋を眺めていた。市の救世主のふりをした悪党どもの集まりにジンジャーを連れてきたのは間違いだったかもしれない。彼女だってこれまでよろしからぬ輩に出会ってきたはずだが、この会場にいるやつらはまったく別物を演じている。デレクはふたたび、彼女をこんな場所から連れ帰りたいという衝動を抑えなければならなかった。ジンジャーをだれにも見せたくなかった。

「ずっといる必要はないんだ。一時間もいればじゅうぶんだろう」

ジンジャーはびっくりしたように、ワイングラスを口元に運ぶ途中でとめた。「着いたばかりなのに」

不安げな表情は、自分のせいで彼が帰りたがっているのだろうかと疑っているかのようだった。デレクはあわてて言い直した。「こういう催しは疲れる。心にもない笑顔とおべんちゃらばかりで」

ジンジャーはゆっくりとほほえんだ。「あら、ついてるわよ、スイートハート。心にもない笑顔とおべんちゃらはわたしの仕事だもの」

デレクはウイスキーを飲んだ。「ここにいるやつらは〈センセーション〉の常連客とは違う」

デレクはふり向き、バーカー、アルヴァレス、ほかにふたりの刑事がこちらにやってくるのを見て、内心うんざりした。一歩ジンジャーのほうに近づき、刑事たちに軽くうなずいた。

「こんばんは、タイラー警部補」アルヴァレスが挨拶し、ジンジャーを見て称賛するように眉を吊りあげた。デレクが警官になる前から刑事だったアルヴァレスは、その年長者ということでわりとなにをしても大目に見られていた。上層部が彼をとばしてデレクを昇進させたとき、数カ月間、ふたりの関係は緊張したが、やがてそれは解消され、いまではデレクがもっとも優秀な部下だと思っているのが、このアルヴァレスだった。

「やあ、アルヴァレス」

彼はデレクを飛びこしてジンジャーに話しかけた。「ちゃんと自己紹介はしなかったが、きみのつくるウオッカ・ギムレットは最高だったよ」

ジンジャーはまぶしいほどの笑顔をアルヴァレスに向けた。「わたしはジンジャー。今度店に来てくれたら、わたしの有名なモヒートをつくってあげる。ほかのお客さんを追い払わないって約束でね」

ほかの三人の刑事は気まずそうにデレクを見たが、アルヴァレスはおかしそうに笑った。「〈センセーション〉はクールな若者たちが行く店だっていう確かな情報を追っていただけだよ。それに、人がおれの顔をどんなふうに解釈してもしかたがないだろ」

「いかにも警官の言いそうなことね」

アルヴァレスはそのままデレク抜きでジンジャーとの会話を続けようとしたが、彼の表情に気づいて、やめた。「ちなみに、おれの上司のいまの顔を解釈すると『うせろ』になる」

　もしアルヴァレスが結婚円満でふたりの子供がいると知っていなかったら、デレクはそのメッセージを実行していた。ほかの三人の刑事が結婚しているかどうかは知らないし、知る必要もなかった。ジンジャーはおれの女だ。

　ジンジャーはデレクに軽くひじてつを食らわせ、「歩いて帰る」と言ったさっきの脅しを思いださせた。「ミスター・アルヴァレス、これはなんのための催しなのか、教えてくださる？　デレクからまだ聞かされていなくて」

　アルヴァレスはデレクを咎めるように見たが、デレクはそれを無視した。アルヴァレスはバーカーを前に押しだした。「おれたちがここにやってきてひと言も言葉を発していない――その理由はおれにはさっぱりわからないが――この紳士が、バーカー市会議員の甥なんだ。その伯父さんがおれたち全員を招待してくれた。普通はタイラー警部補が着飾って政治家のご機嫌取りをすることになっている。今夜はバーカーのおかげで、おれたち全員でご機嫌取りをすることになった」

　ジンジャーは笑って、バーカーに手を差しだし、握手した。バーカーがぼんやりとつながれた手を見つめるのを見て、デレクは内心あきれていた。「今夜の原因はあなたなの、ミスター・バーカー？」

新米刑事は胸を張った。「伯父が委員長を務める委員会は、市内最悪の地域における放課後プログラムを計画しています。子供たちがギャングに入るのを防ぎ、スポーツや勉強に励めるようにするプログラムです」

「いいぞ、バーカー、鏡の前でリハーサルしてきたのか？」アルヴァレスは茶化して、バーテンダーに合図した。

バーカーは赤くなった。「とにかく、晩餐会で詳しい話があるはずです、ジンジャー」

彼女は彼ににっこりとほほえんだ。「楽しみだわ」

デレクは、ジンジャーがほかの男にほほえみかけるのを、もうひと晩分は見た。彼にはあんなふうにほほえみかけたこともないのに。彼女の肩に手を回し、部下たちに失礼と言って、彼女を指定された席へと案内した。十人掛けの丸テーブルにはすでに、通信指令係のパティーが坐っていた――そもそもデレクがジンジャーを連れてくることになった原因だ。それにデレクの前の相棒のケニーと、デレクの元カノのリーサ――どうやらまだつきあっているらしい。ありがたいことに、ふたりは向かい側の席で、下品なほど大きなセンターピースの花飾りのかげだったので、デレクはジンジャーを紹介しなくて済んだ。

　だがパティーは立ちあがってデレクたちを迎え、彼のほおにキスをした。「デレク、あなたが女性を連れてくるなんて！」

　パティーのわざとらしい驚きっぷりに目玉を上に向けたくなったが、デレクはジンジャーの背中に手を置いて前に押しだした。「ジンジャー、こちらはパティー。通信指令部で勤務しているが、残念なことに、フルタイムで夫をどやしつけるためにもうすぐ退職することになっている」

　パティーがうれしそうに笑い、デレクも思わずにやりとしていた。パティーにはさんざんいたずらのターゲットにされたが、デレクは彼女のことが好きだったし、その退職はさみしかった。

「まあ、警部補ったら。あたしがいなくなったらさみしくて泣いちゃうくせに」

「そうかもしれないよ、パティー」

　そう言われたよろこびを隠そうとしながら、パティーは意味深なほほえみを浮かべてジンジャーのほうを見た。「この唐変木とはどこで知りあったの？」

　ジンジャーはワインにむせそうになっている。「あの、ええと、デレクとわたしはルームメイトなんです」

パティーは眉を吊りあげた。「ルームメイト？　それには少し年をとりすぎているんじゃない、デレク？」

彼が答える前にジンジャーが言った。「一時的なものです。わたしのアパートメントは廊下をはさんで向かいなんだけど、ゆうべ水浸しになってしまって。デレクがわたしたちに、あいている部屋を使えと言ってくれて。ほんとに、すごく面倒見がよくて」

パティーは鼻を鳴らした。「それは彼にはとても大変なことだったわね。でもただのルームメイトだったら、わたしがジンジャーを独身の甥っ子に紹介してもいいってことよね。シカゴに住んでいるのよ」

「さっきのは取り消しだ、パティー」デレクは不機嫌な声で言った。「さっさと退職してくれて結構だ」

タキシードを着た男性がマイクに近づき、人々にどうかご着席くださいと呼びかけた。デレクはパティーの隣の席を引いてジンジャーを坐らせ、自分はパティーと反対の席に坐った。アルヴァレスとほかの刑事たちもやってきてテーブルを囲んだ。

晩餐会は流れるように進んだ。ジンジャーとパティーが楽しくおしゃべりしているあいだ、デレクとアルヴァレスらの話はいや応なく仕事の話題へと移った。アルヴァレスの情報屋はまだモデストの居場所について口を割るのをためらっているが、彼は話を聞きだす方法を見つけたと考えていた。

食事のあいだ、ジンジャーと話すことはなかったが、何度も目が合った。彼女はパティーに気に入られたようで、デザートが出てくるころには、孫息子の写真を何枚も見せられ、自慢話につきあわされていたが、ジンジャーは笑顔を絶やさず、愛想よくあいづちを打っていた。デレクはジンジャーが自分の部下たちのなかに自然に解けこんでいることに感心した。いつもこうした催しに出席するとにかく時間が気になっていたが、きょうはジンジャーがかわいらしく笑ったり、ワインを飲むのを見ているだけで時間が飛ぶように過ぎていった。今夜がこんなに打ち解けた雰囲気になるとは思わなかった。もっとも、コースのふた皿目が出たあたりで、通りすがりに彼の連れを品定めしていく男どもをにらみつけなければならなかった。

「おいおい、警部補、今夜あんたの注意を引くためには、おれも黒いドレスを着てヒールをはかなきゃいけないのか？」

デレクはジンジャーから目を離して、にやにや笑っているアルヴァレスのほうを向いた。「合うサイズがないだろう」

「あたた。しかたがないだろう、うちには料理上手の女がいるんだから」

「子供たちの分はちゃんと残してやってるんだろうな」

「めずらしいな、冗談か。彼女はあんたにいい影響を与えてるよ、警部補。前からどこかにユーモアのセンスがあるだろうとは思っていたけどな」

タキシードの男性がふたたびマイクに近づき、ご歓談の途中ですが、と会場に呼びかけた。デレクのテーブルでもゆっくりと会話がやんだ。「みなさま、ここでバーカー市会議員にご登壇願います。議員の慈善団体である〈シカゴ・テイクス・ザ・リード〉は今夜の晩餐会の主催者でもあります。それではさっそく、レオン・バーカー議員をお迎えください」

人々が礼儀正しく拍手するなか、五十がらみの威厳に満ちた風貌の議員が注目を一身に集めた。スポットライトが演壇へと向かう彼をとらえ、黒髪に入った一筋の白髪を目立たせる。壇上にあがった彼は、如才なくほほえみながら会場を見渡し、拍手への感謝をあらわすようにほほえんだ。「きょうはお忙しいところ、ご出席を賜り、厚く御礼を申しあげます。そのプライムリブのおいしさを、どうか選挙のときに思いだしてください」

これには政治家たちがこぞって笑った。「みなさまもご存じのとおり、〈シカゴ・テイクス・ザ・リード〉は十三年前に始まり、シカゴのスラムの――わたしの地元選挙区を中心とする地区です――小学校数校で、放課後プログラムを実施してまいりました。〈シカゴ・テイクス・ザ・リード〉を特別なものにしているのは、警察官のみなさんです。教師やソーシャルワーカーだけでなく、シカゴ市警の警察官のみなさんがボランティアで参加し、子供たちの相談相手となっています。〈シカゴ・テイクス・ザ・リード〉がここまで発展してこられたのは、彼らの協力があったからでした」

拍手が湧きおこり、やがて静まると、バーカー議員は慈善団体の組織や日々の活動について説明しはじめた。だが議員は、警官が世話をした子供たちの多くが警察官試験を受け、この一見立派な活動が、スラム地区の子供たちを対象とした求人活動になっているということについては言及しなかった。そのようにして市警が年々多くの警察官を採用しているということは、裏を返せば、政治家と警察官のつきあいが早期に始まるということでもあり、それは癒着につながりかねない――こうした二つの面について、デレクは納得できていないし、〈シカゴ・テイクス・ザ・リード〉関係のイベントでスピーチを求められたときにはいつでも、このことについての自分の意見を、バーカー市会議員に伝えるようにしてきた。

照明が落とされ、スライドショーが始まり、子供たちが地元警察官らとともにサッカーをしていたり、シカゴの繁華街の落書きをペンキで消したりしているところが映しだされた。また、小学校の体育館に並べられた感謝祭のごちそうの写真もあった。間違いなくバーカー市会議員の事務所が用意したものだろう。

横目でジンジャーの反応をうかがったデレクは、彼女が目に涙を浮かべているのを見て、ぎょっとした。その瞬間、彼女の不安の正体を理解した。まったく。おれはなんでこんなところに彼女を連れてきてしまったんだ?

12

テーブルの下でデレクの手に冷たい指を握られ、ジンジャーはびっくりした。手を握るなんてデレクらしくないと思えて、思わず警戒した。でも彼の大きな手のぬくもりは気持ちよく、自然に感じられた。だから手を回して彼の手を握った。彼も握りかえしてくれた。

泣いたらいけない。慈善活動の発表を聞いて涙ぐんでいるところなんて、だれかに見られたらすごく恥ずかしい。それにデレクにも恥をかかせることになる。

ジンジャーは目をしばたたかせて、スクリーンに映る光景は自分と無関係なものだと考えようとした。お腹をすかせた子供たちが七面鳥のもも肉と詰め物をもらっている。小さな女の子が、地域のコート支給イベントでキラキラしたピンク色の冬物コートを手渡され、相手にほほえんでいる。そういう場面を見て、つらい思い出がよみがえってきた。気温零度の寒い日、ウィラにすり切れたスウェットシャツを着せて学校に送りださなければならなかったこと。感謝祭の日に、盗んだパンプキンパイの詰め物の缶詰を、ふたりで分け合って食べたことも。最近では、そういうことをもう思いださないようにしていたが、目の前で明るいナレーションのついた映像が流れていては、過去から逃げることは不可能だった。

ここまでは、あんなにうまくいっていたのに。おいしいワイン、すばらしい料理、気さくな人々。彼女はこのパーティーを心から楽しんでいた。デレクも、彼女のドレスにかんする当初の不機嫌を乗りこえて、彼女にほほえみかけてきた。ただでさえタキシード姿のデレクは目の保養だった。それにほほえみまで加わったら、危険なほど魅力的な男が一丁あがりだ。彼の匂いがジンジャーの鼻をくすぐり、彼がすぐそばにいて、ほんの少し動けばさわれるし、彼のひざの上に坐ることだって可能なのだと思いださせた。

そのとき、スライドショーが始まり、まわりのものすべてが消えた。過去が現在のなにもかもをぼやけさせ、彼女はお金持ちが集まるこの会場には場違いな〝なりすまし〟だと暴こうとしている。

明かりが点いたとき、ジンジャーはデレクの手を放し、腫れた目をだれかに気がつかれないように、クラッチバッグのなかのものを探すふりをした。するとデレクが席を立って彼女のうしろにやってきて、椅子を引いた。

「おいで。踊ろう」

テーブルを離れられるのがうれしくて、ジンジャーはデレクがそんな誘いをした驚きについてはあまり考えなかった。立ちあがり、ふたたび彼と手をつないで、すでに数組のカップルが静かなインストルメンタルに合わせて踊っているダンスフロアにひっぱられていった。デレクはフロアにあいている場所を見つけると、両腕で彼女を抱きよせた。

ジンジャーは思わずため息を洩らした。ヒールをはいた彼女のからだは完璧に彼のからだと密着し、頭が彼のあごのすぐ下にはまった。高価なアフターシェーブローションの香りがする彼の喉が、味見できそうなほど近くにある。これまで、性的な雰囲気でもないときに、これほどふたりが近づいたことはなかった。その現実が、まるで呼吸している生き物のように、空中で鼓動しているようだった。

思い出から気をそらすために、ジンジャーは彼の欠点を数えあげることにした。ひげを剃ってもすぐに生えてきて無精ひげになっている。黒っぽい髪を短く切りすぎていて、女の人が髪に指を通したいと思っても、不可能だ。

ああもう、自分をごまかそうとしても無理。この男はただ存在するだけで、彼女の性欲を異常に高めている。音楽に合わせてからだを揺らしながら、彼は片手をジンジャーのお尻のすぐ上に置いて固く抱きしめ、会場にいる男たち全員にたいして、今夜彼女の裸を見るのは自分だけだと宣言していた。すごく頭にくる。ものすごく興奮して、ぜんぜんダンスに集中できない。

「すまなかった」

ジンジャーは頭をそらしてデレクの目を見つめた。「なにが？」

彼のまなざしは、射るようだった。「スライドショーのときに動揺していただろう。すまなかった」

ジンジャーは痛いほどの心臓の鼓動を隠すためにほほえんだが、うまくいったとは思えなかった。デレクに思いださせてほしくなかった。「謝ることなんてなにもないわ。ナッシユヴィルにいたとき、わたしの知り合いにもこんなプログラムがあったらよかったのにと思っただけ」彼女はいったん言葉を切った。「たとえそれが、実際には求人活動だったとしても」

デレクの顔に驚きが浮かんだ。「そのことに気がついたのか？」

彼女は肩をすくめて、まだ刑事が数人坐っているテーブルのほうを見やった。「あなたは彼らの上司の警部補になるには若すぎるんじゃない？　なにがあったの？」

ジンジャーは手の下で彼の肩がこわばるのを感じたが、それ以外、彼の様子は変わらなかった。「あまり楽しい話じゃない」

「そう。それなら話さなくてもいいわ」

ウエストのすぐ下に置かれたデレクの手で、さらに引きよせられた。「三年前の大晦日に、人質立てこもり事件があった。犯人は、ダウンタウンのオールド・コロニー・ビルディングに入居している大手企業のメッセンジャーを解雇されたリトアニア人だった。おれは刑事になったばかりで、当時のおれの相棒だったケニーはリトアニア語を流暢に話せた。両親がリトアニアからの移民一世で、うちの署でリトアニア語を話せるのはケニーだけだった」

彼の手が背中をかすめるように上に移動して、髪のなかにもぐりこみ、優しく首をマッサージしはじめた。彼は話を続けて、ジンジャーはなんとかその落ち着いた低い声に集中しようとした。

「ケニーが人質解放交渉人のために通訳すると、犯人と話が通じて、彼は落ち着いてきたように見えた。だがそのとき、人質のひとりが逃げようとして撃たれ、死んだ。作戦は滅茶苦茶になり、それで殺人者となってしまった犯人は、自分にはもう交渉の余地がないと悟った。上は特別機動隊を送りこむ準備をしていたが、建物のレイアウトのせいで、犯人には突入してくる機動隊が丸見えになり、制圧される前に何人もの人質を撃ち殺すだろうと思われた」

彼がこの話のつらい部分にさしかかっているのが、ジンジャーにはわかった。

「オールド・コロニー・ビルディングは歴史的建造物で、おれは大学の建築学部の授業でその建物を研究したことがあった。犯人に気づかれないで同じ階に進入する別の方法を知っていた。特別機動隊の連中は、ぺーぺーの刑事の言うことに賭けたいとは思っていなかったが、おれは建物の裏から機動隊をなかに入れ、天井の通風口から犯人を射殺した」

「授業をちゃんと聞いていたのね」ジンジャーは背をそらして、彼のしかめっ面をながめた。「いい話ね。ひとりの不幸な死を別にすれば。もっとひどいことになったかもしれない」

「きみはおれがなぜ警部補になったかと訊いただろう」彼は目をそらした。「人質のひとりが、市長の孫娘だった。市長はおれのやったことを聞いて、署におれを昇進させるよう命じた。つまり実力で勝ちとったものではなかった。上から与えられたものだったんだ」

ジンジャーは信じられないと笑ったが、彼の表情はこわばったままだった。だから彼の肩に顔を寄せて、静かな声で言った。「デレク、世の中ではもっとどうでもいい理由で出世している人がいっぱいいる。この会場のなかにもたくさんいるわ」

彼は頭をさげて、彼女のこめかみに口をつけた。「きみの言うとおりだ」

ジンジャーは震えた。ほんの少し頭をそらして唇を合わせれば、彼とキスできる。でもここは人でいっぱいのダンスフロアで、彼の同僚もたくさんいる。だから彼の温かい胸にからだをもっと押しつけるだけで我慢した。彼の腕に力がこもり、髪のなかに差しこまれた手がそっと髪をひっぱる。

「つまり警部補というのは、こういう華やかなチャリティーイベントばかりではないということね。危険がいっぱい」

彼はうなずいたが、なにも言わなかった。

ジンジャーは彼がなにを考えているのかを察した。「あの日、廊下で初めて会ったときに、あなたが葬儀に行くところだとは知らなくて。〝地獄に落ちろ〟と言ってしまったこと、いまでも少し申し訳なく思ってる」

「記憶では、おれはそう言われても当然だった」

彼女は鼻にしわを寄せ、それからため息をついた。「それでも、あなたが選んだのはけっして楽な人生ではないわ。あの日、わたしがそれに加担してしまって悪かったと思っているのよ。たとえあなたが、ほんとうに言われて当然だったとしても」

髪のなかに差しいれられたデレクの手が、首をマッサージしはじめる。「きみにとっても、楽な人生ではなかったんだろう？」

ジンジャーは彼のさりげない質問になんの反応も見せなかったが、内心の防衛システムはいっきに厳戒態勢になった。「それはまた別の日にね」

彼はもっと聞きだしたがっていたが、賢明にも思いとどまったらしい。ダンスするふたりに重たい沈黙が落ち、ジンジャーはふたたび雰囲気を軽くするにはどうしたらいいだろうと考えた。

「食事のとき、パティーがおもしろいことを言っていたわ」

「彼女が？」

「ええ、この晩餐会の招待状に、勝手に返事をしたとか」

彼が笑って胸が震えるのを、ジンジャーはほおで感じた。「やっぱり彼女だった。そうじゃないかと思っていたんだ」

ジンジャーはしぶしぶからだを引いて、彼の顔を見た。彼の腕に抱かれているのはものすごく自然で、その腕のなかにもぐりこんで眠れそうだった。でも抱擁や首のマッサージは、ふたりが今夜ここですることの一部ではない。それを忘れないようにしないと。デレクはなんの前触れもなく彼女をスパンキングして、自分がながめられるように鏡の前で彼女を愛撫する男だ。彼といて安全だと感じるべきじゃない。でも安全だと感じていた。自分の判断力を疑わざるをえない。

最初のデレクはそこにいるだけでセクシーで、その言葉は彼女のからだを燃えあがらせる。そのデレクは受けとめられる。でも、優しくて、謙虚で、申し訳なさそうなデレクは、正直言ってすごくこわい。

だれかが戦線を引き直す必要があり、そのだれかはどうやら彼女のようだ。

ジンジャーは睫毛のすき間からデレクを見上げた。「でも警部補さん、あなたならこういう場でも、深夜のデートでも、いっしょに来てくれる女性は何人でもいるでしょう。どうしてそのひとりを誘わないの？　あなたとわたしは互いになにかを求めあってはいるけど、そこにはプライムリブのディナーもダンスも含まれないはずでしょ」

彼の目が疑わしげに細められ、ジンジャーは彼に見透かされているように感じた。

「きみはおれに、もっとがんばれと言った。おれはただ、その命令に従っているだけだよ」

「あの夜、そんなに注意して話を聞いている状態じゃなかったと思うけど」

「きみのことはなんでも、注意している」

そのとき曲が終わり、デレクは腕をおろして、両手をパンツのポケットにつっこんだ。まわりの人々はバーへと向かったり自分たちの席に戻ったりしたが、デレクとジンジャーはその場に立ちつくしていた。

「きみはよくわかっているみたいだから教えてくれ。おれたちは互いになにを求めあっているんだ、ジンジャー？」

「わかってるでしょ」

「ああ、わかっている。だがきみが言うのを聞きたい」

まわりを歩いている人々を痛いほど意識しながら、ジンジャーは一歩前に出て彼の蝶ネクタイを直し、ささやき声ほどに声を落とした。「それより、実演してあげる」

デレクがすばやく吐きだした息が、彼女の髪を揺らした。彼はジンジャーのひじをつかみ、ダンスフロアから離れようとした。「帰るぞ。いますぐ」

彼の反応にびっくりして、ジンジャーはテーブルの手前で彼をとめた。「待って。お化粧室に行ってくる。クロークのところで待ってて」

デレクは反対しようとしたが、彼女は引きとめられる前にふり返り、人ごみを縫って化粧室へと向かった。さいわい、列に並ぶようなことはなく、贅沢な化粧室はほとんど無人で、ペーパータオルとミントキャンディーを配っているお仕着せの係員しかいなかった。

手を洗い、鏡で自分をちらっと見て、ジンジャーが化粧室を出ようとしたとき、長身で金髪の女性が入ってきた。同じテーブルについていたが、紹介はされなかったし、食事中も会話を交わす機会はなかった。ジンジャーより軽く十五センチは背が高く、淡青色の目の色を引きたてる淡灰色のカクテルドレスを着た彼女は、とても上品に見えた。

「あら、こんなところで」金髪女性はろれつの回らぬ舌で言い、ちょっと近すぎるほど身を寄せてきた。ジンジャーは気にせずほほえみ返した。これまでの人生の大半で酔っ払いとつきあってきたのだ。友好的にしながらもあまり押しつけがましくしない、そういう微妙なさじ加減が必要だ。ジンジャーは自分は完璧なテクニックを身につけたと思っていた。

「おなじテーブルでしたね。お話しする機会はなかったけど。ジンジャーです」彼女は右手を差しだしたが、女性はそれをじっと見て、ヒステリックに笑った。

「やだ、嘘でしょ、その訛りは本物だって言ってちょうだい」

「本物よ」あなたの胸とは違って。「シカゴではあまりテネシー訛りを聞かないみたいね」

「そうよ」彼女は考えこんでいるように見えた。「デレクのような人にはそういうのが物珍しいのね、きっと。もっとも、彼がこんな重要なイベントにあなたみたいな……なんと言ったらいいかしら……カウガールみたいに話す娘を連れてくるなんて、びっくりだったけど」どうやら自分がものすごくおもしろいことを言ったと思っているらしく、とつぜん笑いだして、壁にもたれかかった。

ジンジャーはなんとか顔にほほえみを張りつけたままでいた。「ごめんなさい、あなたのお名前がよく聞こえなくて」

「リーサよ」

ジンジャーは彼女をよけて、化粧室を出ようとした。「リーサ、お会いできてよかったわ。でもひと晩じゅう化粧室にいるつもりはないの」

「あなたがひと晩じゅうなにをするつもりか、わたしにはちゃーんとわかってるんだから」

ジンジャーはため息をついてドアから離れた。「あのね、スイートハート。とんでもなく思わせぶりだけど、あなたがわたしになにか言いたいことがあるのはわかったから。はっきり言ったらどうなの？」

「言いたいことじゃない。教えてあげたいことよ」

金髪女性の顔に浮かんだ表情で、背筋に警告するような震えが走ったが、ジンジャーはそれを無視した。「わたしはとめていないけど」

リーサはあざ笑った。「いい、わたしはケニーといっしょに来たのよ。デレクの前の相棒。つきあって二年たつけど、その前わたしはデレクとつきあっていたのよ」

ジンジャーは表情を変えないように気をつけた。リーサが望む反応を見せたくなかった。でもからだの奥底に冷たい氷が生まれた。「それだけ?」

「ハニー、あなたはたぶん、どうしてデレクが自分をここに連れてきたのか、わかっていないんでしょう。最初はわたしもよくわからなかった。あなたはまったく彼のタイプじゃないもの」リーサは大笑いして少しよろめいたが、そこでジンジャーをまっすぐに見据えた。「わたしはデレクをふってケニーに乗りかえた。彼はまだそれから立ち直っていないのよ。あなたは、彼がわたしを怒らせる道具だったってわけ」

ジンジャーは悲しげに頭をかしげた。「成功だったみたいね」

「ファッキュー、田舎娘のくせに」酔っ払っているリーサは左に傾き、もう少しで尻もちをつきそうになったが、最後の瞬間にジンジャーが腕をつかんで支えた。だが彼女は腹立ちまぎれにうなり声をあげ、ジンジャーを押しのけた。「わたしと別れたらなにを失うのか、理解させたかっただけなのに」真っ赤な顔で唾を吐いた。「ほんとうに別れるなんて思ってなかった」

もう行こう。ジンジャーは一直線にドアへと向かったが、リーサはいったいどうやったのか、ふたたびすばやい動きでジンジャーの前に立ちはだかった。「彼ともうファックしたの？　したんでしょうね。彼があなたを見る目でわかる。せいぜいいまのうちに楽しんでおきなさいね、カウガール。もう二度とこんないい目に遭うことはないんだから」

13

　化粧室の係員がしぶしぶ手を貸してくれたおかげで、ようやくリーサの横を通りぬけてそとに出ることができた。スイングドアを押しあけてくぐると、そこで待っていたデレクと鉢合わせしそうになった。彼はジンジャーのショールを手にもって立っていた。その表情から、リーサがジンジャーのあとを追って化粧室に入るところを見たのだとわかった。

　ジンジャーは足音荒くデレクの脇を通りぬけ、にぎやかな会場、ロビーをつき進み、何人かには好奇心に満ちた目で見られた。ホテルのそとの暗い通りに出てから、ようやく息をついた。でも手をあげてタクシーを呼びとめる前に、デレクに腕をつかまれた。

「落ち着けよ。なかでなにがあったんだ？」ジンジャーがふり返ると、彼のいらだった表情はすぐに消えた。「話してくれ」彼は言った。

「化粧室で酔っ払ったあなたの元カノに声をかけられたのよ」

「なんだって」彼は自分の鼻梁をつまんだ。「なにを言われた？」

ジンジャーはその質問を無視した。「わたしが不思議に思っていることはなんだかわかる、デレク？　あなたがなぜ、正直に言ってくれないのかということよ。わたしたちはデートしているわけじゃない。互いに好きでもなんでもないんだから。このデートはあなたへのお返しだって言ってたわね。わたしを連れてくる理由をちゃんと説明してくれていたら、あなたの元カノのリーサにすばらしいショーを披露できたのに。そうよ、もしあなたが丁重にお願いしたら、ダンスフロアでからだをまさぐるのだって許してあげたかもしれない」

しばらくジンジャーを見つめていたデレクはとまどったような表情を浮かべていたが、いきなり彼女の腕をとると、歩道をずんずん歩いてホテルから離れた。パーキングの係員がふたりを通すために飛びのいている。最高。

「放して」

「だめだ」

ホテルにやってきたとき、デレクはＳＵＶをホテル横の脇道に駐車し、レッカーされないように、ダッシュボードの上に警察署のプラカードを置いていた。すっかり暗くなって、マンホールから湯気が立ちのぼり、車もほとんど通らないその通りは、むしろ路地と呼ぶのがふさわしかった。

ヒールで彼についていくしかなかったジンジャーは、車につくまでずっと、デレクの背中に無言の怒りをぶつけていた。車につくと、彼は急にふり向いた。

「もしかして妬いているのか？」

ジンジャーは早口で言い返しながら、彼の手をふりほどいた。「なに言ってるの？」

「そうなんだ」彼はゆっくりうなずいた。「なるほど」

「あなた、自分が痛ましい死を迎える寸前だということに気づいていないんでしょう？」

デレクが近づき、ジンジャーは片手をあげて彼をとめようとした。彼は構わず前進し、自分の胸を彼女の手に押しつけ、そのシンプルな接触にうめき声をあげた。

「おれはくだらない心理戦はしないんだ、ジンジャー。きみを連れてきた理由はいくつかある。だがそのなかに、リーサに嫉妬させるというのはぜったいにない」

ジンジャーはデレクがほんとうのことを言っているのか見極めるため、彼の顔をじっと見つめた。彼は最初の出会いからずっと、自分がなにを求めているかについて率直に認めてきた。心理戦はたしかに彼のやり方じゃない。それに自分に正直になれば、ジンジャーはもともとリーサの言ったことを信じていなかった。

それならなぜ、安心できないのだろう？　デレクの言葉も、ジンジャーの胸のなかに渦巻き、たがいにぶつかりあっている感情を鎮めることはなかった。自分の抑えがきかなくて、軽く眩暈がする。デレクのほおを思いっきりひっぱたいたら、追いかけてきた彼にお仕置きされるだろうか。ああもう、考えていることがめちゃくちゃだ。

デレクは注意深く彼女を観察していた。彼が目の前に迫ってきて、背中がＳＵＶに押しつけられていた。デレクはジンジャーのあごをあげて上を向かせ、目を凝らすように して彼女の顔を見た。

「信じられん。まだ妬いているんだろう？」

声が震える。「放して。離れてよ」

「だめだ。説明しろ。なぜ妬いているのか」

ジンジャーは彼をにらみつけた。

彼が身をかがめて、その息が彼女の額に、そして耳にかかり、甘い声でささやく。

「おれはきみに話させることもできるよ、ベイビー。それが望みか？　脚のあいだにおれの手が欲しかったら、そう言えばいい」

ジンジャーがなにか言い返す前に、デレクの手は太ももの内側を滑りあがり、ドレスのスカートの下であそこをつつみこんだ。ジンジャーのそらした頭がウインドウにあたり、彼女は羞恥心を忘れて声をあげた。感じていた不安は消え、鋭い切望がとって代わった。

どうして彼は、わたしがなにを求めているか知っているんだろう？　自分でもわかっていなかったのに。今夜はずっと、からだがうずきっぱなしでどこかおかしかった。これが理由だったの？　そんなに彼の愛撫に飢えていたということ？

デレクのかすれた声がジンジャーの首にかかる。「これでよかったんだろ？　出かける前、時間がないときにきみの尻を叩くべきじゃなかった。ずっとおれに入れてほしかったんだろう」

彼の親指がひだをかきわけ、クリトリスをこする。ジンジャーは叫び声をあげたが、その反応を予想していたデレクが口で覆ってその声をのみこみ、自分のからだで彼女を宙吊りにした。

口をつけたまま、彼はジンジャーを挑発した。「スパンキングが気に入ったのか、ビューティフル・ガール？　次はもっと強く叩いてほしいのか？」

その質問でジンジャーは、彼に罰されたあのときを再体験していた。今夜は席に坐るたびに、あの罰を思いだしていた。なぜ罰されたのか、その理由も。

いまのは、今夜おれを硬いまま歩き回らせることへのお仕置きだ。

「ええ、でもあなたはもうわかっているでしょ」答えの最後は、彼が指を二本挿入したせいで、震えてしまった。

「よし、正直に答えるきみは気に入った。なら、妬いているって認めてみろ」

ジンジャーの太ももは彼の手をはさんで震え、その巧みな拷問をどれほど続けてほしいと思っているか、無言で伝えていた。あえぐような息遣い――彼女のだけ――が、デレクの命令のあとの沈黙を埋める。ジンジャーは彼の目を見て、その強烈なまなざしに思わずよろめいた。

「言え」デレクはうなり、その唇で彼女の唇をかすめたが、キスはしなかった。「きみの嫉妬を味わいたい」

どうなってもいい。ジンジャーが考える前に言葉が口から飛びだした。「そうよ！　妬いているわ、これで満足？　わたしがまだ知らないのに、あの女があなたがどんなファックをするのか知っているなんてむかつく。嫌い、大嫌いよ！」

彼女の言葉が終わる前に、デレクは助手席のドアをあけ、彼女を抱きあげて、レザーシートに坐らせ、ドアをしめた。そして車の前を回ったが、そのあいだずっとフロントガラス越しに彼女を見つめていた。デレクが車に乗りこんでエンジンをかけたときも、ジンジャーはまだ、自分がなにを言ってしまったのか、よくわかっていなかった。

しばらくモーター音だけが車内に響いていたが、やがてデレクが口を開いた。

「よく聞いておけ、ベイビー。おれのアパートメントのドアをくぐった瞬間から、おれが自分のものをきみのなかに入れるまで一分もない。前戯なし。キスなし。そんなことをしている暇はない。なぜならきみのせいで興奮しすぎて、まともに考えられない。家に着くまでに自分で濡らしておけ。いまから始めろ」彼は腕を伸ばしてジンジャーのスカートをめくりあげ、太ももをあらわにした。「脚のあいだに手をやるんだ、ジンジャー」

大胆な宣言にショックを受けていたので、彼の要求を理解するのに少しかかった。まさかでしょ。車のなかで自分でしろというの？　「だれかに見られたらどうするの？」

「おれがそんなことをさせるわけがない」

デレクは車のギアを入れながら、ジンジャーにシートベルトを締めろと命令し、車を走らせた。車が交差点の赤信号でとまったとき、ジンジャーはまだ彼の命令どおりにしていなかった。デレクが彼女の全身に目を走らせ、そのまなざしはまるで、あらゆるものを焼き焦がしていくようだった。ジンジャーは思わず目を下にやり、自分を見た。彼にはどんなふうに見えているのだろう。興奮しているせいで胸が押しあげられ、ドレスの布地をつっぱらせ、こぼれ出そうになっている。彼がドレスのスカートをめくりあげたせいで脚のつけ根までむき出しになっている。

運転席に坐るデレクは荒々しい呼吸をしている。その反応に気づいたことがジンジャーに自信をもたせ、抑制を弱めた。とつぜん、お尻にあたるやわらかな革の感触がすばらしいと感じた。大きなカーシートにつつまれていると、自分が華奢で、女性らしく、セクシーであるように感じる。彼女は太ももをぎゅっと押しあわせ、そっと開いた。ジンジャーはまぶたを閉じ、頭をそらした。ゆうべのデレクを想像する。シャツなしで、肌は湿り、手で彼女をいかせながら、その腕の筋肉は収縮し、隆起していた。

ひとりでに彼女の手は太ももに移動し、やわらかな指先で内またを愛撫した。暗い車内にデレクのうめき声が響く。信号が青に変わったのだろう、彼は悪態をついて、アクセルペダルを踏みこみ、交差点を通過した。

車のエンジンの振動で革のシートが震えて彼女のむき出しの芯を刺激する。その快感に思わず息をのみ、ジンジャーは手をそっと上に移動させ、ついに脚のあいだに滑らせた。

「いい子だ。自分でするところをおれに見せてみろ」

彼の声はしわがれ、ざらざらな音で彼女の肌をこすった。ジンジャーは自分の手じゃなくて、デレクの大きな、もっと巧みな手が欲しかった。口に出してそう言った。

「くそっ、ベイビー、おれもだ。もう少しの辛抱だ」

ジンジャーは指を二本つかっていちばんさわってほしい場所を見つけ、最初はそっとこすり、そのすてきな摩擦に声を洩らした。すぐに指の速さを増して、シートの上で腰をひくひく動かし、解放を懇願した。

「いくなよ、ジンジャー。まだだめだ。今夜はおれがなかにいるときにいくか、まったくいかないかのどちらかだ」

彼女は聞いていなかった。いきそうだった。なかが張りつめ、太ももの上が震えはじめているのを感じて、もっと動きを速めた。車内にしみついたデレクの匂いにつつまれ、ますます昇りつめていく。

とつぜん、ジンジャーの手は脚のあいだを離れて、デレクの震える手につかまれていた。

「そこまでだ」

ジンジャーは彼の手をふりほどこうとした。呼吸が荒くなっている。ありとあらゆる悪口でデレクを罵倒しはじめたが、彼の顔に浮かぶ苦悶を見て、やめた。歯を食いしばり、目は燃えるように明るく、ぼうっとしていた。彼女とおなじくらい激しい息遣いで、その音が車内に響いている。

ジンジャーが彼の股間に目をやると、大きくなったものがドレスパンツを押しあげていた。彼の昂りを目にしてますます脈が速まる。彼女は手を伸ばそうとしたが、手首をつかまえている彼の手がさらに締まり、痛いほどだった。

「だめだ。もしきみがそこにさわったら、家までたどりつけない。車を路肩にとめてボンネットの上できみをファックすることになる」

そうしてほしいとお願いしそうになった。こんなに抑えきれなくなっていて、道端でのセックスは完璧にぴったりに思えた。

信号が変わった。デレクはふたたびタイヤを軋ませて交差点を通過し、ブロックの端の角で左に曲がり、ふたりのアパートメントがある通りに入った。右手に建物が見えてきた。

建物裏の駐車場に車をとめ、ギアをパーキングに入れて、デレクは車の前を回って、まだシートベルトもはずしていなかったジンジャーの側にやってきた。ドアが勢いよく開いた。デレクがぶっきらぼうに手を出してきてドレスを直し、彼女の服装をちゃんとさせると、ウエストのあたりでかかえて軽々と彼女を車からおろした。ハイヒールがカツンとアスファルトを打つ音がした。

デレクはジンジャーの背中に手を置いて、建物のほうを向かせた。「歩け」

「デレク、待って」

彼はからだをこわばらせたが、歩きつづけた。ふたりが建物二階の彼のアパートメントのドアの前に着いたとき、ジンジャーはようやくまた声を出せた。「聞かせたくないの。妹に。お願い、デレク」

鍵を挿しこんでいたデレクの手の動きが一瞬とまり、それから鍵をひねった。彼はそっけなくうなずいてわかったと示し、ドアを押しあけると、ジンジャーを抱きあげた。

「なにをしてるの?」ジンジャーは小声で言った。「歩けるのに」

「ヒールでフローリングを歩いたら音がする」

「そう。靴をぬいだらいいんじゃないの?」

「はいているほうがいい」

ジンジャーは下腹部がきゅんとするのを感じて、デレクの肩にしがみついた。彼は暗いアパートメントのなかを進み、自分の部屋に入ると、足で蹴ってドアをしめた。不安が頭をもたげそうになったけど、ジンジャーはそれを締めだした。これが自分の望みなのだ。彼が欲しい。

デレクは部屋についているバスルームに入ると、ドアの前にジンジャーをおろし、次の瞬間、彼女をドアに押しあげた。ジンジャーは彼の顔を見て、今度だけは、自分の気持ちを隠すのをやめた。デレクは彼女のお願いを少しも躊躇することなく聞いてくれた。彼女のお願いだから。その小さな行動がジンジャーにとってどれほど大事なことか、彼が知ることはないだろう。アパートメントのいちばん奥にあり、タイルの壁に囲まれたここなら、ふたりの声がそとに聞こえることはない。でも彼はジンジャーをぬがすのに忙しくて、彼女の無言の感謝には気づかなかった。

デレクが白いドレスシャツをパンツから出したとき、シャツが落ちる前にちらっと割れた腹筋が見えた。彼がシャツをぬいで、お腹と腕と胸があらわになり、ジンジャーは荒い息をついた。デレクのからだは、痛みとよろこび、その両方を等しく与えられる肉体だった。ところどころにあるタトゥーのせいで、バーによくいる喧嘩っぱやくて店内の男たち半分をぶちのめして、そのあとベッドで女ふたりを満足させるタイプにも見える。彼が動くたびにその筋肉が動き、まるでいまにも肌を破って飛びだしてきそうだった。こわくて、同時に興奮させる。

「ぬげ」彼が命じた。

その声はなにも言わずに従えと警告していた。望むところだった。ジンジャーは勇気がなくなってしまう前に、背中に手を回してドレスのジッパーをおろし、腰の上を滑らせて足元に落とし、一糸まとわぬ姿をデレクにさらした。裸を隠したくならないように、両方の手のひらをドアにあてていた。

デレクはベルトのバックルをはずす途中で動きをとめ、その緑色の目の色が濃くなり、ほとんど黒に見えた。その飢えた視線にさらされて、ジンジャーのからだはさらに準備ができた。「ちくしょう、おれの自制心がじゅうぶん強かったら、きみの全身をくまなく味わえたのに」

彼はパンツとボクサーブリーフを合わせて押しさげ、足を抜いて、ジンジャーのほうへ近づいてきた。その勢いに、彼女は息をのんだ。ドアに背を押しつけたまま、目を下にやると、彼は自分の太く長いものを片手でつかみ、根本から頭までしごいていた。

「おれのためにじゅうぶん濡れているか、ジンジャー？」

彼女が答える前に、デレクは自分のものを少し開いていた脚のあいだに導き、割れ目に挿し入れ、彼女の濡れたあそこにひどくゆっくりとその先を滑らせた。彼はジンジャーの頭の上でうなり、膨らんだ先端でクリトリスのまわりに円を描いた。でもまたすぐにひっこめて、ジンジャーに抗議の声を洩らさせた。

彼はコンドームを取りだし、屹立するものにかぶせた。それから両手でジンジャーのお尻をもちあげてからだを押しつけ、自分とドアではさみこんだ。「おれの腰に脚をかけろ」

ジンジャーが言うとおりにして、彼女のやわらかさで彼の昂りをつつむと、デレクはうなり声を洩らした。「最初は速く激しくいくからな。わかったか？　きみのせいだぞ」

そして彼は力いっぱいジンジャーのなかに突きたてた。彼女のうしろのドアが揺れ、蝶番がガタガタいった。涙がこみあげてきて、思わず洩れてしまった声がデレクの喉を詰まらせたようなうめき声と交じりあう。たちまち鋭い痛みに全身を貫かれた。ジンジャーはデレクの肩にしがみつき、早く不快感がやわらいでくれるようにと祈った。ジ静かなバスルームにふたりの荒い呼吸が響く。

デレクは彼女にからだを密着させたまま凍りついた。胸を大きく上下させて。彼の目のなかに無言の問いかけが見えた。完全に守りをはぎとられて、ジンジャーは答えを隠せなかった。

彼の顔に後悔が浮かぶ。「ああ、ベイビー、嘘だろ」

「お願い」ジンジャーは言った。「やめないで」

喉を締められているような声で彼は言った。「本気でやめられると思ってるのか、たとえおれが望んだとしても？」

すでに硬くなりかかっていた筋肉がジンジャーの手の下で束になっている。彼女はデレクの首と肩のこわばりをほぐそうとした。せっかくここまで来たのに、いまやめられたらたまらない。ジンジャーは彼の鎖骨に沿ってキスを並べ、続けてほしいと懇願した。

彼が押し入ってきたときにはたしかに鋭い痛みを感じたが、デレクにいっぱいに占められているのだと思うとぞくぞくする。この痛みのどこかに快感が隠れているのも感じられる。デレクの腰とドアの硬い表面に挟まれて動けず、ジンジャーは高まるうずきをやわらげるために、少し動いてみた。

「じっとしてろ」命令をわからせるために、デレクはもう一度力強く突きあげ、彼女をドアに押しつけた。「ファック。ファック。もう一分だけ待ってろ」

「ううん。待てないデレク……お願い」自分のなかの彼の動きのせいで考えられず、意味のない言葉がジンジャーの唇からこぼれはじめた。まだ鈍い痛みは残っていたけれど、それよりもずっといいなにかが待っているのだと思えば、なんとかこらえられた。車で自分でしたせいで敏感になっているから、デレクにこすりつければ、そのからだを利用していけそうだった。

じっとしていろという命令を無視して、ジンジャーは彼のからだにすりつけるようにして腰を回し、ずきずきする場所が彼女を深く穿っている彼のものの根元にこすれて思わず声をあげた。彼の腰に巻きつけている太ももを締めて、下半身でリズムを刻み、快感を見つけることに集中した。奔放な気分だった。飢えていた。彼に。これに。ペースを落としてこの瞬間をじっくり味わいたかったけれど、からだが言うことを聞かなかった。あと何回か腰をつかえば……。彼女は頭をうしろにそらし、いきそうだと思った。

デレクが両手で彼女のお尻をつかみ、その指を痛いほど食いこませた。求める摩擦をとりあげられたジンジャーは不満の声をあげ、いらだちまぎれに彼の髪をひっぱった。

「いいや、だめだ、きつくてかわいいヴァージンのジンジャー。そんなに簡単に楽にしてやるわけにはいかない。まだ始まったばかりだ」

ジンジャーのからだを固定したまま、デレクは頭をさげて彼女の乳首をくわえ、激しく吸った。焼けるような快感がからだを駆けめぐり、下腹部とそのもっと下に広がる。すごく動きたくて、またリズムを見つけたくてたまらないのに、デレクはそれを許さない。乳首をなめたり吸ったりしてつんとさせてから、反対の胸に移動し、おなじ拷問と崇拝をくり返した。ジンジャーはじっとしていられなくて、ドアの硬い表面に背をつけてもだえた。やめてほしい。ずっとやめないでほしい。

デレクが顔をあげ、その熱っぽい視線が彼女の唇に落ち、そこにとどまった。瞳孔が広がっている。彼の息がどんどん荒くなる。

「口をくれ。きみの口が欲しい」

ジンジャーは彼と額をふれあわせた。「それならなにを待っているの？」

うなり声とともに彼の唇が落ちてきて、嚙んだり、こすったり、なめたりした。彼は何度も何度も彼女の唇をこじあけ、なかへ入れろと要求した。ジンジャーは頭を右に、左に傾け、キスに焼き尽くされ、息をつぐことなど一度も考えなかった。デレクに唇を支配されているうちに、くすぶっていた痛みは消え、ひたすらな欲望がつのった。彼女のなかの彼のものは熱く、太く感じられて、その大きさを受けいれるようにジンジャーはからだの力を抜いた。

キスの途中で、デレクは片腕をドアにつき、もう片方の腕をウエストに回して、自分の硬いもので穿つように彼女のからだを上下させ、濡れて感じやすくなっているところをゆっくりと責めた。そのペースがじょじょにあがり、ジンジャーは彼の昂りの上で跳ねるように腰を振りたてていた。デレクはずっとキスしたまま、彼女のあげる声を自分の舌と唇でつつみこみ、くぐもらせていた。

ジンジャーのなかでどんどん大きくなっていたものがなんの前触れもなく弾け散り、快感の大波が彼女をさらった。思わずキスを中断して声をあげてしまったが、自分の腕のなかで昇りつめ、突きたてる彼のからだをつかってオーガズムを乗りきる彼女をデレクが見つめているのはぼんやりと感じていた。

ジンジャーが果てると、デレクは彼女の首に顔をうずめて、うめいた。「もうだめだ。きみはおれをだめにしてしまったよ、ジンジャー」

最後に一回腰を突きあげ、デレクは精を放った。彼女のしっとりした肌に口をつけて声をくぐもらせようとしたが抑えきれず、ジンジャーはあまりに恍惚として彼が詠唱のように唱える悪態を気にするどころではなかった。

ようやくふたりとも呼吸が元に戻ったとき、デレクは彼女のからだを動かしてひざのうしろに腕をくぐらせた。ジンジャーを胸に抱きよせ、自分の部屋に運んで、ベッドの上におろした。ぐったりとしていたジンジャーが見ていると、デレクはバスルームから濡らしたタオルをもってきた。

彼女の正面にひざまずき、温かいタオルを脚のあいだに押しあてた。ぬくもりが残っていた痛みをやわらげ、満ち足りた感覚を残していった。ジンジャーは半分閉じた目で彼がタオルをものの内側に滑らせ、往復するのをながめた。

終わると、デレクはタオルをベッド脇のテーブルの上に置いて、ジンジャーのお腹をキスでたどっていった。

さっき経験した強烈な感覚がよみがえり、ジンジャーはぱちりと目をあけた。「デレク？」

彼の温かな息をもっとも親密な場所で感じた。「静かに、ベイビー。キスで楽にしてやる」

そしてデレクは、優しく舌で愛撫してジンジャーを二回目のオーガズムへと導いた。

14

ジンジャーは、デレクのキッチンでコーヒーを飲みながら、ウィラが客用の部屋から出てきて彼女をびっくりさせるまで一時間近く、ぼんやりと虚空を見つめていた。妹を見て、すぐに目をそらした。ゆうべ起きたことはすべて自分の顔に書いてあるはずだと思ったからだ。とは言え、胸のなかからそとに出てこようとしてせめぎあう雑多な感情をいくら隠そうとしても、いままで一度だってウィラに隠し事はできなかった。

彼はなにも言わずに出ていった。

ジンジャーが横になったまま、デレクはどんなぎこちない〝翌朝の言葉〟をかけるのだろうかと考えていると、彼は部屋を出ていった。シャワーを浴びにいったのだろうと思っていたのに、戻ってこなかった。そのまま玄関を出て、ベッドに裸で寝ている彼女を置き去りにしていった。そのことに気づいた瞬間、ジンジャーはがばと起きあがり、これならぎこちない言葉のほうがずっとよかったと気がついた。いまは虚しく、恥ずかしく感じる。

使い捨てにされたようにも。

ジンジャーはデレクにそんなふうに思わせられたことに腹が立った。きみは特別だとささやいたり、オムレツをつくってくれたりする必要はないけど、なんでも無言よりはましだ。無言はどんなふうにもとれる。もしかしたら彼は、もう望みのものを手に入れたから、なにも言わずに去って、それとなくこれで終わりだと告げているのかもしれない。

べつに、それならそれでいい。

ジンジャーはマグカップを洗うためにシンクに向かった。ウィラに背中を向ける口実だった。目の奥がひりひりするけど、何度もまばたきして涙をこらえ、しなくてはいけないことに集中した。

「いい知らせよ、ウィラ」肩越しに言った。「レニーに電話したら、うちのアパートメントの修繕にはしばらくかかるから、そのあいだ上の階のアパートメントをつかわせてくれるって。きょう、近所でやっている不用品交換会をのぞいてデコパージュ用の家具を探そうと思っていたんだけど、それより、早くここを出て、そのアパートメントに移ったほうがいいと思う」

背中に、ウィラのとまどいを感じた。仮の宿から別の仮の宿に移るなんて、あまり意味がない。ジンジャーにはっきりわかっているのは、ここから出ていかないと、ということだった。いますぐ。でもそれをウィラにどうやって説明したらいいのかわからない。自分自身にも。

「どうしてそんなに急がなきゃいけないの？　二度部屋を移るより、ここにいればいいんじゃないの？」

「べつに理由はないんだけど」ジンジャーは急いで言った。「自分たちの場所が欲しいだけ」

そのあと続いた長い沈黙に、肩甲骨のあたりがムズムズした。「それってゆうべのことと関係ないの？」

ジンジャーはからだをこわばらせ、マグカップを三度目に洗いはじめた。「どういう意味？」

「姉さんと警部補はとくに静かってわけじゃなかったから」ウィラは冗談めかして言った。「でも、姉さんがヤリ逃げしたいんなら、あたしはべつにかまわない。きょう荷物を移そうよ」

ジンジャーは愕然とした。そんな、お願い、嘘でしょ。気をつけていたはずなのに？　あのバスルームは部屋のいちばん奥だった。わたしはあまりにも興奮してわれを忘れ、妹を起こしてしまったというの？　それじゃまるで……。吐き気がしそうで、その続きを考えることはできなかった。

ゆっくりと、ジンジャーはシンクからふり向き、妹を見た。「そんな、ウィラ」

ウィラの顔からほほえみが消え、両手を伸ばしてジンジャーのほうにやってきた。

「ジンジャー、そんなおおげさな。ただからかっただけなのに。いっしょに寝ているベッドのジンジャーの側がつかわれていなかったし、朝から物思いに沈んでいるから、当てずっぽうを言ってみただけ。でもなにも聞こえなかったよ。ほんとに」

ウィラが否定するのを無視して、ジンジャーは客用の部屋へと向かった。

「荷物をまとめる。わたしたちはきょうここを出るから。約束する」

★

「どんな情報でもありがたい」月曜日の夜、デレクは食料品の袋を脇にかかえて自分のアパートメントへと続く廊下を歩き、声を落とした。携帯を耳にあて直し、彼はくり返した。「ヘイウッド・デヴォン。ナッシュヴィルでストリップクラブ数軒、その他の事業を所有している。とくにヴァレリー・ピートとの関係を知りたいんだ。頼むよ」

デレクはアパートメントの玄関ドアをくぐったところでとまった。キッチンカウンターの上に置いてある、スペアキーの束を見て、胸に悪い予感が広がる。土曜日の夜、姉妹が客用の部屋に移ってきたときに、ジンジャーに渡しておいた鍵だ。日曜日の朝から現在のどの時点かで、ふたりは出ていったらしい。彼に電話の一本も、置手紙もすることなく。

あごの筋肉を引きつらせながら、カウンターに携帯をやや乱暴に置いた。自分もジンジャーに電話の一本もかけなかったのだから、彼女にそれを期待する筋合いはないだろう。彼女にかけようと受話器を手に取っては、そのたびに受話器を元に戻した。自分の気持ちをどう言葉にしたらいいのか、わからなかったからだ。これまで自分の気持ちを女に伝えた経験なんてほとんどなかった。とくにどんな反応が返ってくるかわからないジンジャーのような女だからなおさらだ。電話ではだめだ。彼が言いたいことは、面と向かって言う必要がある。そう思っていた。

土曜日の夜以来、デレクは寝ていないし、ちゃんとした食事もとらなかった。そしてついさっき玄関ドアをくぐるまで、自分がうちに帰ったとき、どれほどジンジャーにいてほしいと思っているのか自覚していなかった。アルヴァレスの情報屋が、抗争中のギャング二派があしたの夜に顔を合わせるという情報をやっと提供してきて、捜査は大詰めを迎えていた。デレクは二十四時間体制で人員を配置し、強制捜索を組織し、突入場所の状況を把握するために会合場所周辺の下調べをしていた。

あしたの夜、やつらを一斉逮捕する。

日曜の朝に出勤してからこの二日間、戦略を練ったり分署と本部を行ったり来たりして警察本部長に進捗を報告したりしていないときには、ジンジャーのことばかり考えていた。ひとりになるたびに、頭のなかに彼女があらわれた。日曜日に彼のベッドにいたときのジンジャーだ。薔薇色の生まれたままの姿で、彼の枕を抱きよせていた。その光景は永遠に彼の脳に焼きつけられ、けっして消えることはない。消えてほしくなかった。

ヴァージンだった。デレクはまだそのことを受けとめきれていなかった。年齢もそうだが——あの歳の女ならそこそこの数の交際相手と経験してきているはずだ——あの身のこなし、ほほえみ、いや、ただそこにいるだけで、官能を感じさせるジンジャーが。彼女にそんなものを身につけさせた男ども全員が憎かった。もっとも、あのとびきりセクシーなふるまいに惹かれたことは否定できない。男どもがよだれを垂らすジンジャーのような女が、二十三歳になるまで一度も男と寝たことがないなんて、わけがわからなかった。

おれが初めてだった。初めて彼女のからだに押し入り、オーガズムを与えた。彼女が彼のものを締めつけてきて、激しく痙攣したあの感覚がいまでもよみがえってくる。まるでずっと彼を待ちつづけていて、彼に満たされ、いかされたがっていたかのようだった。くそっ、ジンジャーが彼にしがみつきながらもっと欲しがって動き、身をよじらせていた姿は、けっして忘れられない。

経験のない彼女に自分が言ったこと、したことを思うと、良心がとがめた。もし最初からジンジャーがヴァージンだと知っていたら、自分はあんな話し方をしただろうか？

それでもやはり、しただろう。それでおれが下衆野郎だというのなら、しかたがない。ヴァージンであろうとなかろうと、ジンジャーを前にして自分の言動を抑えるのは不可能だった。彼女の好意的な反応でますます焚きつけられたということはあったとしても。

彼女に「きみはおれをだめにした」と言ったのは本気だった。彼女がどんな味がするのか、どんな感触なのか、彼がなかで動いているときにどんな声を出すのかを知ってしまったいま、知らなかったときに戻ることはできない。土曜日の夜、彼はとりかえしのつかない形で彼女を変えたが、自分もおなじように彼女によって変わった。

彼女が鍵を残し、なにも言わずに出ていくことでなにかのメッセージを彼に伝えようとしているとしても、デレクは気に入らなかった。心配だった。彼はそんなふうに感じることに慣れていなかった。カウンターに無造作に置かれた鍵のなにかに、〝終わり〟が感じられる。だがふたりの関係はまだ終わっていない。

デレクは食料品をとりあえず袋ごと冷蔵庫に入れて、アパートメントを出た。廊下の向かいのジンジャーのドアにつかつかと近づき、素早くノックした。

一分たっても応答がなかったので、もう一度ノックしたが、そのとき右側の廊下からだれかの咳払いが聞こえてきた。見ると、ウィラが階段を半分のぼったところから、いつもの〝どうでもいいけど《ホワット・ザ・ファック》〟という顔で彼を見下ろしていた。「ノックした？」

デレクは彼女とドアを見た。「上でなにをしているんだ？」

ウィラは爪を点検しはじめた。「あたしたちのアパートメントが直るまで、上の階の部屋に住むことになったの」

なんだって《ホワット・ザ・ファック》？「どうして？」

彼女は肩をすくめた。

だめだ。ウィラといくら話しても、今世紀じゅうにらちがあくことはない。「姉さんは家にいるのか？」

「ううん」

「どこに行ったんだ？」

「デート」

デレクは胸が不快に締めつけられて、一瞬息ができなかった。そしてものすごく腹が立った。デート？　ファッキン・デートだと？　彼女がどこに、だれと行ったのか突きとめる。次はそこに行ってそのくそ野郎をぶち殺す。

彼はドア枠をつかみ、ドアを引きはがしてやろうかと考えた。

「落ち着いてよ、今夜はバーで働いている。でもいま一瞬、日曜日のあとで姉さんに電話をしておけばよかったと思ったでしょう？」

彼は安堵でよろけそうになった。これまでもジンジャーにたいして独占欲が強いという自覚はあったが、まったく新しい領域に突入した。危険な領域だ。どうしても彼女に会う必要がある。だが状況を考えれば、少し時間をおいて頭を冷やすのが賢明だろう。いまの自分では、なぜ彼女が出ていったのかについて理性的な会話ができると思えない。事態を悪化させるだけだろう。

デレクは深呼吸して、無理やり笑顔になった。「やるな、ウィラ」

彼女は、上についてくるようにと手振りで示した。「でしょ」

三階のアパートメントに入ったデレクは、あちこちにジンジャーの痕跡を見つけた。カウボーイ・ブーツが壁にもたせかけてあるし、彼女がデコレーションを施したさまざまな家具も置かれている。それにあの彫像。いったいどうやって、あれを階段で運んだんだ？　下よりも狭い２ＬＤＫのアパートメントは、乾いたばかりのペンキの匂いがして、元の部屋のような家庭的な雰囲気はなかった。少ない家具と段ボール箱が置かれ、仮住まいという感じがする。彼のアパートメントにいるより、このほうがいいと本気で思ったのか？　そう思ったらたまらなかった。

彼はウィラのほうを見た。「つまりおれが電話しなかったから、出ていったのか？」

「それもある」

「ジンジャーは大人だ」彼はしかめっ面で言った。「いちいち世話を焼かれる必要はない」

ウィラは彼に食ってかかった。姉とそっくりだ。「そのとおり。ジンジャーは大人だし、ずっと前からそうよ。でも女なの」

どういうことだ？　デレクはこみあげる胸騒ぎを追い払おうとして、失敗した。「待て。さっき『それもある』って言ったな。ほかにどんな理由があるんだ？」

ウィラは大きなため息をついて、キッチンチェアに腰掛けた。「あたしのせいでもあるの。あたしがジンジャーに、あなたたちふたりが、その、土曜日の夜にあれをしていたのが聞こえたと思わせたから。ほんとは聞こえなかったよ」あわててつけ加えた。「ジンジャーに打ちあけてほしかっただけ。だってなにかあったのは、バレバレだったもの。様子も変だったし」

デレクはウィラをまじまじと見つめた。自分が十七歳を相手にこの会話をしているのが信じられなかった。そのとき、玄関でジンジャーから、妹に聞こえないように静かにしてほしいと頼まれたことを思いだした。いままで、あの必死のお願いを忘れていた。「どうしてそれが……彼女にとってそれほどの大問題なんだ？」

ウィラは答えたくないという感じで、気まずそうだった。両手で顔を覆ってうめき声をあげた。「ああもう、まったく。あたしは一日じゅうこの話ばかりする運命なんだわ。あんたたちろくでなしがあらわれるまで、あたしとジンジャーはなんの問題もなかったのに」

デレクは硬直した。「いったいなんの話だ？　ほかにだれかいるのか？　さっきは仕事だと言ったじゃないか、くそっ」

彼女は手を振ってその質問を却下した。「ほかにはだれもいない。いま言ったのは、あたしの……彼が……まあいいでしょ。落ち着いてよ」

「説明しろ」

ウィラは立ちあがると、テーブルを回って窓のほうに行った。「ジンジャーが、あたしがあなたたちの声を聞くのを気にするのは、あたしたちの母親のせいよ。昔、うちの居間で客をとっていたから」

デレクは青ざめた。「くそっ」

「ええ、くそでしょ」ウィラは窓のそとに目をやり、デレクには背中を向けていた。「ジンジャーはいつも、あたしの耳に脱脂綿をつめてカントリーミュージックを大きな音でかけていた。あたしがパニックになると知っていたから。だからいまでも、そういうことを気にする。昔あたしが泣きわめいたのはそのことを知らなかったからだって、わかってないのよ。ジンジャーにとっては、白か黒かなの」

ウィラには言えないが、デレクはヴァレリー・ピートの逮捕記録を見た。ジンジャーの子供時代は苦労が多かったはずだ。どうやら、彼はほんの上っ面しか知らなかった。幼い女の子ふたりがそんなひどい目に遭ったことを思うと、怒りが全身を駆けめぐった。実際、ジンジャーはまだ子供のころに大人にならざるをえなかったのだろう。

彼はウィラが坐っていたキッチンチェアにどさっと腰をおろした。「まだなにか、おれの知らないことがあるような気がする」

ウィラはテーブルをはさんでデレクと向きあった。「うちの母親は……複雑なんだ。ときどき客がそのまま数日居つくこともあったんだ。母親にいろんな約束をして、でもヤクが切れると逃げだした。母親は落ちこんで、酒びたりになる」ウィラはソファーの背に寄りかかって、腕組みをした。「あなたは姉のことを思っているみたいだから、ちょっとした知識を授けてあげる」

デレクはなんとかうなずいた。

「ジンジャーがどんなに魅力的かは、あらためて言う必要はないよね。でもうちの母親も昔はそうだったんだよ。ジンジャーの最大の恐怖は、自分も母親のようになってしまうこと」

「ありえない」

ウィラも同意の声をあげた。「それでも。ジンジャーが男とつきあわないのはそれが理由。生まれてからずっと、男たちが母親を利用して、きのうのゴミみたいに捨てるのを見てきたから。つまりね、警部補さん、あなたが逃げだして、二日間ジンジャーに電話もしなかったというのは、これ以上ない大失敗なわけ」

デレクは喉に鋼の輪を巻かれたように感じた。なんてことだ。どうして気がつかなかった？　彼女は彼の言葉を、安心を必要としていた。それなのに彼は、行ってくるよとも言わずに出ていった。さらにまずいことに、仕事にかかりきりになって、彼女にメール一本も送らずに放置した。そんなことでは、ふたりの関係はいったいなんなのか、ジンジャーが不安に思って当たり前だ。そう思わせたのは彼だ。だがなんと言ったらよかったんだ？

人生最高のファックをありがとう、ベイビー。おれがうちに帰ったらまたやろう。二回頼むよ。

デレクは手で顔をごしごしこすった。ジンジャーが男の経験がなかったように、彼もちゃんとしたつきあいの経験がなかった。

彼女を失いたくなかったら、なんとかする必要がある。すぐに。手遅れでないことを祈るばかりだ。

「こうしちゃいられない」

「そうだと思った」

★

「なあ、いいだろ、スイート・ティッツ。今夜はずっとチップをやってるじゃないか。なにか見せてくれよ」

ジンジャーは、彼女が〝ナチョ〟というあだ名をつけた、ライトビールを飲んでいるネアンデルタールに呼びかけられても無視した。バーカウンターの端の席に坐って、シャツにトルティアチップスがくっついているのにも気づいていない。この客をいますぐつまみ出してくれないかと期待して、人ごみのなかにいる用心棒をそっと見遣った。用心棒たちには、十分前に、客のひとりがしつこくして困っていると伝えたのに、忘れているのか、気にしていないのか、どちらかだ。ほかの晩なら、うまくあしらえる。残念なやつが退散するか、返事ができなくなるくらい酔い潰れてしまうまで、おしゃべりにつきあう。そういうやりとりをほかの客も楽しんで、チップを増やしてくれるはずだ。

でも今夜はだめな夜だった。まったく最悪の夜だった。正直言って、客のお酒をぜんぶ次々と飲み干し、バーカウンターの上でラインダンスを踊れたらどんなにか楽しいだろうということしか考えられなかった。

いったいこのテクノ・ミュージックはなんなの？　みんなこれが好きなふりをしているだけなんでしょう？

「ベイビー、なにむくれているんだ。そんな顔をするのはやめろ」

ジンジャーは目をぎゅっとつむった。〝ナチョ〟原人にベイビーと呼ばれたくなかった。デレクとあの一夜のことを思いだしてしまう。すばらしい一夜だったけど、もうあんなことは二度とない。というのも、あれ以来彼は電話もくれないし、顔を見せもしないのだから。ふたりがどんな関係なのか、一目瞭然だ。

たぶん彼女がヴァージンだったという事実にびびり、彼女にしがみつかれるのを心配して全速力で逃げだしたということだろう。優雅にブランチを外食し、仔犬を飼いはじめる気まんまんの家庭的タイプなのかと。

そんな可能性はない。ジンジャーは朝食は朝食で、ランチはランチで食べる。ふたつを合わせる意味はない。

でも、ウィラに知られたということをのぞけば、あの夜のことを後悔したくなかった。次にデレクに会ったら、ウインクして投げキスくらいしてもいいかもしれない。ぜんぜん後悔していないことを教えてあげるために。

最初からデレクとのこの関係がどこに行くのかはわかっていて、承知のうえでついて行ったのだから。よろこんで。パンティーもはかずに。彼とつきあいたいわけではなかった。だれともつきあいたくない。それならなぜ、いちばん必要なときにいつもの虚勢がどこかに行ってしまったのだろう？　十代向きのドラマの登場人物のように、うじうじするのをやめられない。正直言って、われながらそんな自分が恥ずかしかった。

　これでは男に捨てられるたびに荒れていただれかさんにそっくりだ。これまで認めるのを避けていたけど、〝ナチョ〟原人の態度でわかった。彼女は自分で自分の〝慰め会《ピティー・パーティー》〟の垂れ幕を掲げ、風船を膨らませていたのだ。レジから目をあげたとき、バーのうしろの鏡に映った自分が目に入った。そこにいた、さえない、打ちのめされた娘は、ジンジャーをおびえさせた。

「スイートハート、おれは話しかけているんだぞ。うしろ姿も悪くないけどな」ハイファイブが交わされ、グラスが打ち鳴らされる。

　さえない、打ちのめされたわたしなんて、冗談じゃない。

　ジンジャーは急にふり向くと、もうあだ名で呼ぶ価値もないそのまぬけのところに近づいた。まわりの人々に聞こえるように大声で言った。「あのね、あんたなにもわかってないみたいだから、教えてあげるわ。いまこの瞬間、この店内にはあなたみたいに帽子をうしろ向きにかぶって、くだらないジョークを飛ばしている負け犬が何十人もいるの。あなたはぜんぜん特別じゃない。実際、することなすことあまりにもありきたりで、死ぬほど退屈よ。だからさっさとその酒を飲んで、出ていって」

そして彼女は置きっぱなしだったテキーラのショットグラスを取ると、いっきに飲み干し、喉を焼く味を楽しんだ。

やかましい音楽のなかでも彼女の長広舌が聞こえた客たち数人は手を叩き、彼女に口笛を吹いた。でもまぬけの友人さえ、彼をつついて、彼女のこきおろしのハイライトをくり返していた。まぬけ本人は、まったくうれしそうに見えなかった。顔を真っ赤にして、バーカウンターに置いたこぶしを握りしめている。ジンジャーは少し不安になって、ふり返り、もう一度用心棒を呼ぼうとした。

いきなり二の腕をつかまれ、引き戻された。木のカウンターが背中にぶつかり、脚が氷の入った箱の角にあたった。つかんでいる手をふりほどこうとしたが、無駄だった。友人は放せと叫んでいたが、手の力はかえって強まった。

「あばずれ!」耳元で彼が叫んだ。ジンジャーはものすごい声にたじろいだ。パニックになって、バーの反対側にいるアマンダを見ると、彼女は目を大きく見開き、注いでいた飲み物を放りだしてこちらに走ってくるところだった。

とつぜんジンジャーをつかんでいた手が離れて、彼女は勢い余って床に倒れこみ、バーの外側が見えなくなった。大きな音とダンスフロアのほうからの怒鳴り声が聞こえてきて、彼女はなんとか立ちあがった。

ジンジャーは目を瞠った。デレクが〝ナチョ〟のうしろに立ち、その目に殺気をみなぎらせて、彼の首を締めあげていた。

15

〝ナチョ〟は首に巻きつくデレクの腕をひっかき、息ができるように腕をはずさせようと必死だった。〝ナチョ〟の友人たちも大騒ぎでデレクを引きはがそうとしたが、彼を動かすことはできなかった。

デレクの嵐のようなまなざしが一瞬彼女をとらえ、ジンジャーはそこに無言の問いかけを感じた。彼女はこくりとうなずき、怪我はしていないと伝えた。するといきなり彼は〝ナチョ〟の頭をバーカウンターに思いっきり打ちつけた。あまりの勢いにジンジャーは思わず飛びのき、飛び散る鼻血をよけた。エレクトリックビートの音楽が響くなかでも軟骨が砕ける音が聞こえた。

「デレク、だめ！　やめて！」

クラブ全体が停止し、だれもがいったいなんの騒ぎかとこちらを見ていた。デレクは〝ナチョ〟をバーから引き起こして床に倒し、首にまたがって、明らかに一方的な喧嘩を続けるつもりのようだ。ジンジャーは自分がなにかしなければ、デレクは男に大怪我をさせてしまうとわかった。

製氷機を踏み台にしてバーカウンターの上に飛び乗り、反対側に飛びおりた。右脚の痛みに顔をしかめたが、驚いている客たちの人ごみをかきわけて進み、デレクの背中にとりついた。両腕を彼の胸に回して、足を踏んばり、ひっぱったけど、無駄だった。彼は〝ナチョ〟の顔をまともに殴り、もう一発お見舞いしようとこぶしを引いた。

ジンジャーはその腕をつかみ、全力でとめた。

「話を聞いて！　もうやめて！」視界の端に、クラブのたくましい用心棒ふたりがこちらにやってくるのが見えた。でもありがたいことに、脇で女の子ふたりの喧嘩が始まって、用心棒たちはデレクから目を離し、そちらを見た。

ジンジャーはとても腹を立てていたけど、警部補であるデレクがバーの喧嘩に巻きこまれたら困るだろうということはわかった。用心棒たちが、ほんとうの喧嘩はジンジャーが担当するバーのほうだと気がつき、デレクを拘束する前に彼を店から連れ出さないといけない。こんな分別を失った状態では、用心棒にもやり返して事態をさらに悪化させかねない。

ジンジャーは彼の耳に口を寄せて説得しようとした。「デレク、お願い、わたしはだいじょうぶだから。もうやめて。殺しちゃうわ。わたしはだいじょうぶ」

彼のからだはアドレナリンで震えていた。「こいつはきみをつかんでいた」

「わたしのせいだったの。彼を挑発したのよ。でもそれはもういいから」

デレクはふり向いて彼女の目を見つめた。「きみのせいだって？」

ジンジャーは彼の怒りの激しさにたじろいだ。目の端で、用心棒が人ごみを分けてすぐそばに迫っているのが見えた。従業員である彼女なら、デレクが用心棒につかまらないまま逃がせるかもしれない。

それにこれは、わたしを守ろうとしてやったことだ。極端だしやりすぎだけど、ジンジャーは心のどこかで感謝していた。何年間も男性客に許しがたいふるまいをされてきたけど、初めて自分以外のだれかが介入してそれをとめてくれた。乱暴なやり方だけど。

「自分のものを取ってこい」

ジンジャーはたじろいだ。彼といっしょに帰ろうとは思っていたけど、高圧的な言い方に腹が立ち、考え直したくなる。「まだ勤務時間中なのに、帰れなんて命令できないから！」

「おれは電話一本でこの店を閉めることができる。そうさせたいなら、やってみろ。

どうぞ」

怒りがふつふつと湧いてきたが、ジンジャーは勢いよく立ちあがった。〝ナチョ〟は両手で折れた鼻をつつみ、床でもだえ苦しんでいる。デレクはうなり声をあげた。彼はジンジャーの脚の切傷に気がつき、ふたたび〝ナチョ〟に向かっていきそうにいきり立った。

用心棒たちがデレクのところにやってきたけど、ふたりが彼に手をかける間違いをおかす前に、デレクはバッジを取りだして何事か怒鳴った。そして彼女のほうを向いたが、その目は怒りでほとんど黒に見えた。「ジンジャー。自分の、ものを、取ってこい」

彼女はバーのほうにふり返り、アマンダに合図した。彼女はこの要求を予想していたらしく、ジンジャーがレジの下の棚に置いていたバッグを投げてよこした。ジンジャーが声に出さずに「ありがとう」と言うやいなや、デレクが彼女の背中に手を置いて誘導し、興味津々で見物している人々のあいだを抜けて、ドアへと向かった。

「コートはどうした？」

「控室よ」ジンジャーは嚙みつくように言った。「取りにいく時間をくれなかったでしょ」

彼は自分の上着をぬいで彼女の肩にかけ、ふたりはクラブを出てシカゴの寒い夜空の下に出た。店のおもてに集まって煙草を吸っている人々は、たったいま店内で起きたことに気づいていなかった。デレクがSUVの助手席に彼女を乗せる前に、入口の用心棒が怪訝そうに彼女の名前を呼ぶのが聞こえた。

家に向かう車のなかではなにも話さなかった。ふたりのあいだの空気はピリピリと張り詰めていた。デレクは血で汚れた手でハンドルをしっかりと握り、彼のあごの筋肉は物騒に引きつっていた。

彼のあからさまな怒りはジンジャーの怒りを煽った。車がアパートメントの建物の前にとまった瞬間、彼女は車を飛びおりて、勢いよくドアをしめ、うしろをふり返らず、建物に向かった。建物正面入口の鍵をあけるとき、デレクがすぐうしろにいる気配を感じたけど、知らんぷりした。三階にたどりついたとき、ジンジャーは上着をはぎとり、仮のアパートメントへと歩くペースをゆるめることなく、うしろにいる彼に投げつけた。

デレクの暗い笑い声が聞こえた。「きみのところでも、おれのところでもいいよ、ジンジャー。どっちでもかまわない。だが今夜、話をする」

「ファッキュー」

「望むところだ」

ジンジャーは玄関ドアの前でとまった。もし彼を無視して家に帰ったら、朝までずっと腹立ちがおさまらないだろう。それよりも、彼を思いっきり罵ってやったらどうだろう。喧嘩のほうがずっといい。

廊下を戻り、階段をおりて、デレクのアパートメントへと向かった。彼女とデレクの声でウィラを起こすわけにはいかない。それに、今夜〈センセーション〉であったことを妹に知られたくなかった。きっと心配するから。

喧嘩が望みなの？ それなら忘れられない一戦にしてやる。

デレクは鍵をあけてジンジャーに先に入るようにと示した。彼女は髪をかきあげながら、部屋に入った。天井の照明を点けて、バッグをキッチンテーブルの上に置いてから、彼に向き直った。彼はシンクの下のなにかを探していたが、やがて見つけた。救急箱。

ジンジャーは彼の心配しているような行為に、顔をしかめた。喧嘩をしに来たのに。もう。

「デレク、今夜あなたは自分がほかの男たちよりも強いと証明した。棍棒でわたしの頭をなぐりつけて自分の洞穴に連れ帰った。それで、どこでしたいの？ 今度は静かにする必要もないし」そう言ってキッチンテーブルの上に腰掛け、シャツをめくりあげた。「このテーブルの上ではどう？　ソファーでもいいけど？」

デレクは二歩で彼女のそばにやってきて、テーブルの上に救急箱をどすんと置いた。彼女がシャツを胸まであげる前に、彼はその裾をひっぱりおろした。でもその顔に欲望がよぎったのを、ジンジャーは見逃さなかった。「よし、きみの言いたいことはわかった」

「ほんとに？　まだ序の口だけど」ジンジャーは怒りに目を燃えあがらせた。「今夜〈センセーション〉になにをしに来たの？」

「きみに会いにいった」

「どうして？」

「きみにそんな質問をさせるべきじゃなかった」柄になく、デレクの顔に後悔がよぎった。「いいか、ジンジャー、おれはきみに電話をかけるべきだった。その前に、日曜日の朝、行ってくるよと声をかけるべきだった。この二日間、事実上デスクに手錠でつながれているような状態だったのも言い訳にならない。おれはしくじったんだ」

ジンジャーは驚きに目を見開いた。「なに、、なにをしくじったの、デレク？　なにもないのに。わたしたちはセックスした。人々がいつもやってることよ。わたしはあなたに詩を書いてもらう必要はないから」

「あれはきみの初めてだった」彼の声にいらだちが混じる。「バスルームのドアに押しつけての手早いファックは、きみにふさわしくなかった」

どうしてこの人が、わたしになにがふさわしいのか説教しているの？　ヴァレリーを母親にもって育つことがどれほど大変だったか知らないくせに。母親の自尊心が、ベッドをともにしている人間次第でしぼんだり膨らんだりするのを見せられてきたのだ。ジンジャーは幼いころに、だれにも自分の理性を壊すような力を与えたりしないと決心した。それには、いま目の前に立っている男もふくまれている。

彼女は前かがみになって、彼に顔を近づけた。「いつ、どこで、だれと、初めてセックスするかはわたしが決めるの。だれにもその選択を代わりにさせたりしない。それにわたしは後悔していないから。もしあなたが後悔しているのなら、残念だったわね。もう二度とないから安心して」

「勝手におれの気持ちを決めつけるな。おれは後悔していない。一生後悔することはない。ただ、言ってくれたらよかったのにと思うだけだ」デレクはジンジャーの髪を肩にかけ、その指は彼女の肌からなかなか離れなかった。「ベイビー、おれはきみを傷つけてしまったかもしれない」

二日間電話もかけてこなかったと思えばバーにやってきて喧嘩を始めたデレクは消え、優しくて思いやりのあるデレクにとって代わった。ジンジャーにはこちらのデレクのほうがずっとこわかった。デレクの表情の変化に気づき、パニックに襲われた彼女は手を払いのけ、テーブルからおりようとした。

彼はジンジャーの脚をつかみ、彼女があらがうのをやめると、救急箱を取って彼女の正面にひざまずいた。

ジンジャーは啞然として彼のつむじを見つめた。「なに？　なにしているの？」

デレクは彼女の脚の傷を消毒薬と脱脂綿できれいにしはじめた。「化膿する前に手当てしておいたほうがいい」

「いいえ、そういう意味で言ったんじゃない。わたしはあなたからこう、い、う、のはいらないのよ、デレク。ヴァージンとやったからって、見当違いな罪悪感に悩まされているの？　そんな必要はないのよ」こぶしでテーブルを叩いて彼の注意を引いた。彼はそれを無視して、包帯を取りだし、傷を覆った。「嘘くさいことはやめてよ！　わたしにセックス以上のなにかを求めるふりなんて、しなくていいから」

デレクはさっと立ちあがり、怒って彼女にのしかかるようにした。「おれがなにを求めているか、きみはぜんぜんわかっていない」

ところが、ジンジャーにはほんとうはわかっていた。彼が本気だということも。デレクはわたしを求めている。からだだけじゃない。その顔に、その言葉に、真実があった。どうしてこんなことになってしまったの？

彼を追い払うのよ。

「わたしがあなたに、セックス以上のものを求めていなかったら？　その可能性を考えたことはある？」

「もしきみがおれにそれ以上を求めていなかったら、おれを初めてにはしなかったはずだ」

ジンジャーの笑い声はヒステリカルに響いた。「まったく、あなたってどこまで傲慢なの。わたしがあなたの恋人になりたいと思っているとでも？」

デレクは歯を食いしばって、包帯をつつんでいた袋をごみ箱に投げ入れた。「なんと呼んでもかまわない。おれがきみと手に入れたいと思っているものに、呼び方は重要じゃない」

ジンジャーは遠ざかる彼の背中を見つめながら、その言葉が心に染みこみ、根をおろすのに抵抗していた。おれがきみと手に入れたいと思っているもの。一時間前にわかっていると思っていたことは、すべて窓から投げ捨てられた。彼はわたしに一夜限りのセックス以上のものを求めている。でもその以上ってなに？　一カ月？　一年？　それが終わって、彼が離れていったら、彼が連絡してこなかった週末の二日間で彼女が感じた惨めさを百倍した気持ちになるだろう。

遠慮しとくわ。

でもひとつだけ、問題が残っていた。

それでも彼が欲しかった。

ジンジャーはデレクがキッチンを動きまわり、ショルダーホルスターをはずして銃を抜くのを見ていた。彼がシャツの裾を出したとき、引き締まった腹筋がちらっと見えて、心臓がドキドキする。彼がかき立てた火を消すのに、一度ではぜんぜん足りない。

両立できるだろうか？　面倒な約束なしのセックス。なんといっても、男はみんなそれが望みのはず。彼との関係が、からだだけに限定されているかぎり、わたしが彼に愛情をいだくことは避けられるだろう。そうして最終的には、デレクを完全に忘れる。デレクにこのやり方を説得するのは、それほど大変ではないだろう。なんといっても、彼の言い分は、わたしのヴァージンを奪ったという罪悪感によるものが大きいのだから。

恋人になる必要なんてないのだと、彼を説得すればいい。

ジンジャーはシャツの襟ぐりを引きあけ、テーブルからおりてデレクのほうに歩いていった。その態度の変化を感じたように、デレクはさっとふり向き、用心深い目で近づいてくる彼女を見つめた。

ジンジャーはデレクの前でとまり、悪かったと思っているような顔をした。「ごめんなさい、デレク。喧嘩なんてしたくないわ」

彼のシャツの前に並ぶボタンの列に指を滑らせ、いちばん下のボタンをもてあそんだ。「その時間をほかのことにつかえるのに」

彼が誘惑に負けて彼女の胸の谷間に目を落としたとき、彼の喉ぼとけが上下に動くのを見て、ジンジャーはほくそ笑んだ。「きみがなにをしているのか、わかっている。それには乗らない」

「わたしはなにをしているの？　あなたを誘惑してる？」片手を下にやって黒いショートパンツのボタンをはずし、脚を滑らせて、ピンク色のレースのパンティーを見せた。「これなら乗る気になった？」

ジンジャーは、デレクが彼女と目を合わせておこうとする負け戦を戦うのを観察した。その目が彼女のお腹から腰、腰から脚に移り、太もものあいだのレースの三角形にとどまる。苦しげなうめき声が、彼女の芯を燃えあがらせる。「ファ、ァ、ッ、ク、ベイビー」

彼がなおも手を出そうとしないので、ジンジャーはすばやい指さばきでベルトのバックルをはずした。セックスの経験は少なくても、年齢をごまかして十六歳からずっとバーで働いてきた。毎日男の客に酒を出していれば、男についてある程度のことは学べる。巷の噂では、男の決定は肩の上に乗っている頭ではなく、こっちの頭がするということだった。

デレクの息遣いが激しくなるのを聞きながら、ベルトをはずして引き抜く。床に落とすとカシャンという音がした。

ジンジャーは上目遣いに彼を見上げ、やめろと言うなら言ってみればと無言で挑発した。彼女の額にあたる息が荒くなったほか、デレクは無言だった。その緑色の目は、ジンジャーの手を見つめている。パンツのジッパーをさげた。静かなキッチンに、ジッパーの滑る音が響く。彼女の耳にはものすごく官能的な音に聞こえた。

「おれはいま死ぬほどこらえているんだ」デレクがあえいだ。「もう少しで我慢できなくなる」

「どうして我慢するの？　わたしは我慢してほしくない」

「どうしてか、わかっているだろう。おれたちはセックス以上だ、ジンジャー。それを認めろ」

ジンジャーは胸が締めつけられるように感じたけど、何食わぬ顔で続けた。彼のパンツとボクサーショーツのなかに手を差しいれ、彼の硬くなりかかったものに指を巻きつけ、ぎゅっと握った。

「お願い、あなたが欲しくてたまらない」

デレクは歯を食いしばりながら、言った。「ああ、ちくしょう、おれもきみが欲しい。欲しくて死にそうだよ、スイートハート」

それならなぜ、こんなに頑固に抵抗するの？　本気の関係なんていう、うまくいくわけがない試みを優先させて、彼女の誘惑を拒むつもり？　そんな関係が続くわけがない。自分のほかの人間を信じても、無駄なんだから。ジンジャーは顔に絶望があらわれないようにした。彼がここまで抵抗しつづけるのなら、彼女はどうしたらいいのか、考えたくなかった。

ジンジャーはつま先立ち、彼の首に口を開いたキスをしながら、彼のものをしごいた。「わたしの口に入れたくない、デレク？」彼の耳元でささやく。

「な、な、なんだと」

「あなたが初めてよ。もう一度わたしの初めてになりたくない？」

「もういい！　もう終わりだ！」デレクは歯を食いしばり、ジンジャーの手首をつかんで彼のものをもてあそんでいた手をはずさせ、解放されてうめき声をあげた。

そして彼女を冷蔵庫に押しつけて身動きがとれないようにし、唇を重ねた。激しく。彼女はよろこんで唇を開き、彼の舌を受けいれて自分のものにした。デレクはこぶしにジンジャーの髪を巻きつけ、絶妙な力加減でひっぱり、彼女の頭を傾け、キスを深めた。ジンジャーの両手はデレクの手につかまれて頭の上に留められ、彼が唇で罰するあいだ、そのままの場所にあった。彼女はその罰を、なんのためらいもなく、貪欲に受けいれた。

興奮と安堵。彼は拒否しなかった。ジンジャーの頭のなかでは言葉にできないさまざまな感情が渦巻き、感覚を圧倒していた。お腹に押しつけられた猛り狂った昂りを感じて、もっと密着させるように身をよじり、言葉をつかわずに彼を受けいれる準備ができていることを伝えた。

だけどそこでキスが変わった。デレクはゆっくりと彼女から腰を引き、気持ちいい摩擦がなくなった。ジンジャーの手をつかんでいた手をおろして、彼女の顔をつつんだ。激しさと荒々しさの代わりに、彼の舌はまるでさっきの乱暴を詫びるように、彼女の舌をそっとなでた。ジンジャーの腫れた唇を、上唇と下唇交互に唇でかすめ、口を離れて顔に唇を移動させ、彼女のほお、まぶた、額に優しいキスをした。

喉の奥から嗚咽がこみあげてくる。自分でも気づかなかった涙がほおを流れていた。デレクがその涙をキスでふきとってくれた。

「おれにチャンスをくれ、ビューティフル・ガール」

ジンジャーのなかのなにかが粉々に割れた。自衛本能に駆られてデレクを押しのけ、あわてて脱ぎ捨ててあったショートパンツをはいた。手が激しく震えて、ボタンをとめ、ジッパーをあげるのに一分もかかってしまった。デレクの視線を感じたけど、ぜったいに彼のほうを見ることはしなかった。本能で、彼の顔を見てしまったら、不可能ななにかを受けいれることになるとわかっていた。

キッチンテーブルの上にあったバッグをつかみ、ふり向いて、急いで逃げようとした。

「ジンジャー、待て」

「わたしのそばにこないで、デレク。あなたにはもう二度と会いたくない」半分泣きべそをかきながらそう言い捨て、勢いよくドアをしめた。

16

チョキ、チョキ、チョキ。

ジンジャーは大きなアヒルの写真を器用に切り抜き、コーヒーテーブルの表面に貼りつけて、縁を指で平らになでつけた。アヒルといえば、ある年の大失敗だったハロウィーンのことを思いだす。五歳だったウィラに仮装をさせようとして、白い枕カバーにビーチサンダルという間に合わせのコスチュームを着せた。最後の仕上げは、くちばしの代わりのオレンジ色の漏斗で、ウィラの口の上にテープで貼りつけた。でも漏斗が大きすぎて、前がよく見えないウィラが人や木にぶつかりまくり、ふたりで早々と家に帰ることになった。

「グッド・ハウスキーピング」という雑誌のページをめくり、みんなバスローブを着てクリスマスツリーのまわりに集まっている家族の写真に目をとめた。ツリーの根元には、色とりどりの包み紙で包装されたプレゼントがたくさん置かれている。ジンジャーのほほえみは消えた。クリスマスツリーも、プレゼントも、ずっと買えなかった。一度だけ、ウィラにカメラをプレゼントしたことがあったけど。ジンジャーはていねいにツリーを切り抜き、裏に糊を塗ってさかさまにテーブルに貼りつけ、ドリーの写真を一部隠した。

つやつやしたページをさらに繰りながら、ジンジャーはデレクは子供のころどんな家に育ったのだろうと考え、すぐに熱いコーヒーを飲んでその考えを追い払った。そんなこと永遠に知ることはないし、知る必要もない。彼の子供時代が、たとえ彼女のとおなじくらいひどかったとしても、なにも変わらない。

ジンジャーは雑誌から一ページ破って、チェリーパイのレシピを切り抜きはじめた。このプロジェクトのテーマは、『皮肉』にするといいかもしれない。わたしたちがもてなかったものでいっぱいのテーブル。そんな考えに嫌気がさして、ジンジャーは鋏を床に置いて、雑誌を部屋の向こう側に放り投げた。

なによりも皮肉なのは、わたしが「グッド・ハウスキーピング」なんて雑誌を買っていることだ。ジンジャーは部屋を見回し、ウィラのためにわが家をつくろうとする痛々しい努力を見た。ナッシュヴィルよりはずっとましだけど、ジンジャーには〝下層階級〟を思い知らされているようだった。なんてことだろう、自分の出自を思いださせるものからは永遠に逃げられないのかもしれない。そんなことを望むのが間違っていた。

ジンジャーはひざをかかえるようにして坐り、頭を垂れた。目を閉じた瞬間、デレクの訴えで頭のなかがいっぱいになる。

おれにチャンスをくれ、ビューティフル・ガール。

その声が悲しげに聞こえたのは、わたしの気のせいだろうか？　あの会話から、ジンジャーは一睡もしていなかった。あまりにも記憶が生々しくて。一瞬でも、彼が「おれにチャンスをくれ」と言ったのはどういう意味だったのか想像してしまうと、頭がくらくらしてパニックが襲ってきた。デレクは自分がなにを頼んでいるのか、わかっていないし、わかるはずもない。

彼は自分の求めているものがセックスだけではないということをジンジャーに無理やり認めさせることで、すでに沈みかけている船の横っ腹に見事に穴をあけた。ジンジャーはセックスという物差しなしでは自分という人間を測れなかった。彼女はいままでずっと、自分の顔のよさを利用してきた。でも彼はそれ以上のものを求めている。彼女自身を。

ほんとうのわたしはどんな人間なの？

きのうまでなら、そんな質問をする人にはウインクして、こう答えていただろう。「大きなハートと、もっと大きな口をもつ南部娘よ」でもきょうは？　ジンジャーにはもうわからなかった。ジンジャーは、ずっとウィラのことばかり考えてきた。たとえなにがあっても、同じことをしていただろう。でもその途中で、いつの間にか彼女は、自分という役を演じるようになっていたのだろうか？

デレクは、彼女の表面の下にはもっと別の人間が存在すると思っている。どうしてあんなに確信しているのだろう？　もしわたしが彼にチャンスをあげたら、彼が自分の間違いに気がつくのにどれくらいかかるだろう？

ジンジャーはそんな痛みに心を開くことはできなかった。

それは一瞥で彼女を安心させ、興奮させ、挑戦するデレクのためでも。

物思いにふけっていたジンジャーは、ウィラがキッチンからかけた声に飛びあがりそうになった。

「ジンジャー、コーヒーいる？」

いったいどれくらい、ここに立っていたんだろう？「ううん、ありがと。もう三杯も飲んだから」

「なんてこと」ウィラはコーヒーの粉をフィルターに入れて、コーヒーメーカーに水を注ぎ、蓋をした。「あなただれ？　ジンジャーにいったいなにをしたの？」

「なに？」腫れた目を隠そうとして、ジンジャーは目を伏せ、コーヒーテーブルに貼った煙草の宣伝をじっと見つめた。

ウィラはしかめっ面で戸棚からマグカップを取りだした。「ゆうべは仕事だったんでしょ。どうして寝てないの？」

「うーん。そうよ。眠くないから」ジンジャーは咳払いして、ウィラにほほえみかけた。「ねえ、いいこと考えた！　ダウンタウンでこのすてきなコーヒーテーブルを見つけたんだけど、ふたりで共同製作しない？　あなたが撮った写真と、わたしが見つけたおもしろい切り抜きを合わせるの。できあがったら、わたしたちふたりの作品になる。これは売らないでとっておくの。どう思う？」

ウィラはマグカップにミルクを入れて、にっこり笑った。「わたしの作品集をもってくる。つかえそうな古い写真があるかも」

「やった！」

ウィラの目ざとい視線を避けて、ジンジャーは頭をさげ、手にもっている切り抜きの並べ方を考えているふりをした。数分後、ウィラが大きなフォルダー型の作品集をもって戻ってきて、彼女の隣の床に坐った。あからさまに皮肉なプロジェクトのテーマについて、ウィラがなにも言わなかったことがありがたかった。

ウィラは五、六枚の写真を取りだし、選びはじめた。

ジンジャーは雑誌を置いて、バスケットボールのユニフォームを着た肩幅の広い少年の大判の写真に目を留めた。集中して、眉根を寄せている。彼が高校生だとわかったのは、彼のまわりの選手たちがいたからだ。この少年はすごく大人びて見える。

「これはだれ？」

「エヴァン。エヴァン・カーマイケルだよ」

「そう」ジンジャーは写真をよく見た。「金曜日の夜に撮ったの？　この写真すごくいいよ、ウィラ」

「そうだよ。ありがと」

ジンジャーは写真を、束のいちばん上に置いた。

「彼、すごく魅力的。知り合いなの？」ジンジャーはなるべくさりげなく聞きだそうとしている自分にたいして、思わずまゆをひそめた。ウィラはきっとすぐに黙りこんでしまうだろう。

「うん、知ってるよ。実際……」ウィラはパーカーの袖をひっぱって、自分であけた穴に親指を通した。「彼はあたしをプロムに誘うと思う。なんて」

ジンジャーはあんぐり口をあけた。「い、いま、なんて言ったの？　この男の子とダンスに行こうと思っているの？」

「考え中だけど。そうだね」ジンジャーはため息をついた。「もし誘われたら、行くと思う」

ジンジャーは頭がくらくらしてきた。自分の知るかぎり、できるだけ人とのつきあいを避けてきた妹が、ダンスパーティーに行くことを承知した？　でもそこで学校のバスケットボールの試合を観にいったときの、ジンジャーのからかいにたいするウィラの反応を思いだして、今度はなにも言わなかった。

これは、シカゴに来たことがウィラにとってはよかったということだろうか？　ジンジャーは妹のほんのり赤くなったほお、その目に浮かぶおもしろそうな輝きを注意深く見つめて、胸がいっぱいになった。

あわてて子供自慢の母親のような反応を押し殺したけど、ほほえみがこぼれていたらしく、ウィラはマグカップに向かって忍び笑いをしていた。

「いいんじゃない、ウィラ」ジンジャーはできるだけさり気なく言った。「ドレスが必要よね？」

「そうかも」

「それなら、選ぶのをわたしに手伝わせてくれるかも?」

ウィラは笑った。「ジンジャー、あたしはドレスのことなんてなにも知らないんだよ。任せるから」

興奮を抑えきれず、二度も手を打ち鳴らしてしまった。「いいわ。好みを教えてくれたら。短いの、長いの、ストラップレス……?」

妹は片方の口角を吊りあげて笑った。「なんでもいいから、エヴァンの元カノのナタリーよりもきれいにして。金髪で、ポンポンをもってる、女ロボット」

ああ、ウィラが気にしていたのはこれか。ジンジャーはほっとした。十代の普通の悩みだ。「見ていなさい、わたしの手にかかれば、彼女なんてあなたの敵じゃないから」

それから一時間ほど、ふたりはウィラの写真を見て、気に入った作品を取りだし、どこに貼ったらいいかを決めた。ジンジャーはエヴァンについて、さらにいくつか妹から聞きだすことに成功した。その情報から、ウィラが心から彼のことを好きだということがわかった。控え目に言っても、それは驚くべきことだった。ウィラを学校に送りだしてから、ジンジャーは新しいコーヒーを淹れるために、ようやく床から立ちあがった。

コーヒーが落ちるのを待つあいだ、いまの一時間のことをあれこれ考えてみた。いつもは無口でふさぎがちのウィラが、陽気に共同製作に取り組んでいた。ジンジャーは妹の変化にたいする驚きを隠し、普通にふるまわなければならなかった。妹のトレードマークである皮肉と口の悪さはそのままで、変だけどジンジャーはそれがうれしかった。いまのウィラも前のウィラもおなじくら愛しているから。

淹れたてのコーヒーを飲みながら、ジンジャーは自分の心が、ウィラの変化をよろこぶ気持ちと、自分が変われないことへの当惑で板挟みになっているのに気づいた。ひょっとしたら年齢のせいなのかもしれない。ウィラはまだ若いし、若さには新しいことを学ぶ能力があると世間でも言ってる。ウィラのこの変化は姉として、ふたりが育った環境がウィラに一生消えない傷を与えることのないように妹を守れたという、ささやかなしるしなのかもしれないと、ジンジャーは思った。

自分には、守ってくれる者もなければ、導いてくれる理性の声もなかった。ジンジャーの人生は照りつける太陽の下で形づくられ、そのまま硬く固まった。いまさら変わろうと思っても手遅れだ。

17

最後にもう一度だけジンジャーの玄関ドアをノックして、だれも応えないのを確認し、いらだちまぎれに悪態をつきながら、デレクはその場を離れた。ジンジャーは電話にも出ないし、どこに行ったかわからない彼女をここで坐って待っている時間は、彼にはない。

仕事はにわかに山場を迎えており、無許可離隊《AWOL》のジンジャーを追跡している場合ではなかった。だが、くそっ、ふたりのあいだがこんなことになっているせいで、迫る強制捜索にまるで集中できなかった。彼のアパートメントを出ていったとき、ジンジャーはひどく動揺していた。彼女と話し、抱きしめることさえできたら、安心させてやれるのに。

ゆうべ〈センセーション〉に着いたときには、謙虚な気持ちだった。彼は二日間まるで連絡しなかったせいで、まずいことになった。ジンジャーは認めないだろうが、彼女は自分が求められていると思わせてほしがっていた。一夜限りということではない。それなのに、彼は傲慢なまぬけよろしく黙って仕事に出かけ、うちに帰ったときには彼女がままごと遊びをして待っていると思っていた。バーに近づいていったとき、彼はジンジャーの姿を見たくてたまらなかった。二日間会わなかっただけで死ぬほど彼女が恋しかった。

生意気な口をきくときに頭を少しかしげるところ。彼の名前を南部訛りで呼ぶところ。そのからだが、彼のからだにぴたりと合うところ。彼女の匂い。そのほほえみ。そういうものすべてが、恋しかった。

そのとき、あのろくでなしが彼女の腕をつかんでいるのが見えた。目の前に小さなフラッシュライトが点滅したかと思うと、全部が赤くなった。そのあとのことはよく憶えていない。クラブを出て家まで車を走らせていたときのことも、ぼんやりとした記憶しかない。喧嘩で熱くなった血がからだを駆けめぐっていたせいで、アパートメントに戻ってから、ジンジャーの誘惑に負けてしまいそうになった。自分があんなすごい誘惑から引きさがれたなんて、いまだに信じられない。

くそっ、彼女が言った言葉……。

デレクは震える息を吐いた。

あいにくいまの彼には、ふたりのか細い関係以外にも心配する理由があった。ジンジャーの安全について本気で心配になるような情報を入手したのだ。大量に書類仕事をこなしながら、ナッシュヴィルに何本か電話をかけて、ヴァレリー・ピートについて不明だった部分を突きとめた。ナッシュヴィル警察の話では、彼女は大物ギャングのヘイウッド・デヴォンに大金を借りているらしい。

その電話を受けると同時に、デレクの勘が働きはじめた。ようやくパズルのピースがはまりつつある。ジンジャーは急にナッシュヴィルを離れた。高校三年でもうすぐ卒業だったウィラを転校させて。彼女の稼ぎには不相応なアパートメントを借りることもできた。過去のことになるといつでも話題を変えようとする。ジンジャーがその金をもっているはずだ。

彼女は逃げだすチャンスを得て、それに飛びついた。デレクはそのことを責める気はなかった。実際、その行動に感謝していたほどだ。それで彼女がシカゴに――彼のところに――来ることになったのだから。だがふたりの関係がいまのような状態では、デレクは安易に自分が知っていることを告げられなかった。ジンジャーは間違いなくパニックにおちいり、姿を消すだろう。それでは、もう二度と彼女に会えなくなる。その可能性を考えるだけで、血が凍りつくように感じた。

階段をのぼってくる足音が聞こえて、デレクは足をとめた。ジンジャーであることを心から願っていたが、あらわれたのはウィラで、肩を丸めて、ひどく動揺している様子だった。

咳払いをしてウィラに自分の存在を知らせると、彼女がはっと顔をあげ、赤く泣き腫らした目が見えた。一瞬恥ずかしそうな顔をしたが、すぐにあごを高くあげた。虚勢だとすぐにわかった。それに彼が同情したりしたら、きっと生きたまま食われるということもわかった。どうやらそういうのがあの姉妹の遺伝子らしい。

「学校の授業中じゃないのか？」

「そっちこそ仕事中じゃないの？」

デレクは肩をすくめた。「昼休みだ」

「嘘つき。ジンジャーはうちにいるの、それともあなたを無視しているの？」

「学校をサボるのはいつものことなのか？」

「いいえ。もしかしたらね」ウィラはデレクをにらみつけた。「どうしてあなたがそんなこと気にするの？　不登校指導員じゃないのに」

「ただの心配する市民だ」

ウィラはあきれたように目を天に向け、彼の横を通りすぎた。「あたしの姉さんの点数を稼ぎたかったら、最悪に嫌な野郎でいるのはやめれば」

くそっ、このガキはまるで手加減しない。ある意味でたいしたものだ。「いいだろう、そう言われるのも当然だ」

彼女は驚いたが、それをうまく隠した。目を下に向けて、リュックサックのなかに手をつっこみ、鍵を探している。「ほかになにか、あたしに用はある？」

「なぜそんなくそみたいな顔をしているのか、教えてくれ」

ウィラは皮肉っぽい笑い声をあげた。「ああ、やっと、ジンジャーがあなたのなにが気に入ったのかわかった」

少なくとも、彼女を笑わせることができた。それだけでもよかった。ジンジャーが不在で妹の面倒を見られないなら、自分がなんとかしてやりたい。だがひとつ問題がある。十代の子を慰めた経験なんてまるでない。ここは実証済みの「いい警官と悪い警官」法でいったほうがいいだろう。「いいか」——彼は腕時計を見た——「十代のガキが泣きべそをかくのを見ている暇はない。だがもし話したかったら、数分間だけ、親身なふりをして話を聞いてやってもいい」

「話したかったら？」ウィラはあんぐりと口をあけた。「信じられない。わたしを操ろうとしてるでしょ」

「なんだって？」

「警部補さん、あなたはあたしが思っていたより頭がいいみたい。どうして姉さんを操るのは下手くそなの？」

「だれもきみの姉さんを操ったりしない」

ウィラは肩をすくめた。「それは認めるわ」

木の床に響くヒールの音がふたりの注意を引き、ジンジャーが階段の入口にあらわれた。その姿を見て、デレクは口のなかがカラカラに乾いた。ジーンズのショートパンツとカウボーイ・ブーツをはいていても驚くほどきれいだが、きょうのジンジャーはまったく違う装いだった。髪はまとめて、頭の上でゆるいおだんごにしている。着ているのは地味なクリーム色のドレスで、胸の谷間も見えないし、スカートの丈はひざ下まであった。

なのになぜ、これまで会った女のなかでいちばんセクシーに見えるんだ？　彼は廊下の途中まで彼女を出迎え、息を切らすほどキスしたかった。そのあと自分のアパートメントに運ぶ。彼女のからだの隅々まで知っているということを思いださせる。

背後でウィラがくすくす笑っているのが聞こえた。「超セクシー。だれのためにドレスアップしたの？」

それは彼の次の疑問だった。

デレクのうしろにウィラがいるのに気づいたジンジャーは、歩みを速めた。黒いパンプスがコッコッと床を打つ。「ウィラ、よかった。だいじょうぶなの？　いま不在着信に気がついたのよ」

彼女はデレクに用心深い視線を投げ、彼の横をすり抜けて妹のそばに行った。ジンジャーの野の花のような匂いがふわっと漂ってきた。その瞬間、毎日この匂いを最初と最後にかぐ人間になりたいと思った。

「だいじょうぶ」

デレクが見ていると、ジンジャーは妹の様子を見て、目を大きく見開いた。ウィラはいつもの反抗的な顔をしようとしたが、うまくいかなかった。下唇がかすかに震えている。

「あの男の子？」ジンジャーがそっと尋ねた。

ウィラが泣きだして、姉の腕のなかに飛びこんでいった。妹の感情の発露に驚いた様子のジンジャーは、一歩あとじさりして、バランスをたて直し、ウィラを抱きしめた。

男の子。それは予想外だった。

ジンジャーは妹の肩越しにデレクと目を合わせたが、その目はおそれと不安でいっぱいだった。そんな、いつもの自信はどこかにいってしまったかのような彼女を見て、デレクは喉が詰まるように感じて、唾をのみこんだ。それでもなんとか厳粛にうなずき、なにもかもだいじょうぶだと目で伝えようとした。とりあえずいまは、これでじゅうぶんだろう。

またたれかが階段をのぼってくる足音がした。フットボールのラインバッカーでもおかしくないほどガタイがよく、うろたえ、息を切らしている少年があらわれ、デレクは顔をしかめた。彼は廊下の先で抱きあっている姉妹を見て目を瞠り、首を締められたような声を発して、デレクの横を通りぬけようとしたが、デレクが彼の胸に手を置いて制止した。

「もしおれがきみなら、さっさと自分の立場を説明するな」

少年はデレクを見ようともしなかった。「ウィラ、話をしてくれ」

デレクがふり向くと、ジンジャーはその顔に怒りをたぎらせて、妹を守ろうとするようにウィラの前に立っていた。なんてきれいなんだろう。ここで一日じゅう、彼女の美しい顔を見ていたいと思ってしまう。ジンジャーはさっと横を向いて何事かウィラにささやくと、つかつかと前に出てデレクのそばでとまった。

少年はジンジャーを間近で見て、眉を吊りあげた。その気持ちはよくわかる、とデレクは思った。少年の名誉のために言っておけば、彼はジンジャーの首より下に視線を落とさなかった。

「あなたがジンジャーですね」

「あら？　なぜそう思うの？」彼女の声は鞭のように鋭く、少年は顔をしかめた。

「ウィラが言ってたから。あなたのことを……会った男はみんなあなたに夢中になるって。ぼくは違うけど」彼はあわてて言った。「なにが言いたいかというと、わかるってことです。ほかの人が夢中になるのは。ああまったく、きょうはなにひとつまともなことを言ったりしたりできない。そんな日ってありませんか？　こんなへまをしてしまうなんて」

ジンジャーの敵意がいくらか消えた。彼女はデレクに眉をあげて合図した。あきらかに彼とおなじことを考えているらしい。つまり、この少年はまったく女泣かせには見えない。

「あなたはエヴァンね。妹が取り乱している原因の。わたしは妹が取り乱すところなんて見たくないの。ぜったいに。それでもわたしがあなたをここから放りだすべきじゃない理由をひとつ教えて」

エヴァンはジンジャーに説明するチャンスを与えられて、ほっとした顔になった。姉の向こう、廊下の先に立ちすくんでいるウィラを見ようとしたが、胸の前で腕組みをしたジンジャーがその視界をブロックした。「説明するチャンスをください。ぼくがけっしてわざと彼女を傷つけたりしないって、ウィラは知っているはずです。ぼくはそれを何度も思いださせてあげる必要があり、そうするつもりです。彼女がそれを信じられるようになるまで、毎日でも」

ジンジャーは手を両脇におろした。さっきまでの怒りは完全にしぼんだ。おいおい、もしかしたらこの少年は、ピート姉妹をどう操ったらいいか、おれにアドバイスをくれるかもしれない。ジンジャーはエヴァンをしばらく観察していたが、ふり向いてウィラに無言の問いかけをした。ウィラはそれに答えて、片方の肩をあげて、また落とした。

「いいわ、エヴァン、二分間あげるから、そのあいだに妹を笑顔にしなさい。さもないと一発で雄鶏から雌鶏にしてやるから。そんなことはできないだろうと思わないほうがいいわよ」

ふたりはエヴァンがウィラに近づいていくのを見守った。エヴァンが半分まで進んだとき、ウィラが片手をあげてとまるように合図した。エヴァンはすぐにとまった。

「今朝、ナタリーは駐車場でぼくを待ち伏せしていたんだ」エヴァンは言った。「彼女の友だちもいたし、ぼくの友だちもいた。みんな立ち話していた。そしたらいきなり彼女が、ぼくたちがプロムにいっしょに行くと発表した。ぼくがみんなの前で否定して彼女に恥をかかせることはないとわかっていたんだ。だいじょうぶだと思っていた。どうして彼女がぼくと行きたがるのかわからない。もう友だちでさえないのに」

ウィラはなにも言わず、胸の前でバックパックの肩紐を握りしめていた。その表情からは、哀れな少年の話を信じているのかどうか、デレクにはよくわからなかった。正直言って、自分がこの十代のドラマを見物するのはおかしな気分だったが、ジンジャーが彼にいてほしいと思っているのがわかった。もっとも、彼女がそれを認めることはけっしてないだろう。

「四時限が始まる前にナタリーを見つけて、ぼくはプロムにきみを誘うつもりだと言うつもりだった。あんなことが起きたのもきみに知らせたくなかった。だがぼくは遅かった。でも、もう彼女もわかっている。信じてほしい」

ウィラが顔をくしゃくしゃにした。「あなたなんか大嫌い。あなたのせいでわたしまでくだらない高校のダンスパーティーを気にするようになったのよ、エヴァン・カーマイケル」

少年は慎重に一歩前に出た。「嘘だ、大嫌いだなんて。そんなことを言うな」

ウィラの顔に涙が流れた。「大嫌い」

「泣かないで。泣くようなことはなにもないんだよ」エヴァンは二歩でウィラの前に立ち、彼女を抱きあげた。ウィラは泣き濡れた顔を彼の首に押しつけて、しゃくりあげた。

ジンジャーのほうをちらっと見ると、彼女は完全に感動して、目に涙をためていた。デレクは思わず手を伸ばして親指でそのほおをそっとなでた。ジンジャーは彼の手のひらにほおを押しあてたが、すぐにぎくりとしてうしろにさがった。

デレクはため息をついた。「仕事に戻らないといけないんだが、あした話そう」

「それはいい考えだと思わないわ」

「くそっ、おれは――」携帯が鳴りだし、彼は言葉を切った。画面に出ている発信者IDを確認する。警察本部長から二回不在着信があった。たぶん強制捜査まで一時間を切っているいま、彼はどこにいったのかと思っているのだろう。「もう行かないと。あした話すからな」

彼女の返事を待つ余裕はなかった。デレクはふり返り、急いで建物を出た。

18

ジンジャーはまるで火災報知器が鳴りだしたようにがばっと起きあがり、グラスに半分残っていた赤ワインをこぼしてしまった。

あの音はなに？

両手のひらで目を押さえ、ランプの明かりを遮った。サングラスをかけた猫の写真の切り抜きが手にくっついていた。はがすと、ひらひらと床に落ちた。頭のもやが晴れてきたジンジャーは、過去数時間のことを思いだそうとした。

ウィラとエヴァンは廊下で仲直りした。エヴァンが夕食に同席した。ウィラがここ何年もなかったようなほほえみと笑顔を見せた。ジンジャーはワインをがぶがぶと飲み、感情的に発育不全なのは自分ひとりになってしまったという事実を嘆いた。

そうだった。

ジンジャーは両手で顔を覆い、うめき声をあげた。いったいいつ、世界が変化して、彼女だけがおなじ場所に坐ったまま残されたのだろう？　ふたりでうまくやっていたのに。姉妹で世界を敵に回して！　もちろん、それぞれの希望や不安について話したこともあったけど、いつもたがいの背中を守ってきた。でもいまは、妹がまったく新しい一面を発達させていたとき、自分はずっと目隠しをしていたのかとジンジャーは思っていた。

ナッシュヴィルを離れて新しいスタートを切ろうと決めたのはジンジャーだった。でも彼女が変えたのは住むところだけだった。一方、ウィラは過去から先へ進む道を見つけた。どうして自分はそれができないのだろう？

デレクはあした話そうと言った。でもジンジャーは、ふたりがつきあう可能性を話し合うと考えるだけで、こわかった。そんな彼女に思いきって飛びこむよう説得するなんて、デレクは自分がやろうとしていることがどれほど不可能なのか、わかっていない。たんなる話し合いで、これまで自分以外だれも信じてこなかった二十三年間が消えると思っているの？

おれたちはセックス以上だ。それを認めろ。

奇妙なことだが、彼女はそれは認めていた。性的に強烈に惹かれあっているだけではなく、ふたりのあいだにはなにかが存在する。そうでなければ、いま、赤ワインまみれの欲求不満にはなっていない。デレクといっしょにいて、もっと楽しいやり方で欲求不満を解消している。

でもその衝動に従うわけにはいかない。彼といっしょにいればいるほど、適度な距離を保つのが難しくなる。ジンジャーがデレクと純粋にセフレの関係を試してみたいと思っていても、彼はそれではだめだと言う。まったく。彼の自制はジンジャーを感心させるだけでなく、大きな成果をあげている。だから考えてしまう。彼女にたいする思いはほんとうに純粋なものなのだろうか。ふたりのような意地っ張りどうしがつきあってうまくいくとしたら、そうしたいかどうか。

デレクはどんな恋人になるだろう？　支配的で、独占欲が強くて、扱いが難しい。その全部だ。

ジンジャーは土曜日の夜にダンスしたデレクのことを考えてみた。謙虚で、安心させてくれて、とぼけたユーモアのセンスもある。彼女の手を握り、髪をなでる。彼女はデレクのほんの一部しか知らない。もっと知りたいか？

答えはイエスでもあり、ノーでもある。イエスなのは、彼のような男はほかにいないから。なにに駆りたてられて、いまの彼になったのだろうか。火傷しそうなほどの激しさが彼女だけに向けられたら……けっして退屈はしないだろう、それは確かだ。

ノーなのは、彼のことを知れば知るほど、忘れるのが難しくなるから。

でもジンジャーにはわかっていることがひとつあった。彼が恋しくてたまらず、胸が痛いほどだということ。いま以上のなにかになる可能性を試さないままデレクと別れることを考えただけで、心が空っぽになったように感じる。

あした、彼がなにを言うのか聞いてみよう。それから決める。

あの音はどこから聞こえてくるの？

ジンジャーは目を覆っていた手をはずし、眠ってしまう前に製作していたコーヒーテーブルの上で携帯が震えてガタガタ動いているのに気づいた。時計を見ると、午前一時四十五分。携帯の画面には、シカゴの局番の知らない番号が表示されている。こんな夜中に、いったいだれがかけてきたんだろう？

「もしもし？」

「ああ、ジンジャー。よかった。もう三回も電話したのよ」

この強いシカゴ訛りは聞いたことがある。パティー。チャリティーイベントで会った女性だ。胃になにか重たいものが沈むのを感じた。こんな時間の電話がいい知らせのはずがない。そしてふたりの共通の知人はデレクだけだ。

聞くのがこわい。「どうやって……この番号を知ったの？」

「電話番号を交換したでしょ、忘れちゃった?」

頭がずきずきしてなにも考えられない。「ああ、そうね」

「あのね、この電話が適切かどうかわからないけど、このあいだの晩、あなたとデレクはとても親しげだった。だからあなたも知りたいだろうと思って。今夜、ふたつのギャングの会合場所に大規模な手入れがあったの。銃撃戦になって、デレクはセント・アンソニー医療センターに運ばれたわ。あなたが知りたいんじゃないかと思って」

ジンジャーのからだは麻痺していた。「彼は撃たれたの?」

「セント・アンソニー、十四階、集中治療室よ。わたしもできるだけ早く行くつもり」

電話は切れた。ジンジャーはまる一分間、動けなかった。周囲のなにもかもが明瞭に感じられる。一秒一秒。脚の下のカーペットの繊維さえ、研磨材のように感じられる。神経末端をすりむかれているようだ。震える脚でなんとか立ちあがり、バスルームに行って、蛍光灯の強烈な光で鏡のなかの自分を見た。

歯を磨いている途中でひざの力が抜け、タイルの床に倒れこんだ。とつぜん麻痺を破って痛みが襲いかかり、からだをふたつに折って泣きだした。やがてなんとか立ちあがると、部屋を横切り、アパートメントの玄関を出て、歩きながらカウボーイ・ブーツをはいた。

ジンジャーはトラックに乗りこむと、あてもなくある方向に走ってから、セント・アンソニーがどこにあるか知らないことに気づいた。信号でとまったとき、路肩で休憩中のタクシー運転手に道を訊き、Uターンして、ようやく正しい方向に走りだした。病院までの道のりは、いくつかの信号と標識があったことしか憶えていない。なにもかも現実には思えなかった。もしかしたら、まだ自分の部屋の床で意識を失っていて、これはワインが見せた大掛かりな悪夢なのかもしれない。彼女はハンドルを握りしめ、その硬さを感じて、車の窓をあけて湿った空気を吸いこんだ。夢じゃない。つまり、いまこの瞬間、デレクは死にかけているかもしれないということだ。もう死んでいるかもしれない。

数時間前に会ったばかりなのに。アパートメントの廊下にいた彼は頼もしく、安心させてくれた。あした話しあうはずだった。命がけの危険な仕事に行くなんて、ひと言も言わなかった。教えてくれていたら、ジンジャーはこんなに頑なではなかったかもしれないのに。

おれにチャンスをくれ、ビューティフル・ガール。

セント・アンソニーのある道へと曲がったとき、熱く塩辛い涙が目からこぼれた。ジンジャーは視界がにじんで標識もよく読めなかったが、なんとかトラックを駐車して病院に駆けこんだ。正面受付けを避け、まっすぐエレベーターに向かって、乗りこむと十四階のボタンを押した。

花をかかえた家族が、好奇心もあらわに、ひどい恰好をした彼女に視線を向けてきたけど、無視した。ジンジャーは涙に曇る目をしばたたかせながら、扉の上にあらわれる階数を見ていたが、数字が変わるのがあまりにも遅すぎていらいらし、叫び声をあげそうになった。ようやく扉が開くと、彼女はすばやく飛びだして、必死であたりを見回した。あるデスクに係員のような女性が坐っていて、コンピュータにうちこんでいるのが見えた。

ジンジャーは涙をふいたり、服装を整えたりしなかった。そんなことはどうでもいい。

「すみません、デレク・タイラーの面会に。デレク・タイラー警部補です。撃たれたって聞きました。お願い、いますぐ彼に会わせてください」

スクラブを着た赤毛の女性はジンジャーの懇願をつまらなそうに聞いていたが、ゆっくりと画面から目をあげた。「名前のスペルを」

ジンジャーはもう少しで怒った声をあげそうになった。どうしてもデレクに会わないといけないのに、この女性はその緊急性をまるでわかっていない。どうして、今夜銃で撃たれた警部補のことを憶えていないの？　どうしよう、間に合わなかったんだろうか？　パティーの電話からどれくらい時間がたった？　数分前だったのか数時間前だったのか、よくわからない。「T‐Y‐L‐E‐R。タイラーです。彼に会わせてください」

長い爪がのんびりとキーボードを打った。女性は首を振った。「その名前の人はだれも入院していません」

ジンジャーはとうとう、忍耐といっしょに、病院に入ってからなんとか保ってきた冷静さを失った。腹を立てた。そして彼女は腹を立てると、泣きだす。一回、二回としゃくりあげ、ふたたび涙が流れ落ちた。彼女はデスクに身を乗りだして、赤毛の女性のすぐそばまで顔を近づけた。

「もう一度確認するのよ。急いで。さもないと、そのぼろコンピュータを窓から投げ捨ててやるから」

「ジ、ジ、ジンジャー？」

19

心臓がとまった。カウンターからよろよろとからだを起こし、びっくりした顔をしている女性から離れて、ふり向くと、廊下の先にデレクが立っていた。〈待合室〉と書かれたサインの下に。

ウエストにいつものバッジをつけたデレクは疲れきった様子で、白いシャツはしわくちゃになり血がついていた。がっしりしたあごには無精ひげ。彼はジンジャーがすぐ先にいることが信じられないかのように、驚愕の表情で彼女を見た。ジンジャーは彼の全身をながめ、細かいところも全部食いいるように見た。彼のことをなにひとつ忘れたくなかった。

ジンジャーはすすり泣いた。「ああ、よかった、デレク」

からだの震えがあまりにも激しくて、うまく走れなかったけど、なんとかデレクのいる廊下の突き当たりまでたどり着いた。彼の腕のなかに飛びこんでいって、そのからだに四肢を巻きつけ、ぎゅっと抱きしめた。彼の心臓の力強い鼓動が胸で感じられて、安心で気がゆるむ。ジンジャーは彼の肩に顔を押しつけ、自分でも記憶にないほど激しく泣きじゃくった。

「しーっ、ベイビー。わかったよ。もうだいじょうぶだ。なんてこった、凍えているじゃないか」

デレクは撃たれてなかったし、死んでもいなかった。生きてぴんぴんしていて、彼女はその腕のなかにつつまれている。ここがわたしの居場所だ。ジンジャーはそうした事実を頭のなかで何度も何度もくり返した。もしかしたら、声に出して言っていたかもしれない。わからない。

ゆっくりと、まわりの状況が見えてきた。ふたりは少なくとも四十人の制服警官と刑事が集まっている待合室の真ん中に立っていた。彼女は脚をデレクに巻きつけている。赤ん坊のように泣いてしまった。ジンジャーは小さな悲鳴をあげてデレクの首に顔を押しつけ、周囲のおもしろそうに笑っている人々を見ないようにした。

デレクは待合室を出て、最初に見つけたあいている病室に入った。ドアを閉めても、待合室から歓声や野次が聞こえてくる。デレクはそうした声についてはなにも言わず、彼女を狭いベッドにおろし、涙で濡れた顔を見た。

「スイートハート、話せ。どうしたんだ？　ウィラになにかあったのか？」

「違う」ジンジャーはしゃっくりをして、心配しているデレクのハンサムな顔を見つめた。「あなたが撃たれたと聞いて。なるべく早く病院に行ったほうがいいって」

「おれが？　いや、部下のひとりが怪我をした。それで、彼が回復室に移されるのをみんなで待っているところだよ」デレクは唖然としている。「いったいだれに聞いたんだ？」

「パティーよ」ジンジャーは鼻をすすった。「あなたは撃たれなかったの？　ほんとうにだいじょうぶなの？」

デレクはあごをこわばらせた。「おれはなんともない。だがパティーはもうじきそうじゃなくなるだろう」

「わけがわからない」

デレクはため息をついた。「考えてみろ。彼女は実際におれが撃たれたと言ったのか、それともきみにそう思いこませたのか？」

ジンジャーは少し考えてみて、気がつき、青ざめた。「どうして彼女はわたしにこんなことをするの？」

彼はいらだった声を洩らした。「今朝のおれの機嫌から推測して、おれたちが別れたか喧嘩をしたと思ったんだろう。これは彼女がおれたちをくっつけようとする、見当違いのやり方だった」

ジンジャーはようやく涙をふいた。「びっくり。あの人はほんとに縁結びを真剣に考えているのね。彼女は自分の甥とわたしをくっつけようとしているのかと思っていたのに」

「おれが生きているうちはそんなことは許さない」

「あぶなかったわね」

デレクはほほえんだが、そのほほえみはすぐに消えた。「どうやってここに来たんだ？」

考えないといけなかった。「たしか……トラックを運転して」

デレクは目をぎゅっと閉じて、落ち着こうとするように深呼吸した。「きみはとり乱して、真夜中に、ここまで車を運転してきた。パジャマのままで」

ジンジャーは下を見て、自分がタオル地の短パンとナイトシャツとカウボーイ・ブーツという恰好だと気づいて愕然とした。「ふむ、これを見てよ」彼女はデレクの緑色の目を見つめ、彼のあごから力が抜けるまでマッサージした。「わたしの頭はちゃんと働いていなかったみたい」

デレクはまだ不機嫌な顔をしていた。

ジンジャーは彼の胸に手をあて、肩をなでた。「つまりわたしは大げさで劇的なシーンを演じてしまった。ここはあなたがわたしにキスするところじゃない、警部補さん？」

「いまはキスできない」

「どうして？」

ジンジャーの手の下で彼は震え、その胸は大きく上下した。「おれを心配して目を泣き腫らしているきみを見ているんだ。いまキスしたら、とまらない」

心臓がどきどきしてくる。「軽いキス一回だけならいい？」

デレクはうなった。「ちくしょう、きみとはこれからもずっとこうなんだろう？　おれがちゃんと抱けないときにかぎって、きみはそれをねだるんだろう？　おれを殺そうとしているんだ」

ジンジャーはほほえんで、彼の首に鼻先をこすりつけた。「わたしの考えていることでは、あなたは生きていてくれないと」

彼は頭をさげた。「これよりも撃たれたほうが楽だった」

ジンジャーは息をのみ、さっとからだを起こして、目を瞠った。「そんなことは言わないで」

「悪かった」デレクはジンジャーの手首をつかみ、腰を押しつけて、ベッドからおりて彼から離れようとした彼女をとめた。「悪い冗談だった」ジンジャーの目から涙がひとつぶこぼれ、ほおを流れ落ちるのを、デレクは見つめた。

低いうめき声を洩らし、彼はジンジャーにキスした。最初は軽く。彼女は頭をそらして唇を開き、彼に許可を与えた。

ジンジャーは切ない声をあげ、硬く引き締まった彼のからだに自分のからだを密着させていった。デレクの手をあちこちで感じた。むきだしのふくらはぎから太ももをなで、彼女のナイトシャツを開いて胸を出し、貪欲に手でつつみこみ、もみしだく。彼女のひざをつかんでベッドの端まで引き寄せ、ふたりとも服は着たままで、彼女のからだに腰を打ちつけた。

「静かにしていられるなら、きみの欲しいものを与えてやる。できるか?」デレクは彼女の脚のあいだに強引な昂りを突きあげ、ジンジャーは頭がぼうっとしてきた。

「できる」

「だがまず、きみがおれの欲しいものを与えるんだ、ジンジャー。こないだの夜、自分がなんて言ったのか、憶えているか? おれは憶えてる。一字一句な」彼が口を胸につけ、唇で乳首をはさんで思いっきり吸った。ジンジャーは唇を噛んだけど、切ない声が洩れて、部屋のなかに響いた。

「静かにしろと言っただろう。言うことを聞けないなら、やめだ」

ジンジャーは舌で乳首を愛撫するデレクの髪の毛をつかみ、「静かにする、約束するから」とささやいた。

「もし、おれの部下のひとりでも、きみがいくときに出す甘い声を聞いたら、おれはものすごく気を悪くする。それを聞くのはおれだけだ。わかったか？」

「ええ、わかったわ」

「よし」彼はご褒美に、ジンジャーの唇にゆっくり興奮させるようなキスをした。

「きみはおれのものを口に入れたくないかと訊いた。またきみの初めてになりたくないかと訊いたんだ」

ジンジャーは半分とじた目で彼がバックルをはずすのを見ていた。そして彼はうしろのドアの錠を回して鍵をかけたが、そのあいだもずっと、荒々しいまなざしは彼女から離れなかった。ジンジャーは頭がぼうっとすると同時に、完璧に集中していた。どうしてもデレクをよろこばせたくて、それで自分が意志薄弱女になっても気にならなかった。なぜならあとで、おなじくらい念入りに彼によろこばせてもらうつもりだから。彼女のからだは、食い入るようなまなざしでデレクに見つめられて震えてほてり、その場でいってしまいそうになった。

デレクはジンジャーの手を取り、ジッパーのなかの硬い膨らみの上に乗せ、誘うように腰を突きだした。「きみにあんなことを言われてから、ずっと考えていた。つらくてたまらなかったよ、ベイビー」

これ以上待てなかったジンジャーは、彼のパンツをおろして、その前にひざまずいた。彼の手を取って、自分の頭に置いた。「どうして欲しいのか教えて」

「きみがすることはなんでも大歓迎だ」

ジンジャーは太い根元を握って、考えずに、本能に従った。舌で、唇で、歯で、彼の隅々まで味わい、次第に荒くなる息遣いやうめき声を聞いて彼の好みを判断した。彼は両手でジンジャーの頭をつつみ、いつスピードをあげたらいいのか、いつゆるめたらいいのかを指示した。彼の味、彼の洩らす声――もっと、もっと欲しかった。デレクが彼女を引き離そうとしたとき、ジンジャーはやめたくないと言った。

「おれだってやめたくないよ、ベイビー。だがきみがいくのを感じたい」彼はジンジャーの肩をつかんで立たせ、唇にキスして舌を這わせた。ふたたび彼女のからだは、彼のからだといっしょのリズムでうねるように動いた。「くそっ、次はぜったいにゆっくりとする」

ジンジャーは唇を引きはがし、あえいだ。「だめよ。抑えてほしくない。あなたの好きなように抱いて」

言い終わる前に、デレクは彼女を回し、彼に背中を向けさせた。ジンジャーは両手を高いベッドについてバランスをとった。うしろで彼がかがみこみ、短パンを脚からむいていった。ジンジャーはうわの空で、コンドームの袋を破る音と、デレクがそれを自分のものにかぶせている音を聞いた。

それが終わると、ジンジャーの短い息遣いだけが部屋に響き、ようやくデレクが口を開いた。

「またノーパンか、スイートハート?」彼のしわがれ声は承認しているのか失望しているのかのどちらかだった。顔を見ないとわからない。「尻を叩く音が注目を集めると思わなかったら、きみの物忘れがどれほどおれをよろこばせるか、教えてやるところだった」ジンジャーはさらに鋭く息をのみ、胸を膨らませた。「今回は別のやり方で教えてやるしかない」

次の瞬間、彼は嚙んだ。お尻に歯を立て、肌が破れる寸前の強さで。ジンジャーは驚きのあまり声をあげることもできず、悲鳴は喉の奥にとどまった。彼がなにをしたのか理解する前に、パンツがベルトをつけたまま床に落ちる音がした。ウエストに巻きついた腕で固定され、いきなり奥まで突きあげられた。

歯を食いしばっていても声が洩れてしまった。このあいだとはまったく違う。痛みはまったくなくて、いっぱいにされている感覚と動きたくてたまらない衝動だけを感じた。

デレクが胸をジンジャーの背中に密着させて、高く深く腰を突きあげているので、彼女はつま先立ちにならざるをえなかった。そこで彼は腰を引き、ほとんど全部抜いてから、また奥まで突きあげた。ジンジャーは唇を嚙んで声を抑えていたが、唇が切れて血の味がした。

「感じているか、ベイビー？　きみの男がなかで動くのを」

ジンジャーはひじをついてからだを支え、自分から腰をすりつけていって、円を描くような動きで彼に動いてほしいとお願いしたけど、デレクは自分のペースでやるつもりのようだった。

「お願い、デレク」

彼はきっちり五分間、激しく突きあげ、ジンジャーをそのリズムに慣らしてから、またペースをゆるめた。「だれがきみをファックしてるんだ、ジンジャー？」

彼が聞きたがっていることはわかっていた。ジンジャーは頭をそらし、ひと言ひと言、よろこんで言った。「わたしの男。わたしの男がわたしをファックしている」

くぐもったうめき声とともに、彼はジンジャーを引きあげて自分のからだによりかからせ、狂ったように腰を打ちつけつづけた。ジンジャーはベッドにしがみつき、彼女を解放へと導くひと突きひと突きを堪能した。

「ファック、ベイビー。このきつさにはいつまでも慣れない」

デレクの手が腰の上を滑り、クリトリスを見つけた。中指で押され、こすられて、ジンジャーのからだは痙攣し、いままでいちばん強烈なオーガズムに震えた。すぐにデレクも続き、ジンジャーの首の横で声をくぐもらせて、いった。

ふたりの呼吸が普通に戻ったとき、デレクはジンジャーの肩にキスして、ゆっくりと引き抜いた。そして彼女をふり向かせて、抱きしめた。

「おれは『おれたちはセックスだけじゃない』って言葉を証明できるほど長く、自分を抑えておけないみたいだ」彼が首を振っているのがわかった。「それでも、ジンジャー、いま起きたことを謝ることはしない。おれたちがふれあうとき、それは正直で本物だ。なしでは生きていけない」

ジンジャーはなにも言わず、デレクの体温を吸収していた。この一時間の苦痛を忘れて、ただ抱きしめられていることで満足したかったけど、それはできなかった。ふたりの将来がどうなるかという不安は、彼を失うという恐怖にくらべたら、ぜんぜんこわくなかった。今夜は、つらい経験をしてそれを学んだ。

「いまならわかるわ」ジンジャーは震える息をのんで、正直な気持ちを伝えた。「あなたが撃たれたと思ったとき、ううん、それよりも前だったかもしれないけど、あなたの言うとおりだとわかったの。わたしがあなたに感じているのは……からだだけじゃない」

デレクはジンジャーを抱く腕に力をこめ、なにか言いかけたが、彼女はその胸に手を置いてとめた。いまは自分の気持ちを認めるという大きな一歩を踏みだしたばかりだから、それが落ち着くまで待ってほしかった。

「わたしたちはセックスだけじゃないというのはわかってるわ、デレク。でもわたしたちの関係の大事な一部なのかもしれない。それでいいと思うの。わたしたちは言葉以上のものを求める人間なのよ。そう思わない?」

デレクはジンジャーのつむじにキスして、もっと彼女を抱きよせた。「おれに異存はないよ」彼は彼女のあごをあげて、目と目を合わせた。「だがいつかは、相手から安心が欲しいときに、言葉だけでじゅうぶんになる。約束するよ、ジンジャー」

20

熱いシャワーを浴びて、ベッドに倒れこんだのが午前七時。デレクのからだは前日の極度の緊張のせいでひりひりと痛み、回復には睡眠が必要だった。疲れてはいたが、いつにない充足感を覚えているのは否定できない。ゆうべ病院で、ジンジャーに眠気覚ましのコーヒーを買ってやってから、自分の上着を着せて、駐車場まで送っていった。タクシーを呼ぶという案をジンジャーが拒否したので、彼女がうちについたらメールするという約束で妥協した。

二十分後、メールが届いた。「着いた、シュガー、XO《キスハグ》」

待合室でアルヴァレスがこちらを変な目で見ていると思ったら、自分がクリスマスの朝の子供のように満面の笑みを浮かべていたのに気づいた。隣の部屋に怪我をした部下が寝ているのに、それはまずい。たとえそいつが回復確実だとわかっているにしても。部屋に集まっている警官たちが全員、廊下で彼に飛びついてきた寝間着姿の美人について知りたがっているのを感じたデレクは、最初に質問する勇気をふり絞ったやつを、それ以上の質問を思いとどまらせるような目つきでにらみつけた。

ジンジャーが病院をあとにする前に、デレクはもうひとつ約束をとりつけた。きょうの朝ウィラが学校に行ったら、ジンジャーは彼のアパートメントに来ることになっている。ゆうべあんなことがあったあとだが、彼はまだふたりの話し合いをするつもりだった。彼女が来ない言い訳ができないように、自分のスペアキーを彼女のキーリングにつけておいた。

眠りに落ちる前に、デレクは病院で、ナイトシャツだけで震えながら、彼が死んだか死にそうだと思って泣いていたジンジャーの姿を思いだした。いままであんなふうに彼のことで泣いたり心配したりする人間はだれもいなかった。両親はいるが、ふたりとも会計士で、彼の選んだ職業を理解できず、そのごたごたから、息子の人生から、距離を置いた。

これまでつきあった女たちは、彼の危険な仕事をよろこんでいるようだった。なかにはそれで興奮している女もいた。でなければ逆に、危険だから仕事をやめたほうがいいと言ってきた。ジンジャーは彼に安全でいてほしいと思っているが、彼に生き方を変えたり、愛する仕事をやめろと言ったりはしない。出会ってからずっと、彼はジンジャーにたいして理不尽なほど嫉妬し、彼女を性的に支配し、ことあるごとに挑発してきた。それでも彼女は、病院で彼に駆けより、飛びついてきた。彼の欠点もふくめて求めてくれた。

デレクは彼女のためにも、気が変わっていないことを願った。なぜなら彼女を手放す気がないからだ。彼女とつきあうためなら、あの頭のなかに詰まっている不安とひとつのこらず戦うつもりだ。まったく、彼にも不安はある。ジンジャーのような女を、ベッドのそとでも幸せにしてやれるだろうか？　これまで三十年間、女とは感情的に距離を置いてきた。だがジンジャーに心を開いて彼のことを信じろと要求するなら、自分が彼女に距離を置くわけにはいかない。そんなことはしたくもない。

問題が多い過去の詳細は知っているが、もっと彼女のことを知る必要がある。すごく妹思いだということ、強い意志と鋭い頭脳の持ち主であること、おもしろく思いやりがあることはわかっている。断固として母親とは違う人生を歩もうとしているが、なにかが必要なときにはその美貌をつかって男を言いなりにしている。それはデレクをいらだたせる。これからジンジャーに必要なものを与えるのは彼だけだ。

八時半にジンジャーがベッドに滑りこんできたのを感じた。どうするのだろうかと思って、デレクは規則正しい息を続け、じっとしていた。彼女の体重ではマットレスはほとんど動かなかったが、彼女が掛けぶとんをめくって、ベッドの端から彼のそばにずれてくるのを感じた。ふり返って彼女にのしかかりたいという衝動と戦っていると、ジンジャーが腕を彼のウエストに巻きつけ、からだを押しつけてきた。

デレクは心からほっとした。どうやら自分は、彼女がおなじように思っているとは信じていなかったらしい。ふたりの関係にチャンスを与えるということについて、彼女の気が変わらなかったと知って、彼はものすごく落ち着いた。横になったまま、女らしい匂いにつつまれ、彼女がベッドにいることへの自分のからだの反応を楽しんだ。

「起きているんでしょ」ジンジャーが耳元でささやいた。「十七年間、妹といっしょの部屋で寝ていたから。狸寝入りはすぐにわかるよ」

「ばれたか。ふり向いて、きみがおれのベッドでどんなふうに見えるのか知るのがこわいんだ。その光景は、きょうの午後おれが仕事に行くときにも、目に焼きついているだろう」

彼女の笑い声は枕でくぐもっていた。「でもふり向かなかったら、あなたのために着てきたセクシーなランジェリーが見えないでしょ」

デレクがものすごい勢いで起きあがったので、ジンジャーは悲鳴をあげて両手を上にあげた。彼女の横にひざまずき、ふとんをはがしたが、だぼだぼのスウェットシャツとレギンスを見て、目を細めた。「なんだよ。この礼は覚悟しておけ」

彼女のほほえみが少し曇った。「ゆうべからずっと寒くてたまらない。まるでもう温かくなれないみたいなの」

彼女を見なかったのは正解だった。自分のベッドにジンジャーが、枕の上に髪を広げ、まったくの普段着で横たわっているのを見ただけで、デレクの心臓は喉から飛びだしそうになっている。この地球上で、彼女はもっとも美しいものに決まっている。たとえいまのように、睡眠不足でも。

「おいで。温めてやる」

彼はジンジャーと並んで寝そべり、彼女の頭の下に腕を差しいれて腕枕になるようにした。彼女は一瞬ためらっただけで、すぐに彼のあごの下に頭をはめ、温かい裸の胸にくっついてきた。

「怪我をした人はだいじょうぶだった?」

「ああ、午前四時三十分にICUから出てきた」

「よかった」ジンジャーは息を吐きだした。「わたしはかなりの見世物になってしまったんでしょうね」

デレクはため息をついた。「あいつらはだれも、きみの突入を気にしていない。その話題が出たから言っておく。頼むから、公衆の面前に出るときにはもっと服装に気をつけてくれ。おれはまだ、きみのアパートメントが水浸しになったときに、消防士たちが濡れたTシャツ姿のきみを見ていたことから立ち直りきっていなかったんだぞ。それなのに今度は、殺人課の刑事全員が、きみの寝間着姿を目撃した」

「実際には、寝るときはなにも着ないで寝るのよ。ゆうべは服をぬぐ前に寝ちゃったから」デレクがうなると、ジンジャーは笑って、さらに彼にくっついてきた。「どうしてそんなにほかの男の人に嫉妬するの、デレク？　あなただけだって知っているのに？」

「ベイビー、おれはまだきみのことを見たこともない男にも嫉妬しているんだぞ」

彼女はにやりと笑った。「なにも心配することはないのよって言ってあげてもいいけど、空気の無駄になりそう」

「いいから言ってくれ」

ジンジャーは伸びあがって彼の唇にそっとキスしてから、彼を安心させる言葉をささやいた。二回。彼女はキスを深めようとしたが、デレクはからだを引いた。

「気を散らすな。話し合いたいことが山ほどある。まずは、きのうの午後、なぜきみはあんなにドレスアップしていたのかというのがある」

ジンジャーはひっくりかえって、枕に頭を乗せた。「ああ、あれ」彼女が神経質にベッドの上掛けをいじっているあいだ、デレクは辛抱強く待った。「ウィッカー・パークで家具屋さんを経営している男性と会ったの。先週、その店でアンティークの椅子を買ったとき、わたしのデザインについて話して、彼が作品の写真を見たいと言うから、きのうはランチで待ち合わせて、彼に写真を見せた」

「それで？」

「彼の店で売りたいって」

デレクは彼のほうを見ようとしないジンジャーのあごをつかみ、彼のほうを向かせて、目を合わせた。「ジンジャー、すごいじゃないか。なにも言わないつもりだったのか？」

「売れたら言うつもりだったのよ」

「売れるよ」デレクは断言した。

「そうだといいんだけど。きのう、〈センセーション〉に電話をかけて、辞めると言ったのよ」

デレクはほっとした顔にならないように気をつけた。「今朝のきみは驚きに満ちているな。理由は？」

ジンジャーは足の土踏まずをデレクのふくらはぎに滑らせた。「恋人が店にやってきて大騒ぎすることとか？　勤務中にわたしを引きずりだすこととか？」

「もう一度言ってみろ」

「どこを？」

「きみがおれのことを、そのたまらなくセクシーな訛りで〝恋人〟と呼ぶところだ」

「キスしてくれたら、もう一度言ってもいい」

デレクはほほえんで、首を振った。「あとでだ、スイートハート」

「それならいいわよ」ジンジャーはため息をついた。「でも長い話になるのなら、楽な恰好にならないと」

そう言うと、スウェットシャツの裾をつまんで頭をくぐらせ、ピンク色の、ぎりぎりへそが出るくらいの丈のタンクトップ姿になった。それから彼の目の前で、猫のように伸びをした。

デレクはジンジャーに手を伸ばさないように、掛けぶとんに指を食いこませて耐えた。今朝は話し合いをすると自分に誓った。ジンジャーはセックスで彼の気をそらせると思っている。まったく、彼女がシーツの上でからだを伸ばしているところを見て、もう少しで自分の誓いを忘れるところだった。だが毎回彼が誘惑に負けていたら、ふたりは永遠に先に進めない。ジンジャーはたぶん、厄介な話を避けるために、自分がどれほど性的魅力を利用しているのか、自覚さえしていない。

ゆうべがターニング・ポイントだった。だが病院で多少の前進があったとしても、ジンジャーにたいしては細心の注意が必要だ。彼女の信頼が必要になる。デレクは彼女のからだから目をそらした。「辞めたほんとうの理由は？」

驚いた目を向けて、それから目をそらした。「ほんとうのことを言うとね、あの男につかまれる十分前に、用心棒を呼んでいたの。たいしたことじゃないと思われたみたい。もしあなたが来てくれなかったら……」彼が怒りを募らせているのをわかっているから、ジンジャーは最後まで言わなかった。「わたしの生まれ育ったところを知らないでしょ。ナッシュヴィルを出る前の四年間は〈ボビーズ・ハイダウェイ〉という店で働いていたの。ああいう騒ぎはいつものことだった。わたしはナッシュヴィルを出るときに、そういうのも置いてきたの。危険だと感じるような仕事はもうしない」

怒りで首根っこを押さえられているようだった。少女だったジンジャーのために。大人になったジンジャーのために。おれが生きているかぎり、もう二度と彼女を、昔のような目に遭わせない。

声が震えてしまった。「もうきみが危険だと感じることはない。おれが許さない」

ジンジャーの顔が心配で曇る。「きのう、病院からの帰りに、あることを決心したの。もしわたしたちが本気でこれからも……」

「本気だ」

彼女は目をつぶった。「それなら、わたしのことであなたに知っておいてもらいたいことがある。あなたは知る権利があるから」

21

ジンジャーの心臓は高鳴りはじめた。これからデレクに、盗んだお金のことを告白する。ふたりが今後どうなるかは、彼の反応次第だった。デレクが彼女を逮捕したり、ヴァレリーにお金を返せと命じたりするおそれはないだろう。その点では安心していた。でもデレクのことで彼女が知ったのは、彼が警察官の仕事をとても真剣に受けとめているということだ。その彼が、泥棒とベッドをともにすることについて、どう思うだろう？

いまから一週間前、あなたはずばり警察官とつきあうことになるだろうとだれかに言われたら、ジンジャーは笑いとばし、その人のことを嘘つきだと言っただろう。ところが、いまはこうなっている。でも、自分ではないだれかのふりをするのは時間の無駄だった。デレクは欠点もふくめて彼女を受けいれるか、まったく受けいれないか、どちらかを選ぶことになる。

もしかしたら、今週のジンジャーは〈センセーション〉を辞めたり、自分の家具作品のことでまっとうな実業家とミーティングしたりして、少しは昔の自分から脱皮できたのかもしれない。それでも、ウィラと自分の部屋にデッドボルトをつけてもらうのと引き換えに、金物屋のおやじに胸をチラ見させていた昔の自分から完全に脱皮することは、永遠に不可能だ。そのジンジャーは、神さまが与えてくださったものを利用していただけで、その行動を恥じることはこれからもない。

　残る問いはひとつ。デレクは彼女を恥じるだろうか？

「ウィラとわたしは、育ちがいいとは言えない」ジンジャーは声が震えて、少しつかえながら言った。「母親のヴァレリーは、若くしてわたしを産んで……親になる準備ができていなかった。やがてウィラが生まれたときにも、まだ親になる準備ができていなかった」深く息を吸った。「わたしはほかの人たちが認めないようなことをしなければいけなかった。自分と妹の衣食を確保するために――」

「ジンジャー、知ってるよ」

　彼女の表情は不安からとまどいに変わった。「いったいなにを知っているの？」

　デレクは息を吐き、彼女の腕に手を置いた。まるで、彼の説明を聞いたらわたしが逃げだすと思っているかのように。ジンジャーの全身に不安が広がる。

「どうか、動揺しないでくれ」

なにも言わなかった。

デレクはため息をついた。「全国データベースで、きみの名前を検索した。きみとウィラの〈失踪届〉が出されている。三週間前、届けたのはきみのお母さんだ」

ジンジャーは肺の空気がなくなってしまったように感じた。上体を起こし、手で胸をつかんで、デレクの声が緊張しているのをぼんやりと感じた。ヴァレリーが警察に行って、ふたりの〈失踪届〉を出した。それにはふたつの可能性が考えられる。ひとつは、母親がとつぜん娘たちの心配をしはじめたということ――ジンジャーが最後に母親を見たときの状況からして、その可能性は低い――もうひとつは、事態がものすごくまずいことになっているということ。母親は、逮捕されるときでもなければ、警察とつきあうことはない。手首に手錠をかけられてもいないのに警察署に行ったということは、それだけの理由があるはずだ。

お金だ。ジンジャーは、あのお金の出所について考えるのをやめたことはなかった。デレクはヴァレリーが〈失踪届〉を出したとは言ったけど、窃盗についてはなにも言わなかった。つまりヴァレリーは、お金をとり戻すためにジンジャーを見つける必要があるから届を出した。

　でもヴァレリーは、よっぽど困ったことにならないかぎり、警察を巻きこむようなことはしない。たとえば、生きるか死ぬかの状況だ。もともと母親のではなく、預かっていたお金で、持ち主に返さなければいけなくなったとか。または、だれかから借りたお金で、返済日が迫っているとか。

　どうしてわたしは、こんなことになると思わなかったんだろう？　警察以外に、だれかが自分とウィラを探しているのだろうか？　デレクは〈失踪届〉のことを知っていて、警察官だらけの部屋に彼女を連れていったの？

　ジンジャーはベッドから足をおろした。ウィラを迎えに行かないと。それ以上のことは考えられない。ただ、妹をひとりきりにしておけないのだけはわかっている。

　デレクが彼女をベッドに押し倒し、のしかかった。

「どいて！」

「まったく、ちゃんと話を聞くか？」

　ジンジャーは暴れたけど、彼の腰でベッドに押さえつけられていた。「やだ！　放して！」

「もう対処した！　ジンジャー、おれが対処しておいた」

　彼女のからだの動きがとまった。「どういうこと？」

「つまり、だれもきみたちをシカゴまで追いかけてこないということだ。届けを消すことはできないが、隠す方法を見つけた。さっきおれが、『もうきみが危険だと感じることはない』と言ったのは、本気で言ったんだ」彼女はひどく興奮して部屋を見回した。「くそっ、ジンジャー、いったいどこに行こうとしていたんだ？　おれを置いていくのか？　シカゴを出て？」

ジンジャーのなかでは、安心が、まだ血管を駆けめぐっているアドレナリンと戦っていた。「わからない。わからない！　わたしはどうすればよかったの？　イベントにいた警察官たち、病院にいた警察官たち……全員、わたしを見て、わたしの名前を知っている。ウィラはまだ未成年よ。わたしがやったことは誘拐にあたる」

「話を最後まで聞かずにどこかに行こうとするな、いいか？」

デレクの狼狽した顔が、ジンジャーの混乱した頭にも意識された。彼女の経歴をチェックしたことを認めるかどうかは別にして、デレクは彼女のために規則を破った。彼に感謝すべき？　それとも怒るべき？　わからない。もうなにもかもわからなくなってしまった。理解するのには時間が必要だ。お金のことをデレクに告白するという計画は、また別の日にしよう。

「わたしの母親の名前を知っているのね。それなら逮捕記録も見たんでしょう？」

「ああ」デレクは小声で認めた。

「それなら、あなたはもう、わたしについて全部知ってる。重大告白をしようと思ってやってきたのに、もう知られていたなんて」

「きみのどんな過去も、おれをきみから引き離すことはできない」デレクの声には誠実さが感じられた。「なんでも言ってくれ」

ジンジャーはこみあげてくる涙をこらえるのに苦労した。デレクが彼女の顔をじっと見つめる。彼女がなにか隠していることはわかっているが、無理に聞きだすことはしないというふうに。

ジンジャーがふたりのあいだに立てていた壁は、存在しなかった。気ままで、なんのしがらみもないジンジャーを演じていたのに、デレクは過去が彼女の重荷になっていることを知っていた。そう考えると腹が立つ。彼の目のなかに見える情報を消したくなる。

ジンジャーはふたりのからだの位置に気がついた。開いた太もものあいだに、彼の腰が押しつけられている。あきらかに硬くなっているものを見るかぎり、彼も意識していないわけではないのだろう。ジンジャーの両手は頭の上で押さえられているので、ふたりの胸とお腹がこすれる。デレクの表情から、彼のなかで二者による戦いがおこなわれているのがわかった。その二者とは、同情と、彼女を求める欲望だ。

「そんな目で見ないで」

「どんな目だって？」

「わたしをかわいそうだと思っているような目」

「それなら、おれにどんな目で見てほしいんだ、ジンジャー？」

ジンジャーはデレクの背中で足首を交差させ、彼が震えるのを感じた。「ゆうべあなたがわたしを見たような目」

降参の大きなうめき声とともに、彼のからだを緊張させていた心配が融けてなくなり、別の種類のこわばりにとって代わった。デレクは腰を突きたて、ジンジャーの口を支配した。唇に歯を立て、舌を差しださせる。ジンジャーのなかに熱い欲望が流れこみ、全身に広がって、あらゆるものを熱していく。すぐに彼女のからだは、痛いほど彼を求めていた。

ジンジャーは頭の上に留められていた手をはずして自由になると、タンクトップを頭をくぐらせてはぎとり、デレクの目の色が濃くなるのを見ながら、両手で自分の乳房をもみしだき、親指と人差し指で乳首をつまんだ。

「ああ、ベイビー、いいよ。自分の乳首を愛撫するんだ。おれの口をどこに欲しいか、見せてみろ」

親指で円を描くように乳首を刺激する。「ここよ、デレク」

すぐに彼はジンジャーの胸に口をつかい、ピンク色の先端を舌でねぶったり、硬くなった乳首を口にふくんだりした。ジンジャーは枕に頭を沈め、とがった先端を手のひらで転がされたり、そっと息を吹きかけられたり、歯を立てられたりして左右の胸を交互に責められて、ついにやめてと叫んでいた。

デレクは頭をもたげたが、濃い緑色の目は、赤くなり、濡れててらてらと光っている彼女の乳首を見つめていた。「次はどこにおれが欲しいんだ、ジンジャー？」

彼の声の低い振動がジンジャーに押しよせ、彼女の全身は震えた。勇気を出して、片方の手を、お腹を滑らせてさげていった。働き者の彼の口は、お腹の敏感な皮膚にキスしたり、軽くかじったりしながら、彼女の手を追っていく。とうとうジンジャーの指はレギンスのウエストバンドの下にもぐり、次の希望がどこなのかを伝えた。デレクは彼女の手が奥に行きすぎる前につかまえて、敏感になっている手のひらに歯を立てて叱った。

「太もものあいだにおれの舌が欲しいんだろ、スイートハート？」デレクは両手の親指をレギンスのウエストバンドにひっかけると、黒いTバックといっしょにゆっくりと脚を滑らせていった。彼の問いかけに、ジンジャーは腰をよじって答えた。「やっぱり。そうだと思った。その証拠に、おれの肩にはこのあいだきみがつけた爪痕がまだ残っている」

デレクはベッドの端にひざまずき、大きな手をジンジャーのお尻の下に滑りこませた。ジンジャーのからだは、彼の口がいちばん敏感なところを見つけてくれるという期待に震えた。両手を頭の上に伸ばして、ヘッドボードを握った。

デレクは彼女をじっくりと見てから、太ももの内側を軽く嚙んだ。

「お願い、デレク」ジンジャーは泣きそうな声で言った。

デレクはにやりと笑った。「おれの秘密を教えようか?」

「ええ」彼女は息をのんだ。「でも急いで」

デレクの憂鬱な笑い声に、ジンジャーはますます昂り、熱く湿った。彼は気が遠くなるほどゆっくりと指を二本彼女のなかに入れていった。「もし最初の夜に戻ってやり直すことができたら、きみをファックする前にヴァージンのあそこを味わっていた。特別に甘かったはずだ」

ジンジャーはいった。彼女が叫んだ声は部屋のなかに響き、デレクが指で絶頂を長引かせるあいだに、不規則なあえぎとうめきへと変化した。ジンジャーは弓のように背中をそらし、腰を回しながら彼の手に押しつけていった。次から次へと広がるこの快感が終わってほしくなかった。

ようやく目をあけたジンジャーはデレクを探し、彼が畏敬の表情で自分を見つめているのに気づいた。「なんてことだ、すばらしい」そして彼の口がジンジャーの芯におりて、ゆっくりした拷問のようなストロークで敏感な皮膚に舌を滑らせ、かまってもらいたがっていたいちばん感じやすいところを集中して責めた。彼の広い肩に爪を食いこませながら、ジンジャーは二度目の絶頂に導かれた。

デレクは彼女が彼の口の愛撫で二度目にいくとうなり声を発した。ジンジャーはもう聞き慣れた、コンドームの袋を嚙んで破る音を聞いた。

「さっきのはとり消す。これよりも甘いものなんてありえない」

彼はジンジャーのお尻を自分の太ももの上に乗せ、脚を押し開いて、自分の昂りで彼女を満たした。この体位は無防備でむき出しに感じたけど、ジンジャーは彼の激しいリズムに合わせるしかなかった。

でもジンジャーは、彼が上になって、彼女をマットレスに押しつけてほしかった。支配され、圧倒されたかった。「今度は上になって。お願い。わたし……あなたに組み敷かれたい」

彼の鋭い目が、ジンジャーを見つめた。「ベイビー、そんなことを聞いたらおれがどうなるか、わかっているのか?」

彼女を先におろしてから、デレクは彼女のやわらかなからだを自分の硬いからだで押さえつけ、そのあいだもずっと、彼女のなかでの動きを休むことはなかった。ジンジャーはその完璧さにむせび泣いた。

「腰に太ももをかけるんだ。激しくするぞ」ジンジャーは言われたとおりにした。デレクは彼女の腕をヘッドボードのそばに固定して動きを制限し、激しく突きたてた。湿った肌の打ちつける音、金属製のヘッドボードが壁にあたる音が部屋に響き、ジンジャーの声とデレクの悪態と入り交じる。「こうして欲しかったのか、ビューティフル?」

「そう、そうよ。デレク、もっと激しくして」

それが可能だとは思っていなかったが、デレクは彼女の願いを聞きいれ、もっと激しくヘッドボードを壁にぶつけた。ジンジャーはふたたびオーガズムが近づいてくるのを感じて、つっぱしった。彼の手にがっちりとつかまれた手首はじんじんと痛むけど、拘束の痛みが快感を際立たせる。ジンジャーは手首をつかんで彼女を押さえつけている手をひっぱり、はずれないとわかったとき、下腹部に目がくらむような快感が弾けるのを感じた。

「デレク!」

「ここにいるよ、ベイビー」

オーガズムがジンジャーを揺さぶった。デレクは奥まで突きたて、円を描くように腰を押しつけた。彼女のからだは完全に自由を奪われているのに、彼女のなかは震えていた。

皮肉なことに、ジンジャーはこれまでの人生で自由を感じたことはなかった。部屋が暗くなり、ぐるぐると回っている。ジンジャーは快感をしっかりとつかまえ、記憶しようとした。

なぜ自由を奪われているとすごく満たされるのか、それはあとで考えなければいけない疑問だった。それになぜデレクは彼女の欲求を察して完璧にそれに応えてくれたのかも。でもいまは両足をデレクの背中で組んでいることに集中した。デレクは最後に突きたてて、いった。

「ジンジャー、ベイビー、ジンジャー!」

彼の手の握りがゆるみ、ジンジャーはそれに乗じて自由になった手で彼のお尻をつかむとぐっと深く引きよせた。デレクは彼女の肩に咬みつき、うなった。ジンジャーはデレクを抱きしめ、ようやく力を抜いた彼が重なってきて、彼女の鎖骨と首にキスを並べた。

少しして横に転がったデレクは、ジンジャーを固く胸に抱きしめた。なにも言わず、彼女を見つめているだけで満足のようだった。片手で彼女の髪をなで、汗で湿った髪を首や顔から払った。

彼の沈黙にジンジャーは不安になってきた。デレクはいつも自分が命令したがる。もしかして、上になってほしいと言ったのが気に障ったのだろうか？

ジンジャーは自分の貪欲が恥ずかしくなった。「ごめんなさい」

彼女の髪をなでていた手がとまり、ジンジャーは息をひそめた。「なにが？」「あなたがなにも言わないのは」言葉を切って、勇気をかき集めた。「わたしがあなたに、こうしてくれと言ったから……あれは普通のことなの？　よくなかったの？」いきなりデレクにあおむけに押さえつけられて、ジンジャーはびっくりして声をあげた。彼の顔を見ると、信じられないという表情だった。「ジンジャー、よく聞いておけ。おれたちふたりがすることで、よくないことなんてひとつもない。ぜったいに」彼は首を振った。「おれが静かだったのは、このベッドから永遠に出ないようにするにはどうしたらいいのかを考えていたからだ。それは――」

ジンジャーは彼の言葉を遮った。全身に安堵が広がり、彼女は笑って上体を起こすと、彼の首に両腕を回してぎゅっと抱きしめた。最初、デレクは彼女の行動に啞然としているようだった。でもその両腕でゆっくりとウエストを囲み、きつく抱きしめた。ジンジャーは息ができなかった。

「あなたがそう言うのを聞いてどれほどうれしく思っているか、あなたにはわからないでしょうね、警部補さん」

彼の笑い声が耳元で響く。抱きしめ合ったまま、デレクはジンジャーをベッドに横たえ、自分の首の横に彼女の頭を引きよせた。「おれもだ、もう寝ろ、ビューティフル・ガール。出勤時間まであと数時間ある」

ジンジャーは彼にくっついていった。背骨の上を往復するようになでるデレクの指の動きになだめられ、すぐに眠くなった。

22

「超いかすよ、ウィラ、最高のセクシー美女の誕生だよ」

ウィラは姿見から目をはなさずに、ジンジャーに中指を立てた。「〝この感動的なシット・コムの場面は、FとUの文字の提供でお送りいたします〟」

ウィラはこの一時間に経験した変身をどうでもいいことのように言ってるけど、鏡のなかの自分を見てほおを赤くしたのを、ジンジャーは見逃さなかった。

土曜日の夕方、ふたりはジンジャーの部屋で、ウィラのプロム用のドレスに着替えをしていた。一カ月前には、信じられなかったようなことだ。ジンジャーは半日探しまわり、ノーブル・スクエアの古着屋で、いまウィラが着ているヘザーグレー色のカクテルドレスを見つけた。ウィラは派手な色のドレスはいやだと言うに決まっているから、シンプルなストラップレスドレスが見つかってよかった。小柄なウィラを完璧に美しく見せてくれる。

ウィラが完全に任せてくれたので、ジンジャーはほどほどのメークをほどこし、妹の生まれつきの魅力を引きたてた。髪はうしろにもっていって、古典的な夜会巻きに。十七年間ウィラといっしょの部屋で暮らしていなかったら、ジンジャーでも見違えてしまっただろう。でもノーズリングはいつもどおりだ。

「エヴァンは何時に迎えに来てくれるの？」

「七時半。ダンスの前に彼の友だちといっしょにディナーに行くんだ」

ジンジャーはうなずき、ウィラとおなじくらい自信ありげにふるまおうとした。こういうところが、ふたりの違いだった。ジンジャーは、だれかひとりだけと話さなくてもいい社交が得意だった。こっちの会話、あっちの会話と飛びまわり、話が重たかったり個人的になりすぎたりすると、よそに移る。でもウィラは、他人とのつきあいがあまり得意ではない。ジンジャーはウィラを信じているし、新しい学校で課外活動に参加するようになった新しいウィラはだいじょうぶだと思っている。それでも自分は、ウィラがうちに帰ってくるまで心配するのだろうとわかっていた。

ジンジャーは、このときまでクローゼットに隠しておいた、黒いスパンコール飾りのクラッチバッグを取りだして、ウィラに渡した。思ったとおり、グレーのドレスと、おそろいの黒いヒールとぴったりで、すごくすてきに見えた。

鏡のなかで、ふたりの目が合った。「携帯電話を忘れないでね。必要なときにつかえるように、財布にお金を入れておいたから。ディナーでも、タクシーでも、なんでも」

ウィラはジンジャーの真剣な表情を笑って、それから真顔になった。「ジンジャー、だいじょうぶだよ。あたしはいままで出かけたことがないから、すごいことに思えるだけで」

「わかった。あといくつかで、終わりだから」ジンジャーは深呼吸した。「ドラッグはだめ。酔っぱらっているだれかといっしょに車に乗るのもなし。最初のデートでセックスはしない。でももしするなら、財布にコンドームが入っている。お願い、お願いだから、つかわないで。でもつかったかどうかは訊かないから」

「ああ、もう大変」

「黙って。すごくきれいよ。楽しんできなさい」

ウィラは輝くような笑顔になった。「ありがとう。ドレスと、メークと、なにもかも」

ジンジャーは涙をこらえた。「どういたしまして」

ウィラはなにか言いたそうにしたけど、ためらっている。

「いいから言って、ウィラ」

「あたしはまぬけかな、エヴァンのことをこんなに信じちゃって」

ジンジャーは質問を真剣に受けとめ、少し考えた。ウィラのいつものポーズかもしれないけど、その奥に傷つきやすさが垣間見える。「ううん、まぬけじゃない。それはリスクがあることか？　そうよ。でもあなたは簡単に人を信じるタイプじゃない。自分の判断力に自信をもたないと。シカゴに来るのはリスクがあったけど、わたしたちはそのリスクをとった。あといくつかとってもいいころあいかもね」

ウィラはうなずき、ジンジャーの言葉をよく考えているようだった。「姉さんと警部補さんみたいに？」


デレクのことを思うと、ジンジャーは心がとろけそうになった。彼は手入れ以来、書類仕事や逮捕された人々の取り調べなどで休みなく働いている。いっしょに朝を過ごした日、ジンジャーは夕方デレクのベッドでひとりで目覚めた。一日じゅう眠ってしまったせいでぼうっとしていたが、ひりひりする筋肉をストレッチしてから、自分のアパートメントに帰ろうとベッドから出た。彼がまた行ってくると言わずに出かけてしまったことにたいして、パニックにおちいらないように努めた。

キッチンに行くと、カウンターの上の、たくさん雑誌が重ねられている上に、チョコレートドーナッツの入った白い紙袋と、紙パック入りのオレンジジュースが置いてあった。用心深くほほえみながら、ジンジャーは紙袋についていた、彼女の名前が書かれたメモをはがした。

おれになにかつくってくれ。おれのアパートメントにいつもきみを思いだせるものが欲しい。

もちろんデレクは、ただ花を買うことはしない。それは彼のやり方じゃない。ジンジャーは彼にぴったりの家具を選び、自分のアパートメントからおろしてきた。そして夜になるまでずっと、ドーナッツを食べながら彼のプロジェクトにとりかかり、デレクのアパートメントで過ごした。そして作品のイメージづくりにかこつけて、こそこそと彼のことを調べた。アパートメントにはどこにも写真が見当たらなかったので、家族はどうしているんだろうと思った。キッチンの棚に入っていた靴の空き箱には、カブスのベースボールカードがいっぱい詰まっていて、几帳面に日付順に並んでいた。箱のなかに入っていた封筒の中身は、八〇年代からのチケットの半券だった。

古い西部劇映画のコレクションもあって、ジンジャーはデレクのことをもっともっと知りたくなった。それに、彼がどんなふうに子供から大人になったのかも。わたしは自分の過去を隠すことばかり考えていたせいで、彼も過去を隠しているということに気がつかなかったのだろうか?

仕事が忙しいせいであれ以来ちゃんとした話はしていないけど、デレクは仕事中に何度も彼女に電話やメールをくれた。明らかに彼女の不安をやわらげようという努力だ。

メールや電話の内容は、ジンジャーを赤面させるものが多かった。

きのう、彼女がスーパーマーケットの生鮮食料品の棚の前にいるときに電話が鳴った。画面を確認して、デレクからだったので、メールを読むためにメロンをバスケットに入れた。

ジンジャー、きみが欲しい。

ジンジャーもデレクに、「あの朝以来いつもあなたのことを考えているわ」とメールしてもよかった。または、彼が欲しくていつもずきずきうずいているとか。でもそういうことは面と向かって言いたかったから、こんなふうに返信した。

あら、いまね、両手に熟れたメロンをもっているの。見たい？

イエス

ジンジャーはメロンの写真を撮って、送信し、冷凍食品の棚までずっとひとりでくすくす笑いながら、買い物を続けた。

その夜、眠ってしばらくしてから、彼の手にからだをなでられて目を覚ました。脚を滑り、腰をなで、胸のまわりに円を描き、太もものあいだを愛撫する。いつもの自分の側で眠っていたジンジャーは、裸の彼にうしろから抱きしめられていた。彼女の背中と彼の胸が密着する。

「起きろ、よくも焦らしてくれたな」デレクはジンジャーの首に口をつけてうなった。そしてうしろから彼女のなかに押し入り、激しく抱いた。

ジンジャーは物思いから覚め、ウィラを見つめた。「そうよ、わたしと警部補さんみたいに」

ウィラは鼻を鳴らした。「ジンジャー、賭けポーカーはやっちゃだめだよ」

十分後、玄関ドアがノックされた。ジンジャーはキッチンに立っているウィラを拳銃を撃つジェスチャーをして言った。「あっちの部屋に行ってなさい。かっこよく登場しないと」ウィラはあきれたように目を天に向けたが、言われたとおりにした。ジンジャーはのぞき穴でドアの向こう側にいるのがエヴァンだと確認してから、ドアをあけた。

「こんばんは、ジンジャー」

「こんばんは、エヴァン」ジンジャーは脇によけて彼を通しながら、黒いドレスパンツとボタンダウンのシャツで決めた彼がすごくハンサムだったので、思わずほころぶ口元を隠した。わたしの妹は男を見る目がある。「今夜はあなたが運転するの？」

「いいえ。友だちと金を出しあって、リムジンを頼みました。いいですよね」

「それを口実にしてお酒を飲まないならね。あなたがひとりでいるときになにをしてもいいけど、妹を無事に家まで送り届けてね、ミスター・カーマイケル」

エヴァンは神経質そうに手で髪をかきあげ、よけいぼさぼさにしてしまった。「正直に言います——友だちのうち何人かは、今夜たぶん酒を飲みます。でもぼくは一滴も飲まないと約束します。ぼくにとってもウィラの安全は大事だから」

ジンジャーは彼の率直さに好感をいだき、ほほえみでそれを伝えた。「それならいいわ。お互い理解しあえたってことね」

「ジンジャー、もう出ていっていい？」しびれを切らしたウィラが自分の部屋から叫んだ。

「いいよ」

ウィラの部屋のドアがあき、ジンジャーはエヴァンの反応をスマホで写真に撮った。彼は近づいてくるウィラにびっくりして、口もきけない様子だった。この写真は、この先ウィラが彼の気持ちを不安に思ったときに見せてあげるために保存しておく。哀れなエヴァンは、いまにもウィラの足元に身を投げだしそうだった。

「わお」

「ハイ」ウィラはエヴァンに見つめられて、不安げにからだを左右に動かしていた。ジンジャーが貸してあげたブレスレットを直すふりをして、彼の目を避けている。

「ウィラ、やめろ」

姉妹はふたりとも息をのみ、エヴァンを見た。

「なにをやめるの？」ウィラがなんとか返した。

「きみが不安になってるのがわかる」彼はウィラに手を差しだした。「やめるんだ」ジンジャーはウィラの目がうるみ、下唇を噛みしめるのを、うっとりと見つめた。ウィラがうなずき、エヴァンの手を取った。

「きれいだよ」エヴァンがささやくように言った。

ウィラの顔が一瞬で笑顔に変わった。ウィラがエヴァンの横に寄りそって、ふたりは玄関に向かった。ジンジャーはその場に立ちつくし、いまこの目で目撃したシーンを、まだ信じられない思いでいた。どうやってエヴァンは、こんな短い期間でウィラのことをあんなに理解できたのだろう?

これまでウィラにあまり干渉せず、自分のしたいようにさせるのがいちばんだと思ってきたけど、ほんとうにそうだろうか。ジンジャーにはよくわからなくなった。もちろん、必要なサポートはいつでもしてきたし、妹とは親友どうしでもあると思いたい。でももしかしたら、ジンジャーがウィラと距離を置いてきたのは、ウィラではなく自分にとってそれが楽だったからかもしれない。ふたりの共通の生い立ちを考えないようにして、経験してきたひどいことを笑い話にすることで、ジンジャーは悪い手本になっていたのかもしれない。「問題があってもないふりをして押し通す」というのが、これまでずっとジンジャーの信条だった。それがよくないことだとは、考えたこともなかった。そしてウィラにもそれを見習わせてきてしまった。

あのお金のこともそうだ。盗んだということを考えたくなくて、忘れたふりをしてきた。でもそれではだめだとわかった。いまこそ自分がしでかした失敗を正さないといけない。

ふたりが玄関を出る前に、ジンジャーは妹を呼びとめた。「待って、ウィラ。エヴァン、ちょっと妹と話をしてもいい？」

「もちろん」彼は廊下で待つことにして、玄関を出ていくとき、もう一度ふり向いてウィラを見つめた。

ウィラはジンジャーの顔を見つめた。「なに？」

ジンジャーはウィラをこわがらせないように、落ち着きを保とうとした。完全に打ち明けてしまうことなく、妹に申し訳なく思っていると伝える言葉を選ばなければ。

「言っておきたかったのは、わたしはもっといい人間になるからということ。いい？わたしがいま、あなたのことを誇らしく思っているのとおなじように、あなたにもわたしのことを誇らしく思ってもらえるように。これから正しいことをするつもり」

ウィラはにっこり笑って、首を振った。「ジンジャー、あたしがドレスを着ているから感傷的になってるだけだよ」

「そうね。そうかも」ジンジャーは嘘をついた。

「約束するよ。あしたからはパーカーに戻るって」

「いいわ」ジンジャーはドアをあけて、妹を押しだした。「楽しんできなさい、ふたりとも」

ふたりを見送ってドアを閉めたジンジャーは、震える息を吐いた。それからドリーの彫像のところに歩いていった。少し右にひねると、ドリーの頭部がとれた。なかに手を入れて、カンバス地のバッグを取りだした。

23

デレクはアパートメントに入り、照明のスイッチを入れた。帰り道に選んできたワインのボトルを置いて、ショルダーホルスターをはずし、キッチンテーブルの上に置いた。ようやくモデスト関連の書類仕事とブリーフィングが片付き、待望の二日間のオフがとれたので、気持ちが弾んでいた。シャワーを浴びて、しわくちゃの仕事着以外の服を着たら、ジンジャーのアパートメントから彼のベッドまで、彼女をひっぱってくるつもりだった。彼女をいかせて、それから少なくとも十時間はぶっとおしで寝る。

あしたの夜、半分人心地がついたら、ジンジャーを本物のデートに連れだすつもりだった。彼女はデレクの殺人的に忙しいスケジュールに文句ひとつ言わなかった。物わかりがよすぎるほどに。まるで彼にはなにも期待していないというかのように。それは今週末で終わりにする。デレクはジンジャーに、すべてを期待してほしかった。

そして盗んだ金についての話し合いを、これ以上先延ばしにするつもりはなかった。数日前にベッドに並んで横になっていたとき、彼女はデレクに打ち明けようとした。それは確かだ。だが最後の最後で、ジンジャーは尻込みした。デレクは聞きだしたかったが、そのときジンジャーはすでに、彼が過去の記録を見たと言ったことでひどくうろたえていた。だからとても聞けなかった。この週末のあいだに、彼がすでに盗んだ金のことを知っているとジンジャーに話す。それでもう、ふたりのあいだに秘密はない。秘密のせいでわだかまりができるのを許すことはできない。こんなにも彼女のことを大切に思っているのだから。

それにデレクは、未解決の問題があるのが気に入らなかった。だからきっちり終わりにする。ジンジャーがあの金をもっていたら、彼女の安全に疑問符がつく。ヘイウッド・デヴォンのようなうさんくさい人物がジンジャーの居場所を知ったらどうなるだろうと考えるだけでぞっとする。だがナッシュヴィル市警のつてと、全国犯罪者データベースのおかげで、デレクはデヴォンを、終身刑とはいかないまでも、かなり長期にわたって塀のなかに閉じこめておけそうなネタを手に入れた。

彼の経験では、犯罪組織というのはどこでも、いったん井戸が涸れれば、構成員たちが枝を伸ばす、つまり広く進出していくものだ。数年前、ナッシュヴィルでまったくそのとおりのことが起きた。デヴォンの当時のパートナーがもっといいシマを探すためにナッシュヴィルを離れた。

奇遇なことに、そのパートナーはシカゴに枝を伸ばした。そいつはナッシュヴィル時代のあやしい過去について、もちろん元パートナーのデヴォンの悪事についても、大量の情報をもっているはずだ。あとはそいつにしゃべらせるだけでいい。モデストのギャング団はもう潰れたから、さっそくそっちにとりかかるつもりだった。

ジンジャーの匂いがして、デレクは半ば彼女が待っていてくれたのかと思って、ふり向いた。だがそこにあったのは、ジンジャーのトレードマークであるデザインでデコパージュをほどこした、ラッカー塗りの箱だった。金属製の締め具がついていて、鍵がかかるようになっている。銃を入れる箱。デレクは箱を手に取り、ダーティー・ハリーやジョン・ウェインの写真といっしょに彼女が選んだ新聞の見出しを読んで、笑った。

ダーティー・マウス？　きれいにしろ！
銃は人を殺さない。人を殺すのはゾンビだ。
意地悪な人はダック。

箱の蓋をあけると、スマイルマークの隣に彼の名前が書いてあるメモが入っていた。いまの自分はまぬけのようににやにやしているだろうと思いながら、折りたたんであったメモを開いた。

デレク
やらなければいけないことがあるの。
心配しないで。
ウィラの様子を見てやって。
わたしのことが恋しくなる前に帰ってくるから。
ジンジャー　XO《キス・ハグ》

デレクの笑顔は消え、重たい恐怖が胃の腑に溜まった。

いいか、落ち着け。買い物に行っただけなのかもしれない。

カウンターに置いた携帯電話をとると、短縮に登録してあるジンジャーの携帯にかけたが、すぐに留守電になり、デレクは悪態をのみこんだ。

どんどん膨らんでいくパニックを鎮めようと、デレクはアパートメントの玄関ドアを勢いよくあけて、廊下を歩いた。もしかしたら、ジンジャーが出かける前につかまえられるかもしれない。どうか、彼女をつかまえさせてください。階段を二段抜きでのぼり、三階の彼女のアパートメントの前に数秒で着いた。玄関ドアをノックしたときに聞こえた空っぽの音が、デレクの頭蓋骨のなかでこだまする。

すぐになかで足音が聞こえて、デッドボルトをひねってあける音がした。デレクは頭をさげ、安堵でからだの力が抜けた。ドアがあいたら、ジンジャーを揺さぶって分別を叩きこみ、もう二度とこんなふうにおどさないでくれと懇願する。デレクはドアの両側に手をついて、パニックを鎮めようと努力した。せっかくの週末を、彼女をこわがらせることで始めたくなかった。

「警部補。こんなすてきな夕べになんのご用?」

デレクははっと顔をあげた。通信指令係のパティーが、ふわふわのオレンジ色のローブとスリッパという恰好で、手にはゴシップ雑誌をもち、戸口に立っていた。彼女がジンジャーのアパートメントにいるという事実を処理するのに、しばらくかかった。

「ここでなにをしているんだ?　ジンジャーはどこにいる?」

「わたしもお目にかかれてうれしいわ」

「パティー、さっさと答えろ」

そこで彼女はなにか深刻なことが起きているのだと気がついた。からかうような態度が一瞬で能率的に変わった。「ジンジャーがどこにいるかは知りません。彼女が電話をかけてきて、ウィラがダンスから帰るまでここにいて、今夜は泊まってほしいと頼まれたんです。わたしが彼女に警部補が撃たれたと思わせて病院に行かせたのだから、これでおあいこだと言って」

デレクは息をしようとしたが、空気が胸から出てこなかった。「どれくらい前からここにいるんだ？」

「ジンジャーは四時間前に出かけたわ」

「なんてことだ」

「デレク、なにかあったの？」

「彼女はきみにウィラの電話番号を教えていったか？」

パティーは答える時間も惜しんで部屋のなかに駆けもどり、すぐにジンジャーの手書き文字の書かれた紙を持ってきた。彼の番号、ウィラの番号、レニーの番号、それに彼宛てのと似た、ウィラへのあいまいなメッセージが書かれていた。

デレクは自分の電話でウィラにかけた。彼女は電話に出たが、かかっている大音量のダンスミュージックのせいでその声はまるで聞こえなかった。

「ジンジャーはどこにいる?」デレクは言った。「どこに行くか、言っていなかったか?」

「警部補さん? 待って、切らないで。ちゃんと聞こえるように、そとに出るから」

ウィラが電話口に戻ってきたときには、デレクの忍耐は尽きる寸前だった。それが声にもあらわれた。「ウィラ、考えるんだ。姉さんがどこに行ったか、心当たりはないか?」

その口調で、ウィラは黙りこんだ。「いいえ。家にいないの?」

デレクはまるで檻に入れられた猛獣のように、廊下を行ったり来たりした。「家にはいない。なにかやることがあるというメモを残していった」

ウィラはしばらくなにも言わなかった。「そんな。どうしよう」

デレクは凍りつき、携帯電話を握る手がこわばった。「なんだって? どういうことだ?」

「信じられない。あたしのせいだ」

「説明しろ。いま」

ウィラは深呼吸した。「今週の前半に、あたしはなにかでとり乱したんだ。ジンジャーもいないし、電話にも出ないし。だから……母さんに電話した」

デレクは視界の端がぼやけてきた。

「家の電話だよ」ウィラはあわてて言った。「発信者番号表示もないし。母さんにはあたしたちがシカゴにいるのは、わからないはず」

デレクは安堵でからだの力が抜けそうになった。だがこれだけではない。彼は自分の上に斧が吊りさげられ、いまにも落ちそうになっているのが感じられた。「ウィラ、それならなぜ、『あたしのせいだ』って言ったんだ?」

ウィラは震える声で説明した。「母さんが、ジンジャーは母さんからお金を盗んだって言ってたの。あたしたちがナッシュヴィルを出た日に。ジンジャーはあたしにはなにも言わなかったけど、そう考えると完全につじつまが合う。どうして真夜中に出てこなければいけなかったのかとか」

デレクは呆然としているパティーを残して、自分のアパートメントへ駆けもどった。

「そしてナッシュヴィルのだれかが、お金を返せと要求している。お母さんはそう言ったのか?」

「そうだよ」ウィラは小声で言った。「デレク、姉さんは泥棒じゃない。あなたは知らないと思うけど、あたしたち――」

デレクはウィラの話を遮り、すでに答えのわかっている質問をした。「ジンジャーは、どこに、いるんだ？」

「ナッシュヴィルに向かっているんだと思う。あたしにはわかる。ダンスに出かける前に、正しいことをするって言ってた。そのときはなにを言ってるのかわからなかったけど、お金のことだよ。そうに決まってる」ウィラは泣きじゃくった。「ああ、どうしよう。ジンジャーは向こうでなにが待っているか、わかってない」

「くそっ！」デレクは電話を切り、ふたたびジンジャーの短縮にかけた。彼はあらゆる不測の事態に備えていたが、ジンジャーのきまぐれは計算外だった。最初から彼女がワイルドカードだったんだ。そしていま、デレクが注意深く組み立てた手が、ふいになった。彼は呼び出し音を待つあいだに、壁を殴った。「ジンジャー、いますぐ車をUターンさせろ。さもなければ、おれが追いかける。すぐに電話をかけ直してくるんだ」

いますぐ動かないと。シカゴからナッシュヴィルへのドライブはおよそ八時間かかり、彼女はすでにその半分を走っている。デレクは電話を切ると、銃と車の鍵をもった。ジンジャーはUターンする。するはずだ。

彼はメモをくしゃくしゃに丸めて、壁に投げつけた。心配しないで？　ナッシュヴィル市内に入った瞬間に、狙われる。ヴァレリーはジンジャーが金をもっていると知ったら、その情報はヘイウッド・デヴォンにも行くだろう。ジンジャーはのこのこそこに入っていって、盗んだ金を返せばなにも問題ないと思っているのか？

デレクはホルスターに銃を差し、リダイヤルして、ふたたび呼び出し音が鳴るのを待ったが、ジンジャーののんびりした南部訛りのメッセージが聞こえてきて、目を閉じた。くそっ。彼女を自分の腕のなかで守ってやりたいという思いが強すぎて、デレクは肉体的な苦痛を覚えた。

「ベイビー、聞くんだ。きみが知らないことがある。このままではきわめて危険な状況に入っていくことになる。車を路肩にとめて、おれを待っていてくれ、頼む」彼は唾をのんだ。「ジンジャー、おれにはきみが必要だ。やめるんだ」

デレクは彼女からの電話を待たなかった。どうせかけ直してこない。二歩で机のところに行って、この一週間捜査してきたヘイウッド・デヴォンのファイルを取りあげ、アパートメントを飛びだした。

速度制限を超過し、信号運さえついていれば、朝までにはナッシュヴィルに着ける。ジンジャーを助けたかったら、一分一秒が重要な意味をもつ。

24

暗い家をのぞきこんでだれもいないと判断し、ジンジャーはもとの自分の部屋の壊れた窓を揺すった。いまだに修理していないのには驚いた。おもてからできるだけ上まで窓を押しあげ、すき間からカンバス地のバッグを押し入れた。だれかが走ってくる気配はない。そこで古いペンキ缶をひっぱってきて踏み台にし、今度は自分が窓からなかに入った。カウボーイ・ブーツが床にあたる音が静かな室内にこだまし、ジンジャーは自分以外の人の気配がないかと耳を澄ました。なにも聞こえない。

部屋を見回し、ウィラのベッドが、ふたりが出ていったときのくしゃくしゃのままだと気がついてあきれた。この部屋にいるだけで、自分が弱く、無防備になったように感じる。二週間という短い期間で、彼女は昔の自分から脱皮した。この息が詰まるような小さな部屋は、すでに遠い記憶でしかなかった。自分とウィラがこの部屋で経験しなければならなかったことを思いだすと、肌が粟立つ。だからもうそれ以上考えることをやめて、バッグを拾い、決然とした足取りでドアから廊下に出た。

このお金を返すことには、正しいおこないをするとか、ウィラのいいお手本になるとか以上の意味があった。これは、ジンジャー自身のためでもあった。たとえ現金とはいえ、過去のものにしがみついているかぎり、過去を手放すことはできない。ジンジャーはあの小さな部屋で、人間の本質についてとても貴重な教訓を学んだ。でも人生の決断すべてが過去に基づくものでなくてもいいはずだ。もしそうだったら、いずれは過去に負けることになる。

ジンジャーは負けない。少なくとも戦わずに屈することはない。とくにいまはそうだ。愛によって無敵になった。一見、逆のように思えるが、お金を返すことは、デレクと前に進むことだ。彼はきっと賛成しない。彼からの三十八回分の留守番電話を聞く勇気があったら、きっと彼の意見が正しいと確かめることになる。

いまごろは、お金を返して、シカゴに戻る道を半分走ったところのはずだったのに、ゼネラルがよりによってこんなときに壊れてくれて、スプリングフィールドのそとでファンベルトが破裂した。修理が終わるまで、三時間も待たなくてはならなかった。ジンジャーはトラックが集まるドライブインの食堂でコーヒーを飲みながら、そのあいだずっと、携帯電話の通知を無視していた。臆病者かもしれないけど、いま、決意を揺るがせるわけにはいかない。それに、もしデレクが言葉で言うとおり、欠点もふくめて彼女を求めているのなら、頑固なところも受けいれてくれないと。

違う。ジンジャーは自分で訂正した。彼はわたしを求めている。「もし」とか「かもしれない」という言葉で考えるのはやめないと。ヴァレリーの枕の下にお金を返したら、すぐにシカゴに、彼の腕のなかに帰って、それがほんとうだと安心させてもらえる。

おもてでは日が昇りはじめ、ヴァレリーの部屋に続く廊下を明るくした。ジンジャーは子供のころから、母親の部屋に入ったことがなかった。なにを見つけるかこわかったからだ。ベッド脇のナイトスタンドに注射器、その隣には黒くなったスプーンが置いてあって、軽くショックを受けた。ジンジャーはため息をついて、ベッドに近づいた。

おもてでタイヤが軋む音と、すぐに車のドアがふたつ勢いよくとじられる音がして、少しして三つ目のドアの音がした。男がふたり、なにか話していたが、ジンジャーからはよく聞こえなかった。

いちばん近所の家は何年か前に没収されたままだから、だれであれヴァレリーに会いにきたのか、ヴァレリーといっしょに帰ってきたのかのどちらかだろう。ジンジャーの心臓は早鐘を打ち、彼女は箪笥の裏に隠れた。すぐに玄関ドアがあいて、勢いよく壁にぶつかった。ジンジャーは悲鳴をあげないように、口と鼻を手で覆った。

「女はどこに置きますか、ヘイウッド？」

低い声が言った。「どこでもいい」なにか重いものがカーペットに落ちる音がして、ひっぱたく音がそれに続いた。「お目覚めの時間だ、ヴァレリー。仕事の話があるだろう。おまえとわたしで」

ジンジャーの頭のなかにさまざまな考えが浮かんだ。ヴァレリーはどこかで酔いつぶれて、この男たちは彼女を送ってきただけ。その可能性はあるし、いままでそんなことは何度もあった。でも男の口調のなにかが、ジンジャーの背筋に警告の震えを走らせた。

ヴァレリーがうめいた。

「そうだ。さあ、起きるんだよ。わたしだって忙しいんだ」

「ヘイウッド？」びっくりした声。「なんの用？」

男は笑った。「なんの用か、わかっているだろう。おまえにはふたつの指示を出した。包みを届け、封筒を持ち帰る。半分の仕事しか終わっていないから、そのうっかりミスを直しにきたんだ」

「説明したでしょ。ジンジャーを探してよ。わたしが眠っているあいだにあの子が盗んだんだから」

「なぜおまえは眠っていたんだ、ヴァレリー？」ヘイウッドの声は厳しかった。「ひょっとして包みのなかから少しくすねて、自分でつかったんじゃないのか？　おまえが誘惑に弱いのはよくわかっている。だからピックアップ場所から届けるところまでどこにも寄るなと言ってあったんだ」

ヴァレリーは否定もせず、泣きだした。「それなら、どうするの？」

「おまえの働き者の子供を追跡する。だがその前に、これからここにいるわたしの手下が、麻薬よりもずっと効果的におまえさんの顔を崩してくれる」

重い足音がカーペットの上を歩く音がして、ヴァレリーの泣き声をかき消した。

最初の一発の音が聞こえたとき、ジンジャーのほおに涙がこぼれた。わたしのせいだ。ヴァレリーがどんなにひどい母親だったとしても、この状況はわたしがしたことが原因だ。ジンジャーは隠れたまま、自分のせいで母親が殴られるのを聞いていられなかった。それに、もしこのヘイウッドという男が、ジンジャーがシカゴに住んでいることを突きとめたら、ウィラも巻きこまれてしまう。そしてデレクも。

ジンジャーが出ていって、ヘイウッドにお金を返し、大きな誤解だったと説明したら、彼らは笑って許し、みんなで冷えたビールを飲んで、なんの問題もなしになるだろうか。

そんなことはありえない。

でも――

ガツッ。またウィンストンに殴られたヴァレリーがうめいた。

「金さえきちんと返ってくれば、わたしだってこんなことはしたくないんだ」ヘイウッドが言った。

ジンジャーは深呼吸した。わたしのせいなのだから、わたしがこれを終わらせないと。だから立ちあがって、お金の入ったバッグを握りしめ、居間に入っていった。

「もういいでしょ。あなたのお金はわたしがもってる。母を殴るのはやめて」

ヘイウッドはすぐに銃を構え、ジンジャーに狙いをつけた。ジンジャーはひるむことなく、バッグをもったまま、両手を上にあげた。母親を見ることはできなかったし、銃から目を離すこともできなかったけど、ヘイウッドは手下にヴァレリーから離れるように命じた。ヴァレリーは床に倒れ、ジンジャーは罪悪感で喉が詰まるように感じた。

ヘイウッドはジンジャーのからだに目を走らせ、興味深そうに眉を吊りあげた。黒髪と山羊ひげの見た目は、教養を感じさせる声よりも若く見えた。「おまえさんが盗んだとわかっていたら、もっと早く探しだしてた」

「もうその必要はない」ジンジャーはバッグを床に放り投げた。「これがだれのものか知らなくて、間違いをおかした。返すから、もうわたしたちにかまわないで」

ヘイウッドはジンジャーから目を離さなかった。「数えろ、ウィンストン」

ウィンストンが前に出てきて、そのこぶしに血がついているのを見て、ジンジャーは震えた。母親の血だ。彼はバッグを拾いあげ、ソファーの上に落とした。

「あんたね、これでチャラになるとでも思ってるの？　あたしはそうは思わないわ」

ヴァレリーがろれつの回らない舌で言った。ジンジャーは息をのみ、母親のほうに顔を向けた。すでに顔が腫れあがり、血がべっとりついた髪が目を覆うように垂れている。ヴァレリーはジンジャーが最後に会ったときよりずっとひどい顔をしているが、歳より早く老いた肌やくぼんだ目の下に埋まった美しい女の面影があり、それがかえって彼女を二倍も悲劇的に見せていた。

「そうだね、賛成する。チャラとはほど遠い」

「皮肉を言われたらわかるのよ」ヴァレリーのあごから血が垂れた。「あんたたちふたりがあたしをどう思っているかだって。ウィラは電話で言ってたわ。もう二度とあたしに会いたくないって」

ジンジャーは背筋を伸ばした。「ウィラが電話をかけてきたの？　いつ？」

「ああもう、思いだせない。先月？　きのう？」

ジンジャーは首を振った。どうしてウィラはなにも言わなかったんだろう？　ふり向いてヴァレリーを見る。血でよごれたほおに涙を流し、からだを揺らして泣いている。

「女手ひとつで子供をふたり育てるのは大変なのよ」きたない手でほおをぬぐった。「いつかちゃんとするつもりだった。でもあっという間に二十年以上たってしまったのよ。こんなふうになるはずじゃなかった」

打ちのめされた母親の肩に手を置いてやりたいという衝動をこらえ、ジンジャーは同情を押し殺した。「でも、こんなふうになったのよ。まさにこんなふうにね、ヴァレリー」

ジンジャーは最後に母親を一瞥して、背中を向けた。でもヘイウッドはふたりのやりとりを注意深く聞いていた。

「足りません、ボス」ウィンストンが現金の束に囲まれて坐っている場所から報告した。

ヘイウッドが満面の笑みを浮かべた。「足りないって?」

「二千八百ドル」

ジンジャーの頭にさまざまな考えがよぎった。そうだ、アパートメントのデポジット。すっかり忘れていた。「それも返すわ。ATMに連れていってくれたら、足りない分を引きだして返すから」彼女の口座にはそれくらいの預金があるはずだ。〈センセーション〉で稼いだお金には、まだほとんど手をつけていない。

「もちろん連れていってやる。利息も払ってくれるんだろうな?」

ジンジャーはぞっとした。「利息?」

ヘイウッドがゆったりした足取りで彼女のそばにやってきて、じっとり湿っぽい手で彼女のほおをなでた。ジンジャーは身をすくませないように、必死で耐えた。「おまえさんのせいで、わたしはたくさんの人たちにたいして困った立場に追いこまれた。それを大目にみることはできない」

「いくらなの?」ジンジャーは歯を食いしばって言った。

彼は頭のなかで計算しているように天井を見た。「そうだな、倍で手を打とう。つまり不足額、そして迷惑料が同額の二千八百ドル、合わせて五千六百ドルだ」

ジンジャーは恐怖が顔にあらわれないように気をつけた。「いいよ。銀行に連れていって」口座にそんな大金はないけど、街中のほうが逃げられる可能性が高い。

ヘイウッドは楽しそうに笑った。「わたしはおまえさんが気に入った。だがそんな大金をもっていないこともわかっている。そもそも、そんな金があったらわたしの金を盗む必要もなかった。いや、おまえさんはわたしといっしょに来るんだ。そこにいる母親が金をもってきたら、金と引き替えに帰してやろう」

ウィンストンが近づいてくるのを見て、ジンジャーはあとじさりした。「やめて。わたしはお金をもってる。わかるでしょ、この人に任せたら、お金はぜったい戻ってこない」

彼は肩をすくめた。「わたしはその可能性に賭けてみるよ。おまえさんといっしょに過ごす時間は楽しそうだ。もし母親が金をもってこなかったら、いつでもわたしのクラブでストリップをさせてやるから、そこで金を稼げばいい」

考えただけでも虫唾が走り、ジンジャーはつやつやに磨かれた黒いウイングチップの革靴に唾を吐きかけた。「そんなことぜったいにしない」

彼の目のなかからユーモアが跡形もなく消えた。右手を振りかぶり、ジンジャーの横っ面を張りとばした。あまりの力に、彼女はうしろによろけた。ヘイウッドの指輪があたったところが切れたようで、鋭い痛みを覚えた。

彼は手下に指示した。「ウィンストン？」

ジンジャーはふり返って、駆けだした。自分の部屋の窓から半分からだを出したところで、ウィンストンの太い腕がウエストに巻きつき、室内に引き戻された。死に物狂いで暴れても彼は手を放さず、ジンジャーをひきずって家のなかを横切り、玄関ドアをくぐった。ポーチでは、ウィンストンの足をヒールで思いっきり踏みつけるのに成功したけど、髪をつかまれて頭をうしろにひっぱられ、涙が出てきた。ウィンストンは黒いセダン車に寄りかかるようにしてジンジャーを立たせ、ポケットから取りだした結束テープで両手首を縛った。

「なにしているの？　ほどいて。お願い！」ジンジャーは、ポーチに立って背中で手をつないでいるヘイウッドに懇願した。彼のうしろの戸口に立っていたヴァレリーは煙草を吸っていた。「お金なら返すから！　これは誘拐よ！」

変な匂いのする布がジンジャーの言葉を途中でとめた。ウィンストンが布を彼女の口に押しこみ、頭のうしろで固く結んだ。それから彼女を車のトランクに引きずっていった。ウィンストンがなにをしようとしているのかを察したジンジャーは、あらためて力をふり絞ったけど、不自然なほど体格のいい彼にかなうはずがなかった。ジンジャーは大きなトランクのなかに放り投げられた。手をつくことができなかったから、まともに落ちて、肺のなかの空気がシューッと抜けた。鼻から息を吸い、坐ろうとしたけど、トランクの蓋を閉められ、暗闇につつまれた。

嘘でしょ。ジンジャーがナッシュヴィルに来たことを知る人はだれもいない。ウィラかデレクが助けにくる可能性はない。それに、ヴァレリーがジンジャーのために指先一本でも動かすなんてことはありえない。そんなことがあったら地獄が吹雪くだろう。ジンジャーはひざを胸にかかえて、もう一度よく考えてみた。彼らはどこかで彼女をこのトランクから出すだろう。そのときのほうが逃げだすチャンスがある。電話をかけられれば——

そのとき、そとでタイヤが軋む音がした。ドアがしめられる音が次々と続いた。そして、聞き慣れたデレクの低い声と、ほかの人々の声が聞こえてきた。ジンジャーはからだを起こして、頭をトランクの蓋に打ちつけた。どうしてここがわかったのだろう？　ほかにだれがいるの？　口に布を詰められたまま、できるだけ大きな声で警告しようとして、涙が出てきた。

デレク、だめ！　相手は銃をもっているのよ！　ほんとうにごめんなさい……。

声がかすれるまで叫び、ジンジャーはおもてのやりとりに耳を傾けた。

「銃を捨てろ。いますぐ。こちらは十人で、そっちはふたりだ。おまえたちが撃つ前に、その額に銃弾をぶちこんでやる」デレクが言った。

今度は、なにか重いものが、私道の地面を滑るような音がかすかに聞こえた。銃だろうか？

「地元の警察官の顔はわかる」ヘイウッドはこの状況に不満げな声を出した。「だがおまえはだれだ？」

「シカゴ市警だ。おれの名前まで知る必要はない」

ヘイウッドはあざ笑った。「ウィンディ・シティはだいぶ遠いだろう。警察官諸君、きみたちの何人かはあちこちのうちの店の顧客じゃないか。みんなで坐って、物騒なものなしにこの状況を解決しよう」

銃の撃鉄を起こす音が聞こえた。「だめだ。おまえがきょう、話をするのはおれだけだ。ここにいる警察官たちはおまえを逮捕するためにやってきた」

「こんな鳴物入りでやってくるとは、あの女はよほど大事な女なんだろう。いったいいつからナッシュヴィル市警は、貧乏白人のお姫さまのために部隊を派遣するようになったんだ？」

デレクの声が氷のように冷たくなった。「トマス・フェアコートという名前に聞き覚えはあるか？」ヘイウッドはなにも言わなかった。「あるだろう。おまえの元パートナーだ。五年前にナッシュヴィルを離れた。そしてトマスがどこに流れ着いたか、おまえは知っているか？」

　長い沈黙。

「いまこの瞬間、フェアコートは恐喝容疑でシカゴの留置所に入っている」デレクは言った。「彼は八年前ナッシュヴィルであった倉庫火災についての情報と引き換えに刑期が短縮される司法取引に乗り気だそうだ。その火災ではおまえが高額の保険金を受けとったんだってな。その金で最初のストリップクラブをつくったんだろ、違うか、デヴォン？」

「嘘だ。あいつが話すはずがない」

「おれはその気になれば説得力があるんだ。ナッシュヴィル市警は情報と引き換えに協力してくれた。おまえは目の上のたんこぶだったってことだ。それではいいかな？」大勢の足音、くぐもった悪態、だれかが暴れている音、それに続いて手錠をかけるときの金属音。

　すぐにトランクの蓋があいた。ジンジャーはデレクのこわばった顔を見つめて、泣きだした。彼の背後では、警察官がヘイウッドとウィンストンをパトカーに連れていく。デレクは彼女の猿ぐつわを引きはがし、顔を左右に向けてほおの傷をよく見た。

「どっちがやったんだ?」

ジンジャーは息をのんだ。デレクの言い方はすごく冷酷に響いた。その手の感触にはまったく感情が感じられなかった。「へ、ヘイウッド」

デレクは手のなかで銃をひっくり返し、パトカーのほうに歩いていって、警察官たちにちょっと待ってろと怒鳴った。ジンジャーがやめてと叫ぶ前に、銃の台尻をヘイウッドの頭に打ちおろした。ヘイウッドは手錠をはめられたまま地面に倒れた。

「さて、いまのが必要だったとは思えませんな、警部補」年嵩の警察官が南部訛りで言ったが、そのにやにや笑いを見ればヘイウッドの怪我をそれほど気にしているとは思えなかった。

デレクは非難を無視してトランクのところに戻り、両腕をジンジャーの下に差し入れて彼女を出した。ジンジャーは彼の硬い胸に丸くなって、すすり泣いた。

無感情な顔のまま、デレクは彼女を自分のSUVの助手席に乗せて、ポケットナイフを取りだして、手首を縛っていた結束テープを切った。

ジンジャーは彼と目を合わそうとしたけど、彼はジンジャーのほうを見ようとしなかった。「デレク——」

「ひと言もしゃべるな」

ジンジャーはびくっとひるんで、シートに深く沈みこんだ。シカゴまで長いドライブになりそうだ。

25

一時間ほど、ふたりはなにも言わなかった。ジンジャーは後悔と憤慨を行ったり来たりしていた。デレクに自分のしたことを説明したかったのに、彼はまっすぐ前を向いて運転している。不吉にも、彼のあごの筋肉がぴくぴくとひきつって、効果的に会話を妨げていた。ジンジャーはため息をついて、ポケットから電話を取りだし、留守番メッセージを聞くことにした。電話は彼がトランクのなかからとってきてくれた。デレクのぶっきらぼうなメッセージのあとに、ウィラからの「うちに帰ってきて」と懇願するメッセージが二本入っていた。妹の声がおびえているのを聞いて、喉が締めつけられるように感じた。ジンジャーは短縮でウィラにかけた。最初の呼び出し音が鳴りおわる前に、ウィラが出た。

「帰ってきたらぶっとばしてやるからね、ジンジャー」

「ウィップ」

「いまはあだ名は不適切だから」

「ごめんね、ほんとうにごめん」

震えるため息が聞こえた。「だいじょうぶ？　デレクはいっしょなの？」

「うん、いっしょよ。わたしはだいじょうぶ」

ジンジャーはデレクをちらっと見た。「ウィラ、どうして知っているって言わなかったの？　お金のこと」

今度は長いため息。「あたしたちがどんなふうだったか、知ってるでしょ、ジンジャー。相手が話す準備ができるまで話はしない。それもできればね」

「それはきょうで終わりだから、わかった？　もう秘密はなし。わたしたちならきっとそうなれる」

「いいよ」ウィラが鼻を鳴らした。「わかった」

ジンジャーは涙をこらえた。「もうすぐ帰るから。ダンスの話、全部聞かせてね」

「了解」

電話を切って、ふたたびデレクをちらっと見た。その表情はまったく変わっていない。残りの留守電を確認するために〈再生〉ボタンを押し、ジンジャーはデレクの低い声を聞いた。最初の二つくらいははっきりといらだちが感じられたが、十個目のメッセージあたりから、なだめるような声になり、やがて諦めが感じられるようになった。運転席にいるデレクにも聞こえているのは、ところどころで彼のからだがこわばったり、力が抜けたりする様子でわかった。

「ジンジャー……電話に出てくれたらと思っている。どうしてもきみの声が聞きたい」低く、落ち着かせる声。「おれがいつきみを愛しはじめたか知ってるか？」ジンジャーの手に力が入り、脈が速まる。「きみのアパートメントが水浸しになって、おれのアパートメントに泊まることになった、あの土曜日のことだよ。泣いているのに、ものすごく勇敢に見えた。おれはもっと前に、自分の気持ちをきみに伝えるべきだったんだろう。そうしたらこのばかげた作戦はなかったかもしれない」彼は苦しそうに咳払いした。「そんなことはないか。きみは頑固すぎる。だが、そんなきみのことも愛しているんだ。電話してくれ、スイートハート。どこにいても迎えにいって、うちに連れもどしてやるから。バイ、ベイビー」

ジンジャーは電話を切って、ぼんやりと窓のそとの風景をながめた。車や建物が飛ぶようにうしろに消えていく。デレクの言葉が頭のなかでくり返し再生されている。彼はわたしを愛している。でもわたしを許せるのだろうか？　わたしと目を合わせようともしない。ジンジャーは、トランクをあけたときの彼の険しい顔を思った。まるで縫いぐるみ人形《ラグドール》のように無造作に、この車に乗せられた。今回もまた、彼の慰めを必要としているときに、彼はそれを与えてくれなかった。留守電ではわたしを愛していると言っておきながら、そんなに簡単に捨てるなんてひどい。愛しているという気持ちがそんなに変わりやすいものなら、彼女だってそれを逆手にとってやってもいい。

デレクは高速道路をおりて出口ランプに入り、最初の信号で曲がって、モーテルの駐車場に車をとめた。

「どうしてとまったの？」

「なぜならおれは三日間シャワーも浴びず、睡眠もとってなくて、これ以上運転するのにはその両方が必要だからだ」

ジンジャーは彼のだいぶ伸びた無精ひげと、目のまわりの隈をよく見た。明らかな疲労を目の当たりにして、心臓がドクンと鳴った。代わりに運転しようかと申しでる前に、彼は車をおりて、モーテルの受付に入っていった。その数分後、部屋のキーをもって戻ってきた。

彼は助手席のドアをあけてジンジャーがおりるのを待ち、後部座席から革のバッグを取った。

部屋に着くと、デレクはドアの鍵をかけ、シャツをぬいだ。窓からの薄明かりのなか、彼の筋肉に覆われた胸と腕の上に影が踊る。黒いドレスパンツは低い腰穿きだったが、すぐにそれもぬいでしまった。

ジンジャーはベッドに坐って、自分の心をかき乱す矛盾する感情をなんとか整理しようとした。怒りが苦痛と戦っている。罪悪感が、いつでもデレクに呼び覚まされる欲望の下で煮えたぎっている。彼はジンジャーのことをまるで部下のひとりのように扱っている。それはすごくいやだった。どうしてわたしに話しかけたり、命令したり――なんでもいいからしないの？

「服をぬげ」デレクはこちらをふり向くことなく、命じた。

やっぱり取り消し。命令される気分じゃない。ジンジャーは鼻を鳴らした。「いやよ」

「おれが代わりにぬがせてやってもいい。だが服が無事かどうかは保証できない」

その声になにも感情が感じられず、いい加減うんざりしたジンジャーは足音荒く彼に近づいていった。「デレク、もうじゅうぶん怒ったでしょ。わたしはたしかに愚かなことをした、自分でもわかっている。でもわたしを永遠に無視することはできないから」

目にもとまらぬ動きで、ジンジャーが抗議する間もなく、デレクは彼女のシャツをはぎとった。次にショートパンツがパンティーといっしょに引きおろされた。それから彼女を肩にかついでバスルームに直行した。照明が点き、ジンジャーは、鏡のなかで彼の背中にぶらさがっている自分の姿を見た。

「いったいなにをしているの？　頭でもおかしくなった？」

「おれはくそシャワーを浴びる。きみがじっとしているとは思えないから、いっしょに浴びるんだ。ブーツをぬぐか、それともそいつもいっしょにシャワーを浴びるのか？」

ジンジャーはほかに選択肢もなく、かつがれたままで急いでブーツをぬぎ、ブーツを床に落とした。シャワーの水音がして、すぐに彼はその下に入った。温かいお湯が降りそそぎ、ジンジャーのブラを濡らして、彼女の目に入った。ようやくデレクは背をかがめて、ジンジャーを床におろした。

ジンジャーは彼に飛びついていって、濡れた胸をこぶしで叩いた。デレクは黙ってそのパンチを受けとめ、彼女をとめようともしなかった。

「どうして終わりにしてくれないの？」ジンジャーは歯を食いしばり、叫んだ。「罰を与えればいいじゃない。そうしたいんでしょ」

デレクの目の色が濃くなり、彼はこぶしを握りしめ、ジンジャーは自分が図星を衝いたのだとわかった。ジンジャーはブラをはずし、シャワーの下に立って、お湯が彼女の裸を流れ落ちるところをぞんぶんに見せつけた。それからうしろを向いて、両手を高くあげ、タイルの壁についた。

「わたしを罰して」

苦しそうなうめき声がバスルームに響いた。「だめだ、ジンジャー、いまのおれにどんなことができるか、きみはわかっていない」

「したいはずよ」

「おれがなにをしたいか、指図するな」彼はジンジャーの濡れた髪に口をつけてうなった。「きみにとってそれはどうでもいいのだと、はっきりしたしな」

彼の言葉の裏にある苦痛に、ジンジャーは喉が締めつけられるように感じたけれど、続けた。「わたしもしたい。したら、ふたりとも気分がよくなるはずよ」

デレクはジンジャーの耳に荒い息を吹きこみながら、彼女の背中に自分のものを押しつけた。「きみは気に入るだろう？　スパンキングのあとで、たっぷりとおれのものを乗りこなすのを？」

「ええ、お願い、デレク」ジンジャーは背を弓なりにして、お尻を彼の濡れたものにこすりつけ、誘惑した。デレクがウエストをがっしりとつかみ、ジンジャーが動けないように固定したとき、彼女は抗議の声をあげた。

「残念だな、ベイビー。きみが刑をよろこんだら罰にならない。だめだ、きみにはもっとつらい罰を用意してある」

デレクは紙に包まれた石鹸を取りあげ、ジンジャーが見守っていると、歯でつつみをあけた。そして自分の手で石鹸を泡立て、優しくジンジャーを洗いはじめた。優しく背中を洗い、お腹を洗ったが、脚のあいだはごく軽くして、物足りないと思わせた。次に髪の毛をひとまとめにして片方の肩にかけ、顔についた血を洗いながしてくれた。ジンジャーは手を壁に滑らせておろし、デレクの手の感触を求めて、無意識に彼のほうにからだを揺らした。

「な、なにをしているの？」

「おれは車のなかできみの顔を見た、ジンジャー」デレクの声は低く、怒っているようだった。「あのメッセージを聞いたときの。おびえきっている顔だった」

ジンジャーは首を振った。「いいえ、わたし――」

「いや、そうだった。これでおれが考えているのがどんな罰かわかっただろう、スイートハート？　おれはきみと愛を交わす。ゆっくりと。そうだ、あしたまでかかるかもしれない。きみが何回いったか、憶えていられないほどにな。そしてそのたびに、きみに『愛している』と言う。きみがそれに慣れるまで、何度でもだ」

ジンジャーは涙がこみあげてきた。彼があまりにも傷ついているようだから。ふり返って、デレクと向きあった。「デレク、聞いて——」

「だめだ」彼は感極まった声で言った。「泣いてもこれは容赦しない」

ジンジャーは言葉では彼に届かないのがわかった。行動だ。ふたりは最初から、肉体派だとわかっていた。彼女のからだだけが、デレクに話を聞かせることができる。まわりで水音がするなか、ジンジャーは両手でデレクの顔をはさんで、その目の奥底まで見つめた。せいいっぱい伸びて、唇を重ね、彼にびくっとされて胸に刺すような痛みを感じた。

勇気をかき集めて、ジンジャーは自分のなかにあるありったけの愛をこめてデレクにキスした。彼をこわがらせたことを、唇で謝罪した。命を救ってくれたことを、称賛した。彼の顔と首をマッサージしてから、手を肩に置いて抱きよせた。デレクのものはふたりのあいだで怒張し、激しく脈打っていたが、ジンジャーは、誤解されるのをおそれて、手を伸ばしたいのにそれはしなかった。キスで愛を伝え、デレクにわかってもらいたかった。

デレクはからだを引いて、探るように彼女の顔を見た。「ジンジャー?」

上からのシャワーと涙が混ざり、ジンジャーはうなずいた。「わたしもあなたを愛している」

デレクは目をぎゅっとつぶった。そのウエストに両腕を回して彼の肌に顔をつけ、ジンジャーは彼が信じてくれるように祈りながら、その言葉を何度も、何度も、くり返した。

シャワーがとまった。デレクはジンジャーを抱きあげて、バスルームから出た。びしょ濡れのジンジャーをベッドの枕にもたせるようにおろし、デレクは彼女に背を向けてベッドの端に坐ると、両手で顔を覆った。ジンジャーはひじをついた姿勢で、息をこらして待った。

ようやくデレクが話しはじめたとき、その声はかすれていた。「おかあさんの家の私道に車を入れたとき、あいつがトランクにきみを投げ入れて、蓋をしめたのが見えた。そのときはきみが生きているのか……わからなかった」ジンジャーは起きあがってひざまずき、彼をうしろから抱きしめた。「きみが叫んだり暴れたりしているのが聞こえたとき、おれはそれが世界でいちばん美しい音だと思った」

ジンジャーはデレクの濡れた首に顔を押しつけた。「ごめんなさい、ほんとにごめんなさい、こわがらせて」

デレクはしばらくなにも言わなかった。「おれはたしかに過保護だと思う。だがそれには理由がある。おれの仕事では、ひどいものをいやというほど見る。殺人。シカゴからナッシュヴィルまでのあいだ、おれはきみの顔をあらゆる事件の写真にあてはめて想像したんだ……」

ジンジャーはデレクのひざの上に乗って、無理やりこちらを向かせた。「もうやめて。もう考えないで。わたしはここにいる。もう二度とあんなことしない」

「そりゃそうだろう」

そのぶっきらぼうな態度はジンジャーを笑顔にしたが、次の質問の重大さにためらい、笑みは消えた。「お金をとったことだけど……あなたはそれでわたしを軽蔑しないの？」

デレクはすぐに首を振った。「けっして。きみがどんなところで育ったのかを見たあとではなおさらだ。それにヴァレリーにも会ったしな」

ジンジャーは唇を嚙んだ。「トランクのなかから叫ぶのは、恋人を母親に紹介するのに最悪なやり方だったわね」

「頼むよ、おれはまだあのときのことを考えられない」デレクは不安そうな目で、彼女の目を見つめた。「あの留守電を聞いたとき……あのときのきみの顔は……」

「ああ」ジンジャーは震える息を吐いて、彼のひざの上からおりようとした。でもデレクがしっかり抱きしめ、放さなかった。「わたしがあんなことをしたら、あなたは考え直すだろうと思っていた。あまりにも面倒な女だと」

その言葉が終わる前に、ジンジャーはあおむけに押し倒され、デレクが上にいた。「考え直す？」信じられない、といった口調だ。「ジンジャー、もう二度とこんなことはしてほしくない、そのことは間違えようのないくらいはっきり言っておく。だがもしまたきみがいなくなったら、そのたびに、おれはかならずきみを追いかける。かならずだ」

ジンジャーは泣き笑いになったが、デレクが彼女の太ももを開いて深く突きあげると、あえぎに代わった。デレクは彼女をマットレスに押しつけて、動かなかった。「おれを見ろ。きみのものだ。おれはきみに所有されている」デレクは腰を動かし、ジンジャーに声をあげさせた。「これもきみのだ」

ジンジャーは彼に組み敷かれて、身をよじった。「ああ、デレク、お願い」

彼は頭をさげて、そっと唇にキスした。「そんなに急ぐな。さっき言ったのは本気だ。きみと愛を交わす。いいだろう、ビューティフル・ガール」

ふたりの手を組み合わせて結び、デレクは動きはじめた。

エピローグ

「それをおれたちの寝室には入れるな」

「それ？」

「聞こえただろ。ぞっとする。仕事で殺人を捜査している人間をぞっとさせるのはどんなに大変か、知っているか？」

「なんの罪もない彫像が？」

デレクはうなずき、ジンジャーが居間に運んできたドリーを見て震えた。彼女はあきれたように目を上に向けた。十カ月間、別居しているふりをしながら、毎晩いっしょに寝ていたが、ジンジャーはようやく彼のアパートメントに移ってくることに同意した。いくらかかわいくても、彼女の先延ばし工作にうんざりしていたデレクは、汚い奥の手をつかった。ある晩、彼女の脚がデレクの耳のそばにあったときに、同意をせまったのだ。

彼女の同意以来デレクは、つねに顔がにやつくという衝動と戦わなければならなかった。ジンジャーはすでにデレクを手玉にとるすべを心得ているのに、新たな拷問の理由を与える必要はない。

「こう考えてみろ、ベイビー。おれは歯をむき出しで笑うブロンドがいるところでは、硬くならない」

ジンジャーは腰に手をあてて唇をとがらし、彼の欲望に火をつけた。「昔は歯をむき出しで笑うブロンドが好きだったじゃない」

デレクはうなり、ジンジャーのほうに近づいた。彼女は嫉妬が――ものすごく――彼を興奮させるとわかっている。悲鳴をあげて、裸足で寝室に逃げていった。もちろん、デレクは追いかける。いつもだ。

タックルでベッドに押し倒し、脇をくすぐった。

「やめて！　ああもう！　やめてってば！」

彼女のシャツがめくれあがり、へそが見えた。デレクは頭をさげて、舌でへそのまわりに円を描いた。ジンジャーの指が、伸びてきた髪のなかに差し入れられ、ひっぱる。彼は腹に口をつけたまま、にやりとした。髪を伸ばすことはすばらしい決断だった。毎朝面倒ではあるが。

「デレク、だめよ。もうすぐウィラとエヴァンが帰ってくる」

彼はうなり、横に転がってあおむけになった。彼女が髪をもてあそぶのを続けたのは、せめてもの慰めだった。「ウィラはここに泊まって、エヴァンはきみのもとの部屋に泊まるのか？」

ジンジャーは笑った。「ううん、ふたりとももとの部屋で寝るのよ。もう大人だもの。それにあのふたりはこの三カ月間、イタリアに留学していたのよ」

デレクは顔をしかめた。「おれはウィラはまだ子供だと思う」

「わかってる。それにあなたがわたしの妹に過保護なのも、すごくすてき」ジンジャーはデレクの髪をつかんでひっぱった。「実際、興奮する」

デレクは眉を吊りあげた。「それも？　まったく、いったいいくつあるんだ？」

「わからない。どんどん増えていくのよ」

デレクはうつぶせになって、ジンジャーの口をじっと見つめたまま、近づいた。

「ほんとに時間がないのか？」

ジンジャーの呼吸が浅くなる。「早くして」

デレクの手が彼女のショートパンツのボタンに伸びる。

呼び鈴が鳴った。

「ファック」ふたり同時にうめいた。

でもジンジャーはにっこり笑って、ベッドから飛びおりた。三カ月間はジンジャーがウィラと離れていた最長記録だ。妹がいなくてひどくさみしがっていたのをデレクは知っている。ウィラの留学の学期末が、ジンジャーの新しい家具店〈スニーキー・ピートズ〉の開店に間に合ってよかった。ふたりは二カ月間かけてウィッカー・パークの店にペンキを塗ったり、在庫を運び入れたりした。最新流行の店の開店とあって、新聞各紙でとりあげられて、すでに話題になっている。ジンジャーがやるんだから、かならずうまくいくはずだとデレクは信じている。

「ベイビー、待て」

寝室のドアのところで、ジンジャーは片手をドアノブにかけたままふり向いた。興奮で目を輝かせて。むき出しの脚と乱れ髪。息ができないほどきれいで、デレクは毎日ノックアウトされている。

「なに、警部補さん?」

彼はほほえみ、それから真顔になった。「きょうきみが引っ越してくる。それがどんなにおれを幸せにするか、わかってるか?」

ジンジャーは彼に飛びついてきて、ふたりでベッドの上に倒れた。彼の胸にまたがり、頭をさげてキスした。彼に安心が必要なときにはこうしてほしいと言ったやり方で。それは十カ月前、あのモーテルのシャワーで、彼がいちばん安心を必要としていたときに彼女がしてくれたやり方だ。言葉の必要ないキス。

またドアがノックされた。

「ママとパパ！」ウィラが廊下で叫んでいる。「ズボンのジッパーをあげて、ドアをあけて！」

ジンジャーはデレクに最後にもう一度キスして、笑いながら寝室から出ていった。

デレクはほほえんで彼女を見送った。

訳者あとがき

お待たせいたしました。ホットなコンテンポラリー・ロマンスで大人気のテッサ・ベイリーによる〈ライン・オブ・デューティー・シリーズ〉第一作、『なにかが起こる夜に（原題*Protecting What's His*）』をご紹介します。

厳しい現実に疲れきっているときに、思いがけない大金を手に入れるチャンスが転がってきたら——あなたはそのチャンスをつかみますか？　それがよくないことだとわかっていたとしても？

本書のヒロインのジンジャー・ピートは、そのチャンスをつかむ決断をしました。自分と妹のどんづまりの将来を変えるために、酔いつぶれた母親の持っていた大金を盗んで、故郷ナッシュヴィルから逃げだしたのです。

心機一転、シカゴで暮らしはじめたジンジャーが出会ったのが、おなじアパートメントで廊下をはさんで向かいに住む、シカゴ市警殺人課のデレク・タイラー警部補でした。二日酔いで、これから葬儀に出向くところだったデレクは、大声ではしゃぎながら引っ越しの荷下ろしをしていた娘たちを二階の窓から怒鳴りつけてしまいます。それがジンジャーと妹のウィラでした。

しかしデレクは部屋の玄関を出たところで、その娘たちが自分の向かいの部屋に越してきたことを知ります。そして〝法律で取り締まったほうがいいほどのローライズ・ジーンズ〟に長い脚をつつみ、カウボーイ・ブーツをはいてこちらをふり向いたジンジャーを見て、「おれの平穏な生活は終わった」と悟ります。デレクはこれまで出会った女のなかでいちばん魅力的なセクシー娘ジンジャーに目を奪われ、最初から強烈に惹かれますが、ジンジャーのほうは自分と妹を怒鳴ったデレクを〝くそ野郎〟と認定し、最悪の初対面になります。

最悪の出会いをしたふたりですが、デレクはジンジャーのことが気になって頭から離れず、ジンジャーも、たくましくハンサムで傲慢な警部補に興味を引かれます。ふたりのやりとりのセクシーなヴァイブは、最初から火花が散りそうなほどホットです！

それでもジンジャーにとってなによりも大事なのは妹ウィラとの生活で、最初から所有欲をあらわにして強引なふるまいをするデレクにたいする反発もありました。でもアパートメントの水漏れ事故をきっかけに、デレクとの距離が縮まって――ふたりの欲望に火がつくのは時間の問題でした。

テッサ・ベイリーはファンから〝ダーティートーカー・ヒーローの女王〟と呼ばれています。本書のヒーローであるデレクも、先に邦訳が出た『危険な愛に煽られて（原題*Risking It All*）』のヒーローのボウエンも、もちろんダーティートーカーです。ボウエンのエロくてひりひりするダーティートークのおかげか、『危険な愛に煽られて』は、ロマンスファンに人気のウェブサイト〈勝手にロマンス〉が毎年開催している〈第六回勝手にロマンス大賞〉で、見事「勝手にロマンス大賞」に輝きました（コンテンポラリー部門とエロティック部門の二部門で一位に選んでいただきました！）。本書のデレクのダーティートークも、すごく（エロくて）いいです。〝おれさま傲慢度でいえば、デレクのほうがボウエンより確実に上をいっていると思います。「ダーティートーク」を英和辞書で引くと、「ひわいな話をすること」あるいは「猥談」などと書かれています。でもロマンス小説のなかで〝ダーティートーク〟というときには、「淫猥な言葉で相手を性的に興奮させる」というニュアンスが加わります。

四年ほど前に、『*Risking It All*』の発売を記念して、テッサがビデオポッドキャストに出演したことがありました。ワイングラス片手にPCの前に陣取ったテッサが、リアルタイムでファンが投稿して画面に表示される質問を読んで、それに答えるという企画でした。ファンからの最初の質問は、「あなたもダーティートーカーなの？」というものでした。それにたいするテッサの答えは、「そうよ、わたしはかなりのダーティートーカーよ！　もしここにいたら、夫もそうだと言ってくれたはず！（中略）わたしは自分が言われたいと思うこと、自分が男だったらこう言うだろうと思うことを書いてるの」というものでした。ほかにもたくさん興味深い質問がありましたが、「いちばんのお気に入りのセックスシーンは？」という問いに、テッサは、それまでに書いたロマンス作品のたくさんのセックスシーンのなかから、本書『なにかが起こる夜に』の、ジンジャーとデレクの初めてのシーンをあげています。

本書『なにかが起こる夜に』は、テッサ・ベイリーを一躍人気ロマンス作家にした〈ライン・オブ・デューティー・シリーズ〉の第一作目です。シリーズのヒーローたちは警察官で、本作の舞台はシカゴですが、第二作目の『*His Risk to Take*（『危険な愛に煽られて』）』に登場したトロイとルビーのお話）』から、シカゴからニューヨークに舞台が移ります。

〈ライン・オブ・デューティー・シリーズ〉

1　*Protecting What's His*（本書『なにかが起こる夜に』）

1・5　*Protecting What's Theirs*（本書の後日譚）

2　*His Risk to Take*（トロイとルビーのお話）

3　*Officer Off Limits*

4　*Asking for Trouble*

5　*Staking His Claim*

トロイとルビーのその後を描いた短編『*Riskier Business*』から、スピンオフシリーズの〈クロッシング・ザ・ライン・シリーズ〉が始まりました。ちなみに、これらのシリーズとは別に、ジンジャーの妹ウィラとスコットランド人F1ドライバーのロマンスを描いたスタンドアロン作品もあります。『*Unfixable*』というタイトルで、ヤングアダルトの単独作品です。

〈クロッシング・ザ・ライン・シリーズ〉

0・5 *Riskier Business*（トロイとルビーのお話）
1 *Risking It All*（『危険な愛に煽られて』）
2 *Up in Smoke*
3 *Boiling Point*
4 *Raw Redemption*

日本でのご紹介は、『危険な愛に煽られて』が先になりましたが、本作品で〈ライン・オブ・デューティー・シリーズ〉に戻り、次はぜひ、トロイとルビーのお話をお届けしたいと思っております。

ロマンスファンに人気のウェブサイト〈勝手にロマンス――ロマンスを愛する淑女のための小説レビューサイト〉のURLは左記になります。

http://www.romance-hills.com/home

ザ・ミステリ・コレクション

なにかが起《お》こる夜《よる》に

著者　テッサ・ベイリー
訳者　高里《たかさと》ひろ

発行所　株式会社 二見書房
東京都千代田区神田三崎町2-18-11
電話　03(3515)2311［営業］
03(3515)2313［編集］
振替　00170-4-2639

印刷　株式会社 堀内印刷所
製本　株式会社 村上製本所

ISBN978-4-576-19131-7
https://www.futami.co.jp/

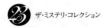

二見文庫 ロマンス・コレクション

危うい愛に囚われて
ジェイ・クラウンオーヴァー
相野みちる［訳］

危険と孤独と恐怖と闘ってきたナセルとストリッパーのキーリン。出会った瞬間に惹かれ合い、孤独を埋め合わせるように体を重ねるが……ダークでホットな官能サスペンス

夜の彼方でこの愛を
ヘレンケイ・ダイモン
相野みちる［訳］

行方不明のいとこを捜しつづけるエメリーは、レンという男が関係しているらしいと知る…。ホットでセクシーな男性とのとろけるような恋を描く新シリーズ第一弾！

許されない恋に落ちて
ヘレンケイ・ダイモン
相野みちる［訳］

弟を殺害されたマティアスはケイラという女性を疑い、追うが、ひと目で互いに惹かれあう。そして新たな事件が…。禁断の恋に揺れる男女を描くシリーズ第2弾！

恋の予感に身を焦がして
クリスティン・アシュリー
高里ひろ［訳］
〔ドリームマン シリーズ〕

グエンが出会った〝運命の男〟は謎に満ちていて…。読み出したら止まらないジェットコースターロマンス！超人気作家による〈ドリームマン〉シリーズ第1弾

愛の夜明けを二人で
クリスティン・アシュリー
高里ひろ［訳］
〔ドリームマン シリーズ〕

マーラは隣人のローソン刑事に片思いしている。でもマーラの自己評価が2.5なのに対して、彼は10点満点で…。〝アルファメールの女王〟によるシリーズ第2弾

ふたりの愛をたしかめて
クリスティン・アシュリー
高里ひろ［訳］
〔ドリームマン シリーズ〕

心に傷を持つテスを優しく包む「元・麻取り官」のブロック。ストーカー、銃撃事件……二人の周りにはあまりにも問題が山積みで…。超人気〈ドリームマン〉第3弾

危ない夜に抱かれて
レイチエル・グラント
水野涼子［訳］

貴重な化石を発見した考古学者モーガンは命を狙われはじめる。陸軍曹長パックスが護衛役となるが、死と隣り合わせの状況で恋に落ち……。ノンストップロ・ロマサス！

二見文庫 ロマンス・コレクション

悲しみは夜明けまで
メリンダ・リー
水野涼子［訳］

夫を亡くし故郷に戻った元地方検事補モーガンはある殺人事件に遭遇する。やっと手に入れた職をなげうって元恋人のランスと独自の捜査に乗り出すが、町の秘密が…

失われた愛の記憶を
クリスティーナ・ドット
出雲さち［訳］
［ヴァーチュー・フォールズ シリーズ］

四歳のエリザベスの目の前で父が母を殺し、彼女はショックで記憶をなくす。二十数年後、母への愛を語る父を見て疑念を持ち始め、FBI捜査官の元夫と調査を……

愛は暗闇のかなたに
クリスティーナ・ドット
水野涼子［訳］
［ヴァーチュー・フォールズ シリーズ］

子供の誘拐を目撃し、犯人に仕立て上げられてしまったテイラー。別名を名乗り、誘拐された子供の伯父であるケネディと真犯人探しを始めるが…。シリーズ第2弾！

甘い悦びの罠におぼれて
ジェニファー・L・アーマントラウト
阿尾正子［訳］

静かな町で起きた連続殺人事件の生き残りサーシャ。失った人生を取り戻すべく10年ぶりに町に戻ると酷似した事件が…。RITA賞受賞作家が描く愛と憎しみの物語！

夜の果てにこの愛を
レスリー・テントラー
石原未奈子［訳］

同棲していたクラブのオーナーを刺してしまったトリーナ。6年後、名を変え海辺の町でカフェをオープンした彼女はリゾートホテルの経営者マークと恋に落ちるが…

あなたを守れるなら
K・A・タッカー
寺尾まち子［訳］

警察署長だったノアの母親が自殺し、かつての同僚の娘グレースに大金が遺された。これはいったい何の金なのか？ 調べはじめたふたりの前に、恐ろしい事実が……

ミッシング・ガール
ミーガン・ミランダ
出雲さち［訳］

10年前、親友の失踪をきっかけに故郷を離れたニック。久々に家に戻るとまた失踪事件が起き……。〝時間が巻き戻る〟斬新なミステリー、全米ベストセラー！